U0554144

葛亮 著

Tile Cat

# 瓦猫

人民文学出版社
PEOPLE'S LITERATURE PUBLISHING HOUSE

图书在版编目（CIP）数据

瓦猫/葛亮著．—北京：人民文学出版社，2021
ISBN 978-7-02-016904-7

Ⅰ．①瓦… Ⅱ．①葛… Ⅲ．①中篇小说—小说集—中国—当代
Ⅳ．①I247.5

中国版本图书馆CIP数据核字（2020）第271716号

责任编辑 赵 萍 王昌改
责任校对 王筱盈
责任印制 宋佳月

出版发行 人民文学出版社
社 址 北京市朝内大街166号
邮政编码 100705
网 址 http://www.rw-cn.com

印 刷 北京新华印刷有限公司
经 销 全国新华书店等

字 数 193千字
开 本 850毫米×1168毫米 1/32
印 张 10.875 插页1
印 数 1—50000
版 次 2021年2月北京第1版
印 次 2021年2月第1次印刷

书 号 978-7-02-016904-7
定 价 59.00元

金属，陶器，鸟的羽毛

无声地庆祝自己战胜了时间。

——维斯瓦娃·辛波斯卡《博物馆》

# 目录

# 自序　物是

打算写关于手艺人的小说，是久前的事了。

与这个人群相关的，民间常说，艺不压身。学会了，便是长在了身上，是后天附着，却也就此与生命一体浑然。

谈及手艺，最初印象，大约是外公家里一只锡制的茶叶盒，上面雕刻游龙戏凤，久了，泛了暗沉的颜色。外公说是以前经商时，一个南洋商人的赠与。我记事还在用，春天搁进去明前的龙井茶，到中秋泡出来还是一杯新绿。少年时，大约不会关注其中技术的意义，但仍记得那镌刻的细致。龙须跃然，凤尾亦摇曳如生。后来，这只茶叶盒不知去向。外公每每喝茶，会叹息，说时下所谓真空包装，其实是将茶“养死了”。在他看来，茶叶与人一般，也需要呼吸。这茶叶罐便如皮肤，看似容器，实则接寒暑于无间。一鳞一焰，皆有温度。而今机器所制，如何比得上手工的意义。

数年前写《北鸢》，书名源自曹雪芹的《废艺斋集稿》中一章——《南鹞北鸢考工志》。这一番遇见，也是机缘。不类《红楼梦》的洋洋大观，《废艺》是曹氏散逸的作品，得见天日十分偶然。据马祥泽先生回忆，这既是中日文化间的一段流转，但也终于有残卷难全的遗憾。我感兴趣，曹雪芹何以致力于此书。其在《考工志》序言末尾云："以集前人之成。实欲举一反三，而启后学之思。乃详查起放之理，细究扎糊之法，胪列分类之旨，缕陈彩绘之要。汇集成篇，以为今之有废疾而无告者，谋其有以自养之道也。"说得透彻，教的是制风筝之法，目的是对弱者的给养。由是观，这首先是一本"入世"之书。由扎、糊、绘、放"四艺"而起，纵横金石、编织、印染、烹调、园林等数项技能。其身体力行，每卷各释一种谋生之艺，并附有详细图解及深入浅出、便于记诵的歌诀。其二，这亦是"济世"之书，《蔽芾馆鉴金石印章集》一章，"蔽芾"谐为弼废。此书创作之初，有一段佳话，缘由于景廉戎马致残而潦倒，求助其友曹霑。曹氏并未直接接济，而"授人以鱼，不如授人以渔"。故作此书，教残疾者"自养"之道，寓艺于义。

由此，写了《北鸢》中的龙师傅，便是扎风筝的匠人。失意之时，卢家睦给他"四声坊"一方天地，他便还了他一生承诺。"这风筝一岁一只，话都在里头了。"其三世薪传，将这承诺也传递了下去。

“匠”字的根本，多半关乎传承抑或持守。“百工之人，君子不齿，今其智乃反不能及。”韩愈在《师说》中批评所谓“君子”轻薄相师之道，犹不及“百工”。匠人“师承”之责，普遍看来，无非生计使然。但就其底里，却是民间的真精神。当下，这坚守或出于无意识，几近本能。时代日新月异，他们的手艺及传统，看似走向式微。曹氏以“废艺”论之，几近成谶。淡出了我们的生活，若不溯源，甚至不为人所知。教学相长的脉络，自不可浩浩汤汤，但仍有一脉涓流，源源而不绝。

写《书匠》篇，是因为先祖父遗作《据几曾看》手稿的救护，得以了解“古籍修复师”这一行业。“整旧如旧”是他们工作的原则。这是一群活在旧时光里的人，也便让他们经手的书作，回到该去的断代中去。书的“尊严”，亦是他们的尊严。所写的两个修复师，有不同的学养、承传与渊源，代表着中西两种不同的文化脉络，而殊途同归。“不遇良工，宁存故物”，是藏书者与修书人之间最大的默契。一切的留存与等待，都是岁月中几经轮回的刻痕。连同他们生命里的那一点倔强，亦休戚相关。

《飞发》与《瓦猫》，发生于岭南和西南的背景。因为在地，则多了与空间长久的休戚与共。这其中有器物的参与，是人存在过的凭证。或者说，经历了磨砺与淘洗，更见匠与时代之间胶着的坚固。他们的命运，交织与成全于历史，也受制于那一点盼望与落寞。他们是这时代的理想主义者，行到水穷处，坐看云起时。

走访匠人，于不同的行业，去了解他们手艺和背后的故事。他们多半朴讷，不善言辞。或许也便是这一点“拙”，建造了和尘世喧嚣间的一线壁垒。只有谈及自己的手艺，他们会焕发光彩，因来自热爱。他们亦不甚关心，如何被这世界看待。时代淘洗后，他们感怀仍有一方天地得以留存。自己经手而成的物件，是曾过往于这世界最好的宣示。事关萨米文化的人类学著作《知识与手工艺品：人与物》，作者史文森（Tom G.Svensson）云，“传承谱系中，对于‘叙述’意义的彰显，将使‘物’成为整个文化传统的代言者。”换言之，“故物”与“良工”，作为相互成全的一体两面，因经年的讲述终抵达彼此。辛波斯卡的诗歌中，是物对时间的战胜；而匠人所以造物，则是对时间的信任。如今屋脊上踞守的瓦猫，经历了火炼、风化，是以静制动的根本。时移势易后，苍青覆苔的颜色之下，尚余当年来自手的温度。其内里魂魄，属上古神兽，便又有了庇佑的意义。匠人们眼中，其如界碑，看得见莽莽过去，亦联结着无尽未来。这一点信念，为强大之根本，便甘心晨钟暮鼓，兀兀穷年。

庚子年于苏舍

# 江南篇　书匠

不遇良工，宁存故物。

——［明］周嘉胄《装潢志》

# 一　简

借人典籍，皆需爱护，

先有缺坏，就为补治，此亦士大夫百行之一也。

——［北齐］颜之推《颜氏家训·治家》

我遇到简，十分偶然，是因为我的朋友欧阳教授。

欧阳教授是个很有趣的人。这有趣在于，兴之所至，常会出现一些突如其来的举动。作为七十多岁的人，他经常会自嘲说，这就是老夫聊发少年狂。

这一年大年初三，我照例去他家给他拜年。欧阳教授其实是我祖父的学生，在国立中央大学学艺术史，后来又在祖父的母校杭州国立艺术院执教。祖父早逝，他作为门下得力的弟子，对我的父亲尽过兄长之责。我父亲对他便格外尊敬。后来他移居香港，而我成人后又赴港读书。每到年节，我父亲便嘱咐我去看望他。

欧阳太太是绍兴人，到了香港三十多年，早就烹得一手好粤菜。间中，仍然拿出加饭酒，温上。欧阳教授便与我对饮。我不是个好酒的人，但欧阳喝起酒来，有太白之风。刚刚微醺，行止已有些豪放。忽然站起身来，引吭高歌。自然还是他的招牌曲目——《费加罗的婚礼》中的咏叹调“再不要去做情郎”。欧阳太太放下筷子，和我对视了一下，摇摇头。目光中带着纵容和无奈。欧阳教授却俯下身，将一块椒盐石斑夹起来，放到我的盘子里。同时并没有停下喉间震颤的小舌音。我自然没有吃那块鱼，因为照例很快到了高潮，是需要鼓掌的。

然而，这酒劲来得快，去得也快。到了家宴的尾声，我们都知道，余兴节目是展示欧阳教授近来的收藏。教授很谦虚地说，毛毛，我这一年来的成果很一般。市面上今不如昔，能见到的不是新，就是假。

说罢，便在太太的搀扶下，摇摇晃晃地引我去他的书房。

欧阳有一个很令人羡慕的书房。尤其在香港这样寸土寸金的城市，居然有三面靠墙的通天大书架。书桌则对着落地玻璃窗，可观得远山点翠。欧阳常为此顾盼自雄，称自己有远见，早早搬离了中心区，在新界置业，才不用受逼仄之苦。他的藏书虽不至汗牛充栋，但在我一个青年人看来，确有洋洋大观之象。据说这只是数分之一，有些善本书，因为要防香港的潮湿和久存的书蠹，送去了专业的仓储。

我抬头看见，欧阳亲书的大篆“枣庄”二字，悬在书桌上方。这是教授书房的名字，也是他的得意之作。教授是山东人，枣庄确是他的故里。然而还有一层深意，确是凡俗学浅之人未必能领会的。旧时刻书多用梨树与枣树，作为书版，取其致密坚固。刊印书籍也称“付之梨枣”。教授将其书房命为“枣庄”，便有以一室纳万卷之意，可见过人气象。

欧阳教授拿出一只匣子，打开来，扑鼻的尘味。说，去年七月在东京开研讨会，结束了就去镰仓逛了一遭。在临街瓷器店里，看到有人寄售。这套《水经注图》，全八册，可惜少了第三册。不过打开来，有杨守敬的批注，算是捡了个漏。

我讨喜道，老辈儿人都说呢，收藏这事像盲婚盲嫁，大半靠运气。

教授说，可不！有心栽花花不开。春天时候，西泠放出一箱璧园会社石印《吴友如画宝》，我可上了心，竟然没有拍到。

还有这个，也是造化。在上环饮茶，说是中大一个老伙计要移民，把家里的东西尽数出让。我是赶了个大晚集。但这个收获，算是藏家小品，却很有意思。我看到他拿出残旧的一些纸页，打开来，是竖版印刷。教授说，这是六十年代香港友联出版的“古文活页”。

我问，友联，是出过张爱玲的书吗？

他说，正是。这个活页是仿照欧洲传统出版方式推出的。当时在香港很风行，特别在年轻学生里。数十页成章为一份，读者逐份购入，辑录成册，再自己找订书公司订装。欧洲出版社，经常只印不订，叫“temporary cover”。老时候的香港也有。你瞧这个，订书公司潦草得很，完全西洋的订法。外头是假书布，里头这个还是以往线装书的版式。我打算重新整一下。

对了，毛毛。上次听你母亲说，找到老师的手稿，可带来香港了？

我说，是。包裹在一大袋子生宣里。杭州那边的档案室要清理，这才发现。

欧阳说，谢天谢地。当年从江津寄过来时，还是我接收的。做夹板，先师《据几曾看》的书名，也是我拓的。后来竟然遗失了。保存得可还好？

我说，那些宣纸都发了霉，书稿也受了潮气，还好外面有一层油纸，又用木夹板包着。只是书页有些粘连起来。

我打开手机，给他看书稿的图片，说，一个台湾的出版人朋友，想拿去扫描。但又怕毁了书。

欧阳看一看，先皱起眉头，但很快又舒展开，笑道，不打紧，这才是睡觉有人递枕头。我带你去见一个人。

说完，他收拾起那些活页，又在书架上上下下地找，找出一本书，一起小心翼翼地放进背包里去。

然后对太太说，晚饭不吃了，我带毛毛去一趟上环。

欧阳太太正端了一钵杨枝甘露，叹口气说，你呀你，说风就是雨。可有半点长辈的样子。今天可是大年初三，你也不问问人家在不在。

教授说，怎么问，她手机都不用，电话不爱听。现在发电邮恐怕也来不及。

欧阳太太追上一句，好歹我辛苦做的甜品，吃了再去。

教授拉着我，头也不回地往外走。

欧阳教授喝了酒，不能开车。虽然到了楼下，风有些凛冽，酒已经醒了一大半。等了许久，也没有一辆出租车。我们只好走到更远的地方，去坐小巴。

大年初三，车上并没有什么人，倒好像我们包了一辆车。

教授依然很健谈，说起以前在央大的往事。说我祖父的不苟言笑，令人生畏。祖父开的“宋元艺术史”，最初报名的有二十多个学生。因为他太严苛，到学期末，只剩下了七个。“不过，我大概学到最多东西的，还是你爷爷的课程。用现在的话来说，一点都没有放过水。笔记简直可以直接出版。但时下，恐怕这样上课是吃不开了。如今上课得像说书，不讲点八卦，哪里会有学生来听。”

欧阳忽然定定地看，几乎让我不自在起来。他说，毛毛，你长得可真像你爷爷。不过看上去可随和多了。对了，你听说过他老人家年轻时的罗曼史吗。哈哈，想起来了，你知道的，在你的小说里看到过。

他促狭地眨一眨眼睛。

我这才问，我们要去见什么人？

教授想了想，说，书匠。

我有些不得要领，重复说，书匠？

嗯，经她手，让你的书焕然一新。不，焕然一旧。教授笑着说。

小巴在半山停下，不远处是烟火缭绕的天后庙。还在年里，自然是香火鼎盛。我们沿着扶手电梯，穿过整个 Soho 区，又爬上好一段阶梯。景物渐渐变得有些冷寂，不复过年时候应有的热闹。我博士在港大念的，这一带算是熟悉。但居然四望也有些茫然。欧阳毕竟年纪大了，终于气喘。我替他背了包，一边搀扶了他。教授这时候有些服老，说，这路走得，像是去西藏朝圣。自己开车停在罗便臣道，下来倒方便些。

我们两个都没了说笑的兴致。人是越来越少，两侧的房屋依山路而建，尚算整饬，也很干净。但红砖灰砖，都看得出凋落。毕竟是在山上，看得见经年湿霉和苔藓灰黄干枯的痕迹。教授终于说，哎呀，歇一下。

我们便在台阶上坐着，回望山下。竟可以看见中环的景貌。中银和 IFC 都似乐高玩具一样形容。阳光也浅了，这些建筑间，便见缭绕的游云。教授笑道，只在此山中，云深不知处啊。

我一听，心倏然一凉，趁不上教授的浪漫。此情此境吟贾岛，想起上两句，实有些不祥。

再接再厉，我们终于走到了一幢小楼前。这楼比较邻居们的，模样有些奇怪，显得狭长。有个很小的阳台，几乎只能称之为骑楼。镶着巴洛克式样的铁艺栏杆。上面有一丛火红的簕杜鹃，倒开得十分茂盛，垂挂下来，将阳台遮住了一大半。

教授按一按底下的门铃。我看到门铃旁边的邮箱上，镌着黄铜的“JL”字样。应该是主人名字的缩写。

门开了，是个矮胖的南亚姑娘。看见教授，眼睛一亮，开始用欢快的声音向他打招呼，并且拥抱。教授居然也热烈地响应。两个人用我不懂的语言交谈。是那种高频率的铿锵的音节。姑娘引我们进去。教授轻声对我说，这是他们家印佣吉吉。吉吉听到自己的名字，娇俏地向我眨一眨眼睛。我说，教授，我不知道你还会印尼语。教授略得意地说，两年前学的，所谓艺不压身。

我们顺着狭窄的楼梯走上去，脚下是吱呀的声响。仿佛往上走一级，光线就黯淡了一点。

走到二楼，吉吉敲了敲门，用英文说，欧阳教授到访。

里面也用英文说，请进。

房间里很暗。四围的窗帘都拉着，只开了昏黄的一盏顶灯。有浓重的经年的纸张与油墨的味道。这味道我不陌生，每次打开箱子，检点爷爷的遗物，都是这种味道。但在这主调之外，还有一些淡淡的樟脑与腐败植物的气息。

我的眼睛适应了光线，看见房间里硕大的写字台后，坐着一个女人。

Surprise！哈哈，我就知道你在。教授的情绪延续了在楼下时的热烈，看我还记挂着。给你带了朗姆酒和年糕。等会让吉吉煎了吃。过年嘛，年糕就酒，越喝越有。

不知为什么，我有一些尴尬。并不在于教授即兴地修改了中国的民谚，而是他这番长篇大论，好像是在对着空气说。对方始终静默着。

恭喜发财。终于，我们听到了一句广东话的祝福。声音冰冷而干涩，听来是有多么的言不由衷。

我这才看见，这女人的面容已经苍老了。干瘦，有很深的法令纹。这样的面相，往往显得严厉。但她的眼睛很大，而且目光倦怠，因此柔和了一些。她穿着有些发旧的蓝花棉袍，披着厚披肩，是深冬的打扮。但这里毕竟是香港，虽说是过年，气温其实很高。她手里执着一柄刀，正在裁切一些发黄的纸。她将那些纸静静地收下去了。

桌子上有一些我没有见过的器具。有一个像迷你的缝纫机，另一个似乎是那种切割轴承的机床，还有一个像是小型的绞架，上面还坠着绳索。

简，我给你带来了一个年轻的朋友，毛博士。

我的目光正在那些机器上盘桓，一愣神，听见教授提到我，这才有些仓促地一低头，说，您好。

这个叫简的女人抬起脸看我一眼，没有说话，只是点点头。

这时候，吉吉推门，端着茶盘进来。女人扬手，请我们在沙发上坐下。

我坐下来，端起茶。茶具是欧洲的珐琅瓷，描着金。有些鸢尾花枝叶漫溢到了茶杯口。

但是沙发有些不舒服，我隐隐觉得里面的弹簧在硌着我的屁股。沙发想必用了很多年了。

教授婉拒了吉吉让他加块糖的好意，说毕竟自己已经年纪大了。

他说，简，我要好好地谢谢你。上次修复的《水经注图》，惹得很多人眼馋。特别是那只布面的函套，都以为是原装的。哈哈。

简说，第五册，有一根纸捻我忘记去掉了。

教授说，不打紧。我这次带来一些友联出的“古文活页”，你帮我看看。

简接过来，凑着灯光看看，说，里头线装，外头是西欧“temporary cover”。不伦不类。再说，不过几十年前的东西，也不值得费周章了。

教授笑笑说，算是我收藏的一个小品，取其有趣。

简点点头。

教授又说，另外呢，毛博士的祖父，是我读大学时候的教授。最近新发现了一份手稿。有些散页粘连了，也想要劳你的大驾。

简看看我，说，我不帮人补手稿。修坏了，赔不起。

教授说，这份手稿，对我们挺重要的。是我的恩师呢……

简倦怠的眼睛闪了一下，继而黯沉下去。她说，是你的恩师，不是我的。

这句话，说得很突兀沉重，并不是举重若轻的口气。这时候，连达观随和的欧阳教授，脸上都挂不住了。

此时，不知从哪里出现一只灰色的猫，跳到了教授的身旁，蹭了蹭他的腿。是只英国短毛，它抬起眼睛，眼神十分阴郁。

教授趁势起身，对简说，天不早，那我们不打扰了。

我连忙也跟着起身，但胳膊一抬，不小心碰到了身后的书架。一册精装书掉到了地上。我急忙捡起来，将书页撣一撣，阖上。嘴里说着“对不起”，又放回书架上去。

好在简并未说什么，她让吉吉送客。

吉吉将我们送到楼下。关上门之前，忽然用蹩脚的广东话跟我们说“新年快乐”。声音还是欢天喜地的。

我们沿着山道往下走，欧阳教授回过身，又看了看那幢房子，叹口气。

天色已经彻底暗下来了。万家灯火，唯独那个房子黑黢黢的，因为拉上了厚厚的窗帘。

还在年关，半山上的许多餐厅都没有开门。走进一家很小的寿司店。一个梳着油头、面容和善的大叔招待了我们。

我们坐定下来。欧阳教授喝了一口茶，说，她或许是因为痛风……

我急忙说，没关系。

我知道教授是因为他的引见，有些不过意。

教授说，不过呢，话说回来，有手艺的人，总是脾气特别些。在这一行，简有资本。她是英国书艺家协会的会员，The Society of Book Binder，香港唯一的一个。

我认识她很早，那时她在湾仔开了一家二手英文书店。她帮我找到过几本孤本书。后来因为不赚钱，也倒闭了。

教授接过大叔递来的味噌汤，没再说什么。

一个星期后，我接到了欧阳教授的电话。

教授说，毛毛，简让你带着老师的书稿，去她那里。

我一时没晃过神，问，让我去？

教授说，对，我也纳闷，是什么让她改变了主意。

依然是热情的吉吉引着我，走上咯吱作响的楼梯，进入昏暗的房间。

我听到了简的声音。干涩，但比前次柔和，招呼我坐下。

她站起身，走到了窗户跟前，将窗帘拉开了。光进入了室内，也照到了她的脸上，她微阖了一下眼睛。我这才看清楚了简的面目。青白的脸色，是因终年不见阳光。其实她并不如印象中苍老。光线平复了她的一部分皱纹，这其实是个清秀的人。

简转过身来，对我说，欧阳上次拿来的那套“古文活页”，我整好了。麻烦你帮忙带给他。

我接过来，看到“temporary cover”已经订成了传统线装，融合宋款和唐朝包背。我由衷地说，漂亮得多了。

简摇摇头，说，里头我就没办法了。内页是木质纸，纤维短，太容易氧化，脆得很。所以用了修复纸夹住，做成了三明治。这种西式蝴蝶页，开卷加上“waste paper”总算牢固些。说到底还是中西合璧，只比原先调了个个。

我将爷爷的书稿拿出来。她戴上眼镜，小心翻开来，慢慢地看了一会儿，说，书法真是好。欧阳说，令祖父是在杭州国立艺专读书的?

我点点头。她说，我舅舅以往在西泠印社。他们可能会认识。

你放心的话，这份书稿，我先洗一下，除除酸。她说，民国的书，纸张叫人头痛，稍翻翻就脆断、发黄。你爷爷用的是竹纸，上好成色，他是个行家。

她随手将桌上一本还在修的书翻给我看，说，纸寿千年，绢寿八百。你看，这是光绪年的书，还蛀成这样。有些宋版书用纯手工纸，品相却好很多。这就是所谓新不如旧。

我发现她的话比预想中的多，我不知如何应对。

我说，那就拜托您了。这书稿受了潮，粘连在一起。我有个朋友还记挂着要扫描，时间可能会赶些。

她说，不妨事。一个星期来拿。

我谢谢她道，那太好了。爷爷留下的，独一份。交给您就放心了。欧阳教授也说，您到底是看重和他的交情，我是沾了光了。

简微笑，摇摇头。

她往前走了几步，从靠门的书架抽下了一本书，对我说，还认得吗? 让我回心转意的是这本书。

这是一本精装的英文书，我看一眼书名，是一本心理学的论文选集，感觉不到有什么特别之处。

她说，那天你把这本书碰掉在地上。还记得你捡起来的时候，做了什么?

我仍旧茫然。

简慢慢说，当时虽然仓促，但是你还是把这本书的“dog ear”捋捋平，才阖上书。看得出是顺手，下意识的。

我这时才恍然，她说的“狗耳仔”，是指翻看书页无意折起的边角。我对那一刹那毫无印象，或许只是出于本能。

简说，我想，这是个从小就惜书的人。年轻人，你要谢谢自己。

我知道此时，自己走了神。因为简的话，让我忽然想起了一个人。

# 二　老董

叶以补织，微相入，殆无际会，自非向明举之，略不觉补。

——［北魏］贾思勰《齐民要术》

我想起了一个人，在十分久远前了。

那时候，我还在南京上小学。

回头想想，那时的小学，总是有一些奇怪的要求。这些要求，会建立起一个孩子奇怪的自尊心。

在我看来，小学好像一架运转精密的机器。这架机器的内核，或者是以竞争、纪律与荣誉感作为骨架。我是那种孩子，有几分小聪明，但是天生缺乏纪律感。我后来想，很可能是来自父亲信马由缰的遗传。或者是某种天然的个人主义倾向在作怪。这是很微妙的事情。在一个集体中，我常常难以集中注意力。比如，在上课时我会开小差，在别人朗读课文时做白日梦，诸如此类。后来，我学到了一个词，叫作“遐想”。显而易见，我在少年时期，就是很善于遐想的人。但在以纪律为导向的集体中，我并不以此为傲，甚而觉得羞愧。

所以，在新学期里，我居然获得一张“纪律标兵”的奖状，我几乎是以雀跃的步伐回家去的。然而，快到家时，同行的同学说，毛果，你的书包怎么黑掉了？

我这才发现，是上书法课的那瓶墨汁，不知为什么在书包里打翻了。

那张奖状和一本书，都被墨汁污了大半。这真是让人太沮丧了。因为这张奖状，和我来之不易的荣誉相关。

我因此闷闷不乐，在相当长的时间里。

母亲安慰说，不就是一张奖状，我儿子这么聪明，往后还多着呢。

父亲嘿嘿一笑说，可是关于纪律的奖状，怕是空前绝后了。

母亲瞪他一眼，说，你总是这么煞风景。

父亲说，这是粗心的代价。能不能请老师重新发一张？

我终于愤怒了，说，你们懂不懂，这叫荣誉。荣誉怎么能再做一张呢？

我的父母似乎被一个孩子离奇的荣誉感震慑住了，久久没有声音。

忽然，父亲说，也不是没有办法。

母亲说，什么？

他说，你记不记得，西桥那边，有个老董？

母亲犹豫了一下，很久后，说，想起来了，你是说那个修鞋师傅吗？

父亲说，正是。

母亲说，他修鞋的技术是不错。上次你给我在上海买的那双皮鞋，他给换了个跟，居然一点都看不出。可这跟他有啥关系？

我也想起来了。我们搬家前，在那一带住过。在我放学路上，有个修鞋摊子。总是有个佝偻的老人，风雨无阻地坐在那。除了修鞋的动作外，不见他有其他多余的表情。像是一尊塑像，也不和人打招呼。

父亲说，老董有办法。

母亲叹口气说，你就故弄玄虚吧。这孩子可不好搞，弄不好又是一通闹。

父亲说，毛毛，咱们走一趟。

我们来到西桥，看到了那个叫老董的师傅。

以前，我从未这样认真地看过他。他埋着头，正在给一只鞋打掌。旁边是个肥胖的中年女人，坐在近旁的小竹凳子上，嗑着瓜子。嗑一下，就把瓜子皮噗地吐出去，一边说，师傅，给我打牢靠点。

老董把头埋得很低，正全神贯注地用一个小锤子敲鞋掌，一点点地，功夫极其细致。可能是因为视力不好，他戴着厚底的眼镜，眼镜腿用白色的胶布缠起来。胶布有些脏污了。但你又会觉得，他是个极爱洁净的人。他穿着中山装式样的外套，旧得发白，是勤洗的痕迹。围裙上除了作业沾上的鞋油，并没有别的脏污。套袖也干干净净的。

我们在旁边站着，等那女人修完了鞋，试了试走了。女人离开前，对我们一竖大拇指，说，董师傅的手艺，来斯[1]。

老董没有抬头，口中说，补鞋一块，打掌三角。

声音机械而麻木。

父亲稍弯下腰，说，董哥，我是毛羽。

老董慢慢抬起头，我见他眼睛眯着，看一看。额上很深的皱纹，跳动了一下。他说，哦，毛羽。

爸把我拉过来，说，这是我儿子，还记得哦？毛果。

老董看看我，说，哦，长这么大了。

这时我才意识到，父亲和老董是认识的。而且，应该是很久前就认识。

父亲捧出那张奖状，对他说明了来意。

---

1　南京话，形容人有本领。

老董站起身来，把手在围裙上擦一擦，接过来，说，奖状，好。

他又坐下来。认真地看，沉吟了一下，对父亲说，毛羽，给我买个西瓜来。

父亲说，什么？

老董说，半熟半生的西瓜，不要大，三斤上下。

我听着，觉得很蹊跷。半熟的瓜，谁会好这一口呢。

父亲倒很干脆地回答，好！

这时候早过了立秋了。南京人好“啃秋”。这也是市面上，西瓜最后一波的销售大潮。此后，路边到处都是的卖瓜人，陆陆续续回乡下老家去了。

我和父亲，在西桥附近的菜市场，兜兜转转，好不容易才找到一个卖瓜的。

是个小伙子。他说，师傅，哈密一号，包甜。

他竟然徒手把一个大瓜给掰开了，鲜红的瓤儿。他看一眼我说，尝尝甜不甜，不甜不要钱。

父亲问，有生的没有？

小伙子一拍胸脯说，我这哪有生的，个个包甜。你要给你便宜点。卖完这一拨，我就回老家去了。

父亲说，嗨，就是要半生的，三斤上下。

小伙子愣一愣，一刀狠狠劈在一只瓜上，说，师傅，干哪行也不容易。可不兴这么消遣人的。

父亲看他厉声厉色，知道他是误会了，说，不开玩笑，我真是要个生瓜。你给找找，价钱好说。

小伙子见父亲是认真的模样，也平静下来，说，看你是当真派用场的，我给你找找。

小伙子就在瓜堆里左翻翻右敲敲。许久，才翻出一个。不放心，又在耳朵边上屈着中指敲一敲，听听，这才说，师傅，这个瓜生，将将好。

父亲让我把瓜捧好了，掏出钱来。

小伙子一顿推辞，师傅，你可别骂我了。一个生瓜蛋子，收你钱。旁人知道不是说我黑心肠，就要笑你二五郎当。这瓜送你了。

父亲坚决留了钱给他，说，小伙子，你是给我帮了个大忙呢。

我们把瓜留在老董的摊子上。

老董问，生的？

父亲点点头。老董将瓜捧起来，放在耳边敲敲，眯起眼睛笑了，说，下礼拜五下午，来找我。

父亲说，毛毛，谢谢董老伯。

我对老董鞠了一躬。

回到家，我和母亲说了。母亲对父亲说，你还真认识这个董师傅。

父亲笑笑，老相识啰。

就回书房看书去了。

可我只想着，这么大个生瓜可怎么吃，得拌多少白糖进去啊。

一个星期后，傍晚，父亲对我说，毛毛，走，瞧瞧你董老伯去。

我一听，就弹了起来。我记挂着奖状的事儿。

我们爷儿俩往西桥那边走，走着走着，下起了雨。

莫名地，雨越下越大。父亲把外套脱下来，蒙到我头上，找了个近旁的小卖部避雨。

外头的雨像帘幕一样，街上的人和景，都看不清楚了。

我说，爸，董老伯收摊儿回家了吧。

父亲摇摇头，说，不会。

待雨小些了，我们才又走出去。远远地就看见老董站在路沿儿上，仍旧佝偻着，看见他花白的头发，湿漉漉地搭在前额上。身上的中山装都湿了。他修鞋的家伙，用塑料布盖着，严严实实的。他摆摊儿的地方，是天文所后院的围墙根，也没有遮挡的屋檐儿。他刚才，就一直站在雨里头。

看见我们，他这才从那塑料布底下，摸了又摸，掏出一个塑料袋。交到父亲手上，说，怕你们来了找不见我。拿拿好。

说完，便从地上拎起小马扎，摆到修鞋的小车上。慢慢地推着走了。

父亲一下把住了车头，说，董哥，我送你回去。

老董一愣，使了些力气，拨开父亲的手，说，不体面，不体面。

他摆摆手，说，回吧。别让孩子冻着了。

我们回到家，母亲火烧火燎，说，你们这对爷儿俩，都不让我省心。今天天气预报有雨，就不知出去带把伞。

母亲一边给我擦头、换衣服，一边埋怨，说，非要今天去。这么大的雨，谁还杵在那里等你们不成。

父亲从怀里掏出那个塑料袋，用毛巾擦了擦上面的水珠。他解开封口的葱皮绳，一圈圈地拆了。里面是一个卷好的油纸筒。打开一层，里面还有一层。

父亲喃喃道，真讲究，都和以往一样。

最后铺开的，是我的奖状。

奖状干干净净的，那块巴掌大的墨迹，奇迹般地消失了。

母亲也惊奇极了。她拿起那面奖状，迎着灯光，看了又看，说，怎么搞的这是，魔术一样。

桌上放着母亲为我们父子俩熬的姜汤。父亲说，桢儿，找个保温桶，把姜汤给我打一桶。

母亲张了张口。这时候是饭点儿。但她并没有说什么，利索地把姜汤打好了。又将在街口卤味店刚斩的半只盐水鸭，也用保鲜盒装上，一并给父亲放在马甲袋里。

我知道父亲要去找老董，便又要跟着去。母亲说，你安生一点儿。出去再感冒了，明天就不用上学了。

父亲摸摸我头，说，让他去吧。哈哈，董老伯为他挽回了“荣誉”啊。人要知恩，得当面谢谢。

原来老董住的地方，和他摆摊的地点并不近。

父亲带我从金大的后门进去，穿过了整个校园，才看到在西门的角落里，坐落着两排平房。傅佐路建起了几座新楼，靠着马路，很排场，将校园都遮挡住了。从外面是看不见这些平房的。看得出，都是老房子了。房顶上盖着防漏的石棉瓦。瓦楞上生着不知过了多少季枯荣的杂草。南京城里，这样的平房越来越少了。以往，我的同学成洪才家住过。他们全家从六合来南京接他舅爷爷工厂里的班，后来也都搬到楼房去了。

一条巨大的黑狗，带着几只狗崽，正欢快地在雨后积聚的水洼中踩水嬉戏。看见我们，一阵狂吠。一个胖大婶喝止住了它，对我们说，别见怪，我们这里偏僻，就指望它看家了。

我看到大婶将一块内脏一样的赤红的肉，用草绳拴在水龙头上，很仔细地冲刷。空气里弥漫着很清冽的土腥气。我很好奇地问她是什么。

大婶说，这是猪肺。以形补形呢，对肺好治咳嗽。可是里头脏东西多，要好好洗一洗。嗯，你们是要找谁?

父亲说，董师傅。

大婶说，哦，尽里头那一间。

门开着，里面闪着昏黄的光。走进去，看一个小女孩，正靠在一张桌上，手里握着毛笔。这桌子很大，雕着花，又很高。女孩是跪在一把椅子上。椅子很气派，我在电视上看过，叫太师椅。可是一侧的把手已经坏了，用一个布带子裹了好几圈。

父亲问，是董师傅家吗?

小女孩从椅子上爬下来说，是，我爸出去了。请等一等。

她从靠门的长凳上小心地捧下两摞叠好的衣服，请我们坐。然后将衣服抱着，拉开一个布帘，放到里屋去了。

我们坐下来，觉得已经将这个屋子占满了。这屋子小，并没有什么东西。一张床，一个立柜，还有这张大桌子。人已经没有什么可以腾挪的地方。有一只煤油炉，上面炖着一个砂锅，咕嘟咕嘟地响。

父亲终于站起来，看那个女孩子写字，忽然惊叹说，哎呀，写得真好啊。

我也凑过去看，也觉得写得很好。说不出哪里好，但比我们书法老师写得还顺眼。

父亲说，毛毛你看看，小姐姐临的是《玄秘塔碑》呢。

看我茫然的样子，父亲有些失望，他显然对面前的神童更感兴趣。他问，你还临什么？

小女孩说，还临《李晟碑》。有时也临欧阳询。

父亲说，这个“歸”字写得好。

女孩说，我爸说不够好。他让我要多临柳公权，说还差几分“骨气”。

我对这个梳着童花头、满口大人话的小姑娘，也有些好奇了。

这时候，看着老董进来了，手里拎着一只菜篮子。他的中山装换下来了，穿了一件纺绸的夹克衫，那时是中年男人的标配。可他这件过于大了，整个人显得更瘦小。见到我们，他好像有一些吃惊。

父亲沉浸在刚才的兴奋里，说，董哥，你这闺女写得很好啊。

老董愣一愣，淡淡地说，小孩子，瞎写罢了。

父亲将马甲袋里的保温桶拿出来，说，刚才你淋了雨，不放心。家里熬的姜汤。我爱人给你带了一盒鸭子。

老董点点头道，费心了。

老董从菜篮里拿出一捆青菜，说，元子，把菜择了，蒜蓉清炒。

小姑娘应了一声，从椅子上下来，从桌子底下拿出一只米箩，出去了。

老董将那桌上的笔墨纸砚收拾了，铺上了一张塑料布。又打开碗橱，拿出一瓶洋河大曲，搁在了桌上。

父亲站起来说，我们不打扰，回去了。

老董说，吃了再走。饭点留人，规矩。

父亲说，真不客气。家里那口子等着吃饭，改日我再来看你。

老董闭了一下眼睛，说，毛羽，咱们上次同桌吃饭，毛教授还在吧。

父亲听到这里，犹豫了一下，看看我，说，好，董哥，我们坐下喝两盅。

外头"滋啦"一声，我望出去，原来那叫元子的小姑娘，正将拾掇好的青菜下了锅。那只煤油炉子，不声不响地被她端到外面去了。她的动作利落得很，一招一式，像是做惯了饭的人。这时迎着光，我才打量清她。样子很清秀，但是脸上并没有很多孩童的神气和活泛，平和沉静。

父亲感叹，闺女这么小，真能干啊。

老董也望向外头，说，能干不能干，也长这么大了。

这时候，看见有人走进来，是刚才的那个大婶，手里端了个钵，说，董师傅，家里来客了吧。我肚肺汤做多了，给你端了一钵来。

老董谢过了她。大婶说，留客吃饭，好事，缺什么跟我说。临走又转过头来，说，你胃不好，少喝点酒啊。

看她走远了，父亲说，这里的邻居不错，像一家子人。

老董说，风里雨里，也都几十年了。

元子将菜汤都盛出来，砂锅里的饭也端上了桌。老董自己又开了火，炸了一碟子花生米，下酒。加上那一大盘盐水鸭，倒也挺丰盛。元子将碗筷用开水烫了，给我们一一搁好，开口说，爸，叔叔，你们好好吃。我做功课去了。

老董点点头。她这才给自己盛了一小碗饭菜，回里屋了。

父亲说，这是什么规矩，让孩子一起吃。

老董说，小门小户，认生啊。由她自在去吧。

老董给父亲倒上酒。

董哥，我敬你一杯。父亲说完，一饮而尽。这些年，都还好吧？

老董也喝了，说，好不好，都那样吧。

他又给父亲满上，说，这酒一般，将就着喝。我记得毛教授爱喝花雕。爱请学生喝，也请过我。

父亲说，是啊，喝了就爱吟诗作词。家里如今还有两首他作的《满江红》。难得喝醉，写得也狂放。一直留着。

老董看看我，搛了块鸭子放到我碗里，问，叫毛毛？

父亲应道，大名毛果。

老董感叹道，眼眉真像他爷爷啊。教授要是看到这小小子长得这么好，不知该多欢喜。

父亲道，有时也厌得很，主要是没有定力。要像你们家元子，我也不操心了。我也想教他书法，一点都坐不住。得一张纪律的奖状，自然宝贝得要死。哈哈。

老董说，要不，让他和元子搭伴儿学吧。两个孩子，也好教些。我来教。

父亲说，那怎么好，各人都要忙一摊子事儿。

老董袖了手，说，我这手柳体，当年也是教授指点的，如今传给他后人，也是应当。这欠你家的，还多呢。

父亲愣一愣，说，董哥，过去的事，就过去吧。

他们两个沉默了一会，然后说了许多我不懂的事情。我能听出来的，是关于爷爷当年教书的事。

我东张西望。

一只猫不知是什么时候，从桌子底下钻了出来。橘色的皮毛，很瘦。它将身体张成了弓形，伸了个懒腰，然后蹭一蹭我的腿。我把盘子里的鸭脖子夹过来，喂它。但是它似乎没什么兴趣，摇摇头，“噌”地一下跳到了窗台上。

我这才看到，窗台上悬着一只西瓜，已经干瘪了。瓜上还有一层白毛，是长霉了吧。我心想，怎么还不扔掉。

老董问，毛毛，还认得这只瓜吗？

我想一想，恍然大悟。

老董说，来，老伯给你表演个戏法。

他把桌子收拾了。然后铺开一张纸，将毛笔蘸饱了墨，递给我，说，写个字，越大越浓越好。

我攥起笔，一笔一画，使劲写下我的名字。

又粗又黑，我自己得意得很。

父亲看了，哈哈大笑，有些嫌弃地说，这笔字写得，真是张飞拿起了绣花针啊。

老董也笑，大度地说，骨架是有的，这孩子内里有把力气。

老董将那只干瘪的西瓜抱过来。我才看清楚，西瓜皮上并不是长霉了，而是铺了一层霜。老董拿出一只鸡毛掸子，摘下一根鸡毛。从中间折断，独留下近根儿细绒一般的羽翎子。他用翎子轻轻地在瓜皮上扫，一边用只小汤勺接着。那霜慢慢落满了半汤勺。

老董便将这白霜，一点点地均匀地倒在纸上，我的字迹被盖住了。

我看见他手在瓜上晃了晃，竟捉住瓜蒂提起了一个小盖，一边嘴里说，硼砂三钱砒三钱，硇砂四钱贵金线。

我目不转睛地看着他的手。父亲笑说，好个障眼法。

老董也笑了，笑得很松弛，额头上紧巴巴的皱纹也舒展开了。他对着手上的翎毛吹一下，然后轻轻地在纸上扫。我的眼睛渐渐地睁大了。

纸上的那又黑又大的“毛果”两个字，竟然消失了。

我赶忙举起那张纸，雪白的一张。对着灯光仔细地看了又看，真的，什么也没有。

父亲和老董相视而笑，说，这孩子，可给戏法唬住了。

我用很崇拜的眼神看老董，学着电视里《射雕英雄传》郭靖对洪七公的手势，说，大侠，请受我一拜。

父亲说，得得，就这么会儿，师父就拜上了。

回到家里，已经是十点多了。我找出那张奖状，自然知道是施过同样的咒语。我不顾母亲虎着脸，将刚才的情形添油加醋地说了一番。

母亲冷冷地说，叫爷儿俩疯的，都不回来吃饭。这修鞋的老董好本事。

父亲嘻嘻一笑，收获不小。我儿子还拜上了个师父。

母亲更不解了，说，跟他学什么？学补鞋打掌？

父亲说，他可不只会补鞋。

母亲似乎气不打一处来，抢白说，你一身的酒气，别故弄玄虚了。就这张奖状，说到底，也就是一瓶“消字灵”的本事。

大半夜的去拜师父？这也是我的儿子，交给个陌生人，你也不问我放不放心？我倒要听听他的底细。

父亲这才沉默了。许久后，他说，你记不记得毛毛外公上次拿来的那本《康熙字典》？是他修好的。

母亲也沉默了一下，眼里有惊奇的神色，说，就是那本给虫子蛀得稀烂的字典？

父亲说，嗯。

这事我知道。这本《康熙字典》，是外婆的陪嫁。据说是她爸爸的爸爸的爸爸传下来的。压在箱子底，到有一天找见了，才发现给虫啃得散了架，成了一堆破烂儿。外婆舍不得扔掉，她和父亲的感情很好，睹物思人，心里头那叫一个伤感。竟然经常流眼泪，好像自己辜负了先祖。叫外公想办法，外公能有什么办法，还不是找母亲这个长女出主意。结果父亲拍了胸脯，一来二去，居然找人给修得看不出痕迹来。外婆大为罕异，说若见了这高人，她得要好好地谢一谢。

妈妈说，老董就是那个高人？

父亲点点头。

妈妈眼睛一失神，又有些惭愧地说，真是，人不可貌相。

父亲的酒也醒了，正色道，得亏毛毛外婆的这本宝贝字典，十多年来，我才和老董说上话。你既想知道他的底细，那我就说说吧。

说实在的，那次父亲跟母亲说老董的事情，我因为小，并没有听懂。但看母亲听着听着，眼神黯然，后来竟然有些唏嘘。到我长大了后，有次提起了老董，父亲才又讲给了我听。我才明白，老董的确是个有本事的人。

老董什么时候开始修鞋，好像没什么人记得了。他以前不是做这个的，他年轻时，在肆雅堂做学徒。肆雅堂在哪儿，在琉璃厂的沙土园啊。毛毛，还记得你小时候，每到礼拜天，你大伯领着你去逛旧书店。以前琉璃厂的书店，数肆雅堂装裱功夫一流，修书也最有名气。据说几个当家的老师傅曾为清宫修过四库。后来一九五六年公私合营，给并到中国书店了，书肆的修书师傅也一起来到店里工作。你爷爷那时在艺术系，还兼了金陵大学图书馆的馆长。那次到北京出差，逛琉璃厂，正看见老董埋头修一本嘉靖年间的《初学记》。你爷爷说，那本书的书口已经磨损得不成样子，边角的地方一碰就掉渣。他就看那年轻人，小心翼翼地用裱纸将边角环衬起来，行话叫“溜书口”。每片纸渣都安放得恰到好处。他修了一个多小时，你爷爷就看了一个多小时。你爷爷看上了他，要把他带回南京。那时金大的古藏部刚刚成立，接了好多老中央大学留下的古籍。天灾加上人祸，许多善本珍本书，都毁得不成样子。好的修书师傅，多数去了台湾。留下有经验的，大多又老了，要带个徒弟又谈何容易。这行孤清，可也要靠祖师爷赏饭。人得灵，还得有恒心和耐心。那时候调动个人，已没这么容易。即使老董是孤儿，上下无牵挂，人也已经满师，也还是费了许多的周折。你爷爷对他说，我让古藏部的主任亲自带你。

这年轻人看着善本室里一箱箱旧书，眼睛亮一亮。你爷爷就放心了。

老董人好学，聪明，没一个月已经把善本室的古籍熟悉了。他灵在过目不忘，举一反三。那时候修复古书，可没现在这么好的条件，有什么扫描、电脑归档之类。老董就靠自己一个记性，修过的书，哪一朝什么类、哪个作者、几卷几章，甚至哪一页有缺损，都能记得个大概。他还自己做了一套卡片检索系统。主任也说，这个年轻人，有股子钻劲，好用。老董呢，也是真爱书。除了修书，就是看书，没别的爱好。有次你爷爷去馆里，大中午的，人都吃饭去了。就剩了他一个，埋头看一本书。问他看什么，他回说，《病榻梦痕录》。你爷爷说，嗯，师爷写的书，说了不少乾隆年的腐败事儿。老董合上书，说，知世道污浊，才有个出淤泥而不染。你爷爷接过来，问，你修的？老董点点头。你爷爷打开细细看了，又问，修了多久？老董答，一个月，二修了。原来用了“死衬”，可惜了书。我拆开了重新修了。你爷爷说，一个月算快了，补得不错。这书糟朽了，“肉”缺了不少。老董说，以往在琉璃厂，老师傅们都能补字。我字写得不好，唯有先空着。你爷爷就说，不妨事，我教你写。

以后，老董在修书看书外，多了一个事儿——练习书法。你爷爷教他的法子是临帖。颜柳欧赵，二王二严。与常人习字不同，你爷爷要他琢磨的，是字的间架与笔画。再补他人的字，便都有迹可循。

再后几年，老董渐渐在馆里有了声名，任了二修组的组长。一次，他拿着两本《杜诗镜铨》，找到古藏部的夏主任，说，好好的书，怎么就做成了“金镶玉”？主任说，跟我打过报告的。脆化得厉害，除了酸，还是救不过来。老董沉吟了一下，慢慢地说，这是毁书。

哦，你问这“金镶玉”啊？顾名思义，是在古书页下衬入一张手工纸，用糨糊粘好，让衬纸长度宽于书页，三面加宽古籍的天头、地脚和书脑，好像加了一道玉白边。你可记得家里头，有本你太舅爷留下的《如意函》，就是这么修的。老董对主任说，我们这一行老祖宗立下的规矩，是“整旧如旧”。这书破损得是厉害，可纸张还不算失去机械强度。不到不得已，是断不用“金镶玉”的法子。在我们那，这可叫“绝户活儿”。

主任愣一愣，脸色沉下来，不好看了。他说，这馆里的古籍这么多，怎么才叫个好法子？这在你们北方叫“金镶玉”，在我们这儿可叫“惜古衬”。

老董站起来，说，我去重修。

因为这件事，但凡外头的人提起老董，夏主任就说，业务是好的，可是为人太傲慢，还不是有馆长撑着腰。

又过了几年，家里的事你都知道了。你爷爷被人写了黑材料，交给了革委会。爷爷自然被撤了馆长的职。这他倒无所谓，都是身外物，只要还能教书。后来的苦头，大概又是咱们全家都想不到的了。还波及了你北京的大伯伯。但你爷爷的冷清性子，抄几回家，铺天盖地的大字报，竟也都扛下来了。再后来，渐渐都传出来，这些检举材料，里头有夏主任的，居然也有老董的。老董是被人踩着手，写下那封信。信里说，毛教授的私藏里有多少封建遗毒，他清清楚楚。革委会的人说，那你就编个目，这不是你最在行的吗？不老实，就踩断你的手，让你下半辈子再修不了书。

你爷爷这才落下了病，从此再没好过。谈起老董这名字，是家里的忌讳。再后来，善本室被封了，改成了革委会的档案室。老董被赶出了图书馆。事没做绝，他检举有功，金大的宿舍还是给他留下了。

老董是什么时候修上鞋的，谁也不记得了。我只记得你爷爷出殡那天，下着小雨。不知怎么，我们三兄弟都哭不出来，也不敢哭。回家的时候，远远地，我看见一个人，佝偻着身体，袖着手，朝这边张望。好像已经跟了我们很久。是老董。他发现我看他，这才回转身，急急忙忙地走了。我眼底一麻，这才哭了出来，哭得越来越大声。你大伯慌了，说，老三，你哭什么？我没有答他，只是不管不顾地哭下去。

好多年后，我调回了南京。家里也落实了政策。路过了西桥，老董还在那里修鞋。有一次彼此都望见了。他张张嘴，说不出话。我也说不出。

直到那一回，你妈妈带来了外婆的《康熙字典》，唉声叹气的，要我想办法。我心一横，去鞋摊找到了老董。我问他，手艺都还在吧？他说，嗯。

父亲的讲述在这里停住。此时的他，也是一个老人了。对于老董这个人，除了为我唤起记忆，似乎再没有余力去做任何的评价。但是，我却清晰地记得，在他带我去见老董的那个夜晚，回来后，对母亲讲了一个漫长的故事。而后，两个人都出现了漫长的沉默。后来，我记得母亲站起身，深深叹了一口气，对父亲说，你该帮帮他。

因为这句话，父亲找了祖父当年的同事，这些人也都上了年纪。一些已经不太记得这么个人。但有一个，是老董当年带过的徒弟小龙。因为老董当年的所为，明面上也已没有了来往。我爸就讲了自己的想法，说，您如今是古藏部的主任了。馆里也是用人的时候，还是将他请回去吧。

小龙就说，哪怕现在，我们都替老馆长冤屈得慌。

父亲叹口气，事情已经过去了这么多年。他那一手手艺，是没有犯过错的。

小龙便说，我也不是没动过念头。如今的这些小年轻，缺的是老人儿手把手地带。可是，老董这人你知道，倔得很。给他台阶也未必下。

父亲说，或许让他家属配合做做工作。他爱人是什么来历？我上次见到了他女儿，还小得很。

小龙四下望望，说，他没成家，哪有什么家属？那孩子是他捡的。也不算是捡的。有天他出摊儿，去上厕所，回来就看车把上挂着个婴儿包袱。

父亲说，啊，那这么多年，都他一个人带？也真不容易。

小龙说，是不容易。可谁容易？他当年那封信，这些年可让你们家容易了？

因为小龙出面，金大图书馆给了老董一个临时工的差事。又聘他兼职培训馆里新来的年轻人。

老董对父亲说不愿意去。

父亲说，你的手艺丢了，不可惜？

老董一边擦洗家什，一边说，我得出摊儿，修鞋也是我的手艺。

父亲摇摇头，说，董哥，我知道你挂着以前的事儿。如今我放下了，馆里放下了，你自己还放不下？

老董没有再吭声。

他答应了下来，但是还是坚持要每天出摊儿。晚上开夜校，给图书馆的青年员工作培训。还从馆里领了一些活儿，带到家里来做。

旁人问他。他说，我没脸跟那些老相识一块儿待着。

这时候，我已经跟着老董学书法。老董和学校里的书法老师不一样。不描红，也不用双钩，就是给我一本帖。这帖上一页一字，是从各家的法帖上集聚来的。从“一”字练起，日日不断。母亲听说了，就说，这是野路子啊，别把孩子的字给练杂了。父亲便说，“练得百家好，方知字中字。”这就是当年他爷爷教老董的法子。母亲就不再说话了。

老董家的那张花梨的大桌，腾出来给我和元子练字。老董对我不多言语，一招一式，倒多是元子从旁指点。他自己呢，让图书馆搬来了一张小书桌。桌上多了许多古书。他仍然是修鞋的打扮，围裙套袖，可手上多了一副白手套。拿起书来，小心翼翼的。桌上呢，也都像是修鞋的家什。针锥、挑针、排刷、木尺、大小起子、张小泉的剪刀。眼见着都是老物。榔头有三把，分别是木榔头、铁榔头、橡胶榔头。还有一把镰刀，是真的镰刀，亮闪闪的，用来裁纸。我说，董伯，这可够威风的。

他就笑笑，说，这比起肆雅堂老汪家八斤重的大长刀，可远了去了。

这时的老董，说话也活泼了一些。他手里总不闲着。我呢，生性好奇，练着手里的字，便想去看看他在忙活什么。我问，老伯，你在做什么？他没有抬眼睛，只是答说，伯伯在给书医病。他埋着头，手用一把竹起子，在书上动作着。一盏小灯，光浅浅地打在书上。他仔细地用竹起子揭开粘连在一起的书页，用小毛刷细细刷去页面上的浮尘。那架势，真像极了做手术的大夫。手边的起子约有七八把，大小厚薄各不同，如一排手术刀各有其用。他手里的这把竹起子，很轻薄，颜色较其他几把更深，末端还挂了红色吊坠。久了，我自然看出老董对它的偏爱。这起子由扇柄改制的，刚入行就开始用，据说是当年他师傅传下来的。如今不知经了多少年，已用得发亮，像包了层浆。我便也知道这竹起子的讲究：头部要留竹节，不容易裂开；竹起子要带竹皮，韧性好。

这时，老董略抬一抬头，说，元子，打糨糊。

元子便很利落地将面粉倒在一大一小两只碗里，一点点加水，用力搅拌。一边搅，一边往里头加上些粉末。待看糨糊黏稠了，她又用竹扦子往外挑东西。我问，这是什么？她说，是面筋。

搅拌到最后，两边的糨糊，一干一稀。那只叫“麻团”的猫，“噌”地一下蹦到了桌上，趁人不注意，吧唧吧唧，就着糨糊碗舔起来。元子赶紧走过去，在那猫脑袋上磕了一记，说，哪儿都馋得你。我很惊奇，问元子说，这糨糊能吃啊？元子哈哈笑，说，好吃，高营养。这挑出的面筋，姐回头给你拌疙瘩汤。我又问，麻团为什么不吃旁边那碗啊？元子说，麻团精着呢。那碗里加了黄柏水和澄粉，防虫。它不爱吃。

我于是很佩服元子的见识，也让老董教我。老董说，这都是江湖上混饭吃的手艺。毛毛好好读书，将来要做大事的。学这个没用。

我只管一边缠他。老董又说，你可知道学这个，先要有个什么？

我说不上来。

他对我招招手，说，你来看看伯伯在做什么。

我走过去，看他手里的书，是破旧的焦黄色。纸页上被虫蛀得厉害，布满或小或大的虫眼儿。老董说，你看着。

他用一支毛笔，蘸上元子打的糨糊，将一个虫眼儿润湿，然后覆上了同样焦黄的宣纸。后来我知道，那是他存了许多年的毛太纸，用红茶水染过。他用毛笔蘸水沿着虫眼边缘画水纹，再将多余的毛太纸捻断。大点的虫眼儿，糨糊润湿后，边修补，边用镊子或针锥小心地挑干净毛边儿，然后用个小木槌轻轻地把虫眼儿捶平整。他让我迎着光看看，竟然一点儿都看不出补过的痕迹。老董的动作十分利落，可我看了将近十分钟，他才补了一页虫眼儿。这些眼儿有的豆大，有的小似针眼。我的眼睛已经有些看花了，心里叹一口气。这整一本书，每页都有虫眼儿，得要补到什么时候。

老董又问我，现在你说说，这行得有个什么？

我想想说，好眼力。

老董摇摇头，只说对了一半儿。你可知道，修一本书，溜口、闷水、倒页、订纸捻、齐栏、修剪、捶平、下捻、上皮、打眼穿线……得二十多道工序。当年我师父，教我第一步，就是学这补虫眼儿。那是没日没夜地补，看着小半人高的书，一本又一本。吃过晚饭，给我两升绿豆，到门廊外头，就着月光，用双筷子一粒一粒地拣进一个窄口葫芦。第二天天亮，师父倒出来。晚上再接着拣进去。就这么着整整半年。我看针鼻大的眼儿，也像个巴掌。当年梅博士养鸽子，见天儿盯着看，练那眼神的活泛劲儿。这是一行练就一行的金刚钻。我师父要我学的不只是眼力，还有冬三九、夏三伏坐定了板凳不挪窝的耐力。

我不吱声儿了。老董又问，今天伯伯让你临的“来”字临完了？

我心里一阵儿惭愧，乖乖地伏在大桌子上，继续写字。

我的书法，在老董的教导下，的确是进步了很多。母亲有些奇怪，说，这孩子，跟了老董脱胎换骨了。我也要跟着看看去。

便备了糕点，到老董家去。

老董见一家三口都来了，有些欣喜，也有些慌得不知说什么。

母亲一时脱口而出，老董师傅，咱们见过的。我在您那儿修过鞋，好手艺。

话接不下。父亲忙说，老董哥干什么都是好手艺。

母亲又说，我这个儿子，多亏您教上了道。

老董说，是孩子自己灵。到底是毛教授的后人，一点就透。

老董说完就沉默了。母亲因为知道了这人和爷爷的过往，也竟然不知怎么应对。这时候，她看到门口的炉子上坐着一口大蒸锅，正有些水汽渗出来。于是找话，这是蒸包子？

刚才还袖着手的老董，听到忽然笑了，说，不是。我在"蒸书"。

蒸书？母亲一愣神儿。

此时老董迟钝的眼神，也有些生动起来。

他说，今天去馆里，见着小龙。说福建省图送来了一批出土古书，能修的都修了。还有几本老大难，再修不好，就送去报废了。有本《八闽通志》，已经硬成了"板砖"。小龙说这书已经洗了两次，可是因为酸性太高，纸页都粘连上了。无论怎么都揭不开。我就说，我带回去试试看。

父亲说，这法子能成吗？

老董转向母亲，问，弟妹，你说，蒸包子，这包子膨胀松软，靠的是什么？

母亲想了想，是靠了水汽。

老董说，对，就是这个道理。这古籍就好比一只包子，要靠着这股水汽给它松松骨头。

父亲说，那还得加上点儿小苏打，至少也得加上个酵母头。

大人们就哈哈笑了起来，小屋里的空气变得轻松与快活起来。

聊了好一会儿，老董站起身，取出竹起子和镊子，揭开了蒸锅。

锅里的水汽漫溢出来。还有一股子酸腐的气味，着实不好闻。父亲说，是出土文物的味儿。

老董用镊子在锅里揭了一下，又盖上了锅盖，笑笑说，包子还生，火候未到。

说话间，父亲问，和馆里的人相处得都好？

老董收敛了笑容，终于说，说实在的，那些小年轻的做派，我不是很看得惯。仪器什么的，他们是用得很溜，张口闭口“科学”。祖宗传下来褃褙的老法子，哪是“科学”们比得了的。

父亲想想说，你做好自己的本分。不该你管的，就随他去吧。

老董点点头，说，我有数的。不然白活一把年纪了。

又过了一会，老董站起身，说，成了。

他戴起手套，打开蒸锅，从里头取出那本古书。黑黢黢的书，此时像块刚出炉的蛋糕，散发着水汽。

老董轻轻将它放在一块准备好的棉布上，又拿着一个小喷壶，在书口均匀地喷上水。这才拿起一只小镊子，小心地一点点地伸进书页。

我们一家人都屏住了呼吸，看老董暗暗地使了一下气力。那书页终于被揭开了。我至今记得那一刻的欣喜，在心中响起了“咔”的一声。如同人生的某个机关被打开了。

书页的正反面剥离了，完好无缺的字迹。再揭开一页，依然完好。

父亲激动地说，这真是叫个“大功告成”。

老董也很高兴，搓一搓手，说，这么着，馆里其他几本书也都有着落了。《齐民要术》里写着呢，没有老法子办不成的事。

这时候，我看见元子挎着篮子走进来。老董说，闺女，去买瓶洋河。毛叔叔来看咱们了。

元子脆脆地应了一声。父亲止住她，说，今天你爸攻坚成功，理应庆贺一下。走走，咱们下馆子。

分手的时候，老董喝得晃晃荡荡的，紧紧握住父亲的手不肯撒。他说，毛羽，老哥谢谢你。我是以为自己再也回不来了。

元子搀扶着他，抱歉地看父亲一眼，说，叔叔对不起，爸喝多了。

父亲也微醺了。他说，没事，你爸是高兴的。董哥，你有元子这件小棉袄，归根儿还是有福气的。

以后的日子，与老董走得便近了。家里的一些藏书，祖父在世时被毁过一些，失散过一些。但老家陆续又寄来了，皖南的梅雨天漫长，虫蛀水浸了，品相就不是很好。父亲就都送到老董那去。我呢，喜欢的小人书,《铁臂阿童木》《森林大帝》《聪明的一休》，翻看久了，也送到董老伯那去。老董一视同仁，都给修得好好的。

做活的时候，他的话其实很少。少到你屏住呼吸，只能听到房间里翻动纸页的沙沙声，还有裁纸的声音以及木槌落在书页上的钝响。当这声音在你耳畔放大、减慢，即便是一个儿童，也会体会到其中的一种神圣感。

这房间里的气息，其实也是不新鲜的。因为这些古书经年的老旧，以及潮湿霉变的纸张、寒暑历练的油墨混合在一起，形成了一种浑然而醒神的味道。长了，你会对这种味道产生依赖，甚至在呼吸间上了瘾。许多年之后，我仍然还回忆得起，这是存储在时间中的书的气味。

有时，他会经过我身边，看着我习练书法，不发一言。有时他会俯下身，握住我的手连同手中的笔，很慢地，导引我写下刚才临写的笔画，作为演示与勘误。这一切，都在安静中进行。

唯有一次，我听见他在身后深深叹了口气，说，毛毛，读书的人，要爱惜书啊。

我回过头，看见他手中是我那本散了架的《森林大帝》，他正在一页一页地将书页的折角捋平，然后小心地放在那只里面灌满铅的木头书压底下。那神色的郑重，如同对待任何一本珍贵的古籍。

有一天，元子对我说，毛毛，来帮姐姐一个忙。

她手里握着两卷黄澄澄的线。她把线绕到我的双手上，问我，帮妈妈缠过毛线吧?

我说，嗯，你要打毛衣吗?

她呵呵地笑了，择出了一个线头，密密地缠在小竹筒上，说，这是蚕丝线，是给线装书缝线用的。

我问，这线怎么这么旧啊?

她手里熟练地动作着，一边说，旧就对啦，修古书，就是要用旧线。这线是做旧的呢。

我又问，是怎么做旧的呢?

她说，都是我爸染的啊。这种古铜色，可不好染呢。你闻闻，是不是有股中药味儿?这里头啊，有红茶、红藤、苏木、关紫草、秦皮、槐花、毛冬青、熟地、洋葱皮。要防虫呢，还得放上黄檗树皮、百部根和花椒种子。一起煮成水，把丝线泡上两天，晾干了，才能派用场。

我说，那纸呢？伯伯修书用的纸，也要染吗？

她笑笑说，可不！纸那就更讲究啦。一书一纸，百纸百色，都得能对得上才行。爸说，以前老行当修书，都是买那些残旧的古书，裁了天头、地脚、书脑来用。但这法子是拆东墙补西墙啊。他修书，全靠自己染。他喜欢用的是楮皮纸。楮树皮制成的纯皮纸，韧又轻薄。这颜色要染得准，得一点点地调，还得一回回地试。要黄一点儿呢，就加黄柏；要红一点儿加朱砂；要黑一点儿加烟墨。

我说，这个我也知道。我爸画画的时候，也用调色板。

元子又笑起来，毛毛真聪明，就是这个道理。不过画画是跟着自己的心，染纸啊，可得紧跟着人家的书喽。

这说话间，一卷线也绕完了。我看着她还稚嫩的脸，很叹服地说，元子，你怎么知道得这么多？

元子说，我爸天天都在修书。见来的，听来的啊。

说完这句话，她眼里头有憧憬。摩挲了手中的线，轻轻对我讲，毛毛，我长大了，也要和爸一样，把全天下的书都修好。

回到家，我和父亲说了元子的话。父亲也感慨，好孩子，有志气。老董这一手好活儿，算是有个传人了。

秋天时候，父亲接到了小龙的电话。

小龙说，毛羽，这个老董，差点没把我气死。

父亲问他怎么回事。

他说，馆里昨天开了一个古籍修复的研讨会，请了许多业界有声望的学者。我好心让老董列席，介绍业务经验。结果，他竟然和那些权威叫起了板。说起来，还是因为省里来了本清雍正国子监刊本《论语》，很稀见。可是书皮烧毁了一多半。那书皮用的是清宫内府蓝绢，给修复带来很大难度。本来想染上一块颜色相近的，用镶拼织补的法子。也不知怎的，那蓝色怎么都调不出来，把我们急得团团转。省外的专家，都主张整页将书皮换掉。没成想老董跟人家轴上了，说什么“不遇良工，宁存故物”，还是“修旧如旧”那套陈词滥调。弄得几个专家都下不了台。其中一个，当时就站起身要走，说，我倒要看看，到哪里找这么个“良工”。老董也站起来，说，好，给我一个月，我把这书皮补上。不然，我就从馆里走人，永远离开修书行业。你说说看，仪器作了电子配比都没辙，你一个肉眼凡胎，却要跟自己过不去，还立了军令状。毛羽，再想保他，我怕是有心无力了。

父亲找到老董，说，董哥，你怎么应承我的？

老董不说话，闷着头，不吱声。

父亲说，你回头想想，当年你和夏主任那梁子是怎么结下的。你能回来不容易，为了一本书，值得吗？

老董将手中那把乌黑发亮的竹起子用一块绒布擦了擦，说，值得。

后来，父亲托了丝绸研究所的朋友，在库房里搜寻，找到了一块绢。以往江宁织造府裁撤解散时，各地都托号家纺织贡缎，所以民间还留有许多旧存。这块绢的质地和经纬，都很接近内府绢。但可惜的是，绢是米色的。

老董摸一摸说，毛羽，你是帮了我大忙。剩下的交给我。我把这蓝绢染出来。

父亲说，谈何容易。这染蓝的工艺已经失传了。

老董笑笑，凡蓝五种，皆可为靛。《本草纲目》里写着呢，无非“菘、蓼、马、木、苋”。这造靛的老法子，是师父教会的。我总能将它试出来。

此后很久没见着老董，听说这蓝染得并不顺利。白天他照旧出摊儿修鞋。馆里的人都奇怪着，毕竟一个月也快到了，他就是不愿意停。他获得了小龙的允许，夜里待在图书馆里。傍晚时也跑染厂，听说是在和工人请教定色的工艺。听父亲说，染出来看还行，可是一氧化，颜色就都变了。

可是老董家里，沙发套和桌布、窗帘，都变成了靛蓝色。这是让老董拿去当了实验品。

中秋后，我照旧去老董家练书法。父亲拎了一笼螃蟹给他家。看老董和元子正要出去。老董说，毛羽，今天放个假。我带两个孩子出去玩玩。

老董穿了一件卡其布的工作服，肩膀上挎了个军挎。元子手上端着一只小筐。父亲笑笑，也没有多问，只是让我听伯伯的话。

老董就踩着一辆二十八号的自行车，前面大杠上坐着我，后座上是元子，穿过了整个金大的校园。老董踩得不快不慢，中间经过了夫子庙。停下来，给我和元子一人买了一串糖葫芦。我问老董，伯伯，我们去哪里啊？

老董说，咱们看秋去。

这时候的南京，是很美的。沿着大街两边，是遮天的梧桐。阳光撒到梧桐叶子上，穿透下来，在人们身上跳动着星星点点的光斑。隔了一条街，就是整条街的银杏。黄蝴蝶一般的叶子风中飘落，在地上堆积。自行车辗过，发出沙沙的声响。也不知骑了多久，我们在东郊一处颓败的城墙停住了。

这里是我所不熟悉的南京。萧瑟、空阔、人烟稀少，但是似乎充满了野趣。因为我听到了不知名的鸟响亮地鸣叫，是从远处的山那边传过来的。山脚一棵红得像血一样的枫树，簌簌响了一阵儿。就见鸟群扑啦啦地飞了出来，在空中盘旋，将蓝色的天空裁切成了不同的形状。老董长满皱纹的脸上，有了一丝笑意。他对我们说，真是个好天啊。

我们沿着一条弯折的小路，向山的方向走。元子折了路边的花草，编成了一个花环，戴在了头顶上。这让她有了明媚的孩童样子。

我们渐渐走近了一个水塘，清冽的腐败的气息，来自浮上水面经年积累的落叶。看得出这是一处死水，水是山上落雨时流下来的，就积成了水塘。沿着水塘，生着许多高大的树。树干在很低处，已经开始分叉。枝叶生长蔓延，彼此相接，树冠于是像伞一样张开来。我问，这是什么树？

老董抬着头，也静静地看着，说，橡树。

老董说，这么多年了。这是寿数长的树啊。

老董说，我刚刚到南京的时候，老师傅们就带我到这里来。后来我每年都来，有时候自己来，有时和人结伴。有一次，我和你爷爷一起来。

你爷爷那次带了画架，就支在那里。老董抬起胳膊，指了指一个地方。那里是一人高的芦苇丛，在微风中摇荡。

你爷爷说，这是个好地方，有难得的风景啊。

他说这个话，已经是三十年前了。

老董的目光渐渐变得肃穆。他抬起头，喃喃说，老馆长，我带了您的后人来了。

我顺着他的目光望过去，什么也没有看见，只看到密匝匝的叶子。那叶子的边缘，像是锯齿一样。一片片小巴掌似的，层层地堆在一起。我问，伯伯，我们来做什么呢？

老董俯下身，从地上捡起一个东西，放在我手里。那东西浑身毛刺刺的，像个海胆。老董说，收橡碗啊。

我问，橡碗是什么呢？

老董用大拇指，在手里揉捏一下，说，你瞧，橡树结的橡子，熟透了，就掉到地上，壳也爆开了。这壳子就是橡碗。

我也从地上捡起了一个还没爆开的橡碗，里面有一粒果实。我问，橡子能不能吃？

冷不防地，元子嘻嘻笑着，将一颗东西塞到我嘴里。我嚼了嚼，开始有些涩，但嚼开了，才有膏腴的香气在嘴里漫溢开来。很好吃。

元子说，要是像栗子那样，用铁砂和糖炒一炒，更好吃呢。

老董说，毛毛，你看这橡树。树干呢，能盖房子、打家具。橡子能吃，还能入药。橡碗啊……

这时候，忽然从树上跳下来个毛茸茸的东西。定睛一看，原来是一只松鼠。它落到了地上，竟像人一样站起了身。前爪紧紧擒着一颗橡子。看到我们，慌慌张张地跑远了。

老董说，它也识得宝呢。

我问，橡碗有什么用呢？

老董这才回过神，说，哦，这橡碗对我们这些修书的人，可派得大用场。捡回去洗洗干净，在锅里煮到咕嘟响，那汤就是好染料啊。无论是宣纸还是皮纸，用刷子染了，晾干，哪朝哪代的旧书，可都补得赢喽。我们这些人啊，一年也盼中秋，不求分月饼吃螃蟹，就盼橡碗熟呢。

我听了恍然大悟，忙蹲下身来，说，原来是为了修书啊，那咱们赶快捡吧。

老董到底把那块蓝绢染出来了。据说送去做光谱检测，色温、光泽度与成分配比率，和古书的原书皮相似度接近百分之九十。也就是说，基本完美地将雍正年间的官刻品复制了出来。

因为本地一家媒体的报道，老董成了修书界的英雄。邻近省市的图书馆和古籍修复中心纷纷来取经，还有的请老董去做报告。

图书馆要给老董转正，请他参与主持修复文澜阁《四库全书》的工作。

老董摇摇头，说，不了。还是原来那样吧，挺好。

他白天还是要去出摊儿修鞋，晚上去馆里教夜校。周末教我和元子写书法。

他家里呢，也没变，还总是弥漫着一股子旧书的味道。还有些涩涩的丰熟的香，那是没用完的橡碗。元子用铁砂和糖炒了许多橡子，封在了一个很大的玻璃罐里。我写得好了，就奖励给我吃一颗。

可是，有一天周末，老董不在家。家里没人。也没在馆里。

父亲带我去邻近的澡堂洗了个澡。

傍晚时，再来老董家。门开着，老董坐在黑黢黢的屋子里，也不开灯。

父亲说，董哥，没做饭啊？

老董没应他，面对着那张花梨大桌案，一动不动。桌上有一本字帖，几张报纸。报纸上是清秀的字迹，柳体书法。有风吹进来，报纸被吹得卷起来，荡一荡又落了下来。

父亲又喊了他一声。

老董这才抬起了脸，定定地看着我们，眼里有些混浊的光。

父亲四顾，问，元子呢？

老董很勉强地笑了一下，说，送走了。给她妈带走了。

我吃惊得说不出话来。元子何时有了一个妈呢？

老董摸摸我的头，轻轻说，是她亲妈。当年把她用个婴娃包裹卷了，放在我的车把上。我寻思着，她有一天总会找回来的。她要是找来了，我恰巧那天没出摊儿，可怎么办？十二年了，她总算找回来了。

父亲愣一愣，终于也忍不住，说，你养她这么多年，说送就送走了？

老董沉默了一会儿，说，我去那人家里看了，是个好人家。

比我这儿好，那是孩子的亲妈。人啊，谁都有后悔的时候。知道后悔，要回头，还能找见我在这儿，就算帮了她一把。

老董起身，从碗橱里拿出一瓶洋河。倒上一杯，放在了眼前。停一停，一口抿个干净。又倒了一杯，递给父亲。他说，我该歇歇了。

老董没有再出摊儿修鞋。图书馆里的工作也辞去了。

后来，他搬家了。没有人知道他去了哪里，跟我父亲也没说。

来年春节前，我们家收到了一只包裹，北京寄来的。

打开来，里头是我的一本小人书，《森林大帝》。开裂的书脊补得妥妥当当。书页的折角也平整了。

包裹里还有一把竹起子，上面吊着个扇坠子。竹起子黑得发亮，像包了一层浆。

# 三　徒弟

补天之手，贯虱之睛，灵慧虚和，心细如发。

——[明] 周嘉胄《装潢志》

一周后，我如约来到了简的住处。

家里有个很年轻的声音。我看到一个大学生模样的人，垂首站在简的身旁。简轻声对她说着什么，桌上摊开着一些书叶，手中动作好像在演示。

看到我，女孩大方地打招呼，对简说，老师，您的客人来了。

简笑笑说，这是毛博士。说起来，也是你的学长，港大毕业的。

女孩对我伸出手，说，乐静宜。鹿老师的徒弟。

我握手回礼，这才会意，鹿是简的姓。

女孩反身在桌上收拾书叶，同时将裁切下来的边角很麻利地清理好。颔首道，老师，毛博士，我先告辞了。

简送她到门口，叮嘱说，齐栏重在手势，熟能生巧。每本书的鱼尾栏位置不同。记住教你的口诀，不贪快。

女孩笑一笑，一抱拳，说，遵命。

这个笑容很有感染力，让她清淡的面目生动而明亮起来。简笑了，我也跟着笑了。

我们回到楼上。我对简抱歉道，不知道您在上课，打扰了。

简说，没事，今天不是上课的日子。但静宜要去参加一个比赛，找我补补课。

我说，是修书的比赛吗？

简点头，是，亚洲修书协会举办，两年一次，今年在东京。增设了青年组。

正说着话，简留意到英国短毛跳到了桌子上，趴在一个玻璃碗里舔食。

简轻轻拍了一下它的脑袋，说，为食！[1]

这只叫 Ted 的猫并不很慌张。它用前爪梳理了一下嘴巴上的胡须，这才施施然地落地，沿着楼梯缓缓走下去。

玻璃碗里是打好的糨糊。

---

1 粤语，贪嘴。

简叹一口气，说，正经的猫粮不吃，就爱吃这个。

我想起了很多年前的那个下午，有一只叫麻团的猫，也很爱吃糨糊。

简唤吉吉上来，把书桌收拾了，又叫她从一个五斗橱柜上取下一个樟木盒子，拿出一只函套来。

虽然室内的光线并不很好，但我还是看出这函套的华贵。靛青锦绫的底，上面是游云与舞鹤。三角压片则做成了云头的样式，很精致。

简说，我好久不做了。书顶、书根、书口，哪一处都马虎不得。还好，几年前在嘉定收了一副象牙签，也派上了用场。

我屏住呼吸。看到她将函套打开，里面是爷爷的书稿。她小心地捧出来，放在我手里，说，完璧归赵。

我看到木夹板上了一层蜂蜡，阴刻的“据几曾看”四个字愈见清晰。翻开来，书页平整而柔软。经年水渍的痕迹已看不见了。

简说，洗书除酸、熏蒸、溜了书口，再一页页烫平。你爷爷是个有心人，在内页标注了阿拉伯数字的页码。他是一早预见了有人会拆装。

简说，我师父说，他得到过一册中世纪的书。拆开了，每一手都标注了signature。以往制书的人，是把自己的名声都放进去的。

我抚摸书页，心下感动，说，祖父有幸，身后遇到了您。

简说，这份书稿，我边修边读。令祖上世纪四十年代成书，已提出《快雪时晴帖》是摹本。乾隆爷足五十年都当是真迹，宝贝得很。隔阵子就写一个跋，盖上一个章。台湾也是后来用了科技，以唐双钩为据，才确定是摹本，比这份书稿里的结论又晚了数十年。很了不起。只可惜，当时没有出版。

我摇摇头，说，也不可惜。有些话，说得太早了，是没有人信的。

她说，那也还是要说出来。不说出来，压在心里头，不是办法。

她的眼神黯然了一下。这话里有别的话。但是她说，我的一个故旧，给我讲宋画，讲《林泉高致》，我一直不懂。你祖父评郭熙《早春图》，引《华严经》里头一句，点醒了我。

动静一源，往复无际。我说。

她说，嗯，是这句。动静一源，往复无际。

她阖上书，装进函套里，交到我手上，说，好好藏着。

吉吉出去买菜了，或在楼下遇到了自己的同乡，欢快的声音响起，由近至远。我和简闲谈了一会儿，准备告辞。

简忽然说，你能帮我一个忙吗？

虽然不知是什么忙，我立即说好。

她指着墙角的一只纸箱，说，最近手时时震[1]，开不了车，

1　粤语，手老是抖。

请你陪我去一个地方。

我在导航的指引下，过了海底隧道，把简的二手福特开到了观塘区。

对这里我并不陌生。曾经因和某个著名导演短暂合作，我频繁地出没此地达两个月之久。这里是九龙东的工业区，工厂大厦林立。有些年久的厂房，不敷使用，被政府出政策以低廉的租金租给艺术家，美其名曰“活化”。导演的工作室正在这里。出于因利就便的考虑，他的不少作品在这里取外景拍摄，又多是动作片为主。这些街巷与楼宇，年久失修，而又有种莫名昂藏悲壮的烟火气息，非常适合枪战及飞车。所以，在一些新上画的港片里，我多半还可以辨认出这个区域。

导航结束，我们停在了一幢很偏僻的大厦前。

我搬着那只箱子，跟着简进入一个电梯。那电梯外面竟还有需要人手开关的铁闸。这着实让我开了眼界，此前我只在欧洲那种老式的住宅公寓里见过这种电梯。电梯在二楼停住。扑面的酒气，一个大汉，赤着上身，手里拎着个油漆桶，摇摇晃晃地进来。他转过身，我看见他背后文着一条龙，龙爪的位置写着“兼爱非攻”。我们在五楼出去。我抱着箱子有些吃力。大汉咧嘴一乐，露出一口被烟熏得焦黄的牙齿，问“使唔使帮手”。

我看见了简走在前面，娴熟地在一个铁门前按动了密码。

铁门打开。然而面前又是若干的一式一样的铁门，上面各安装着一式一样的密码锁。同时，我听见耳边犹如鼓风机一样强劲的中央空调的声响。我忽然意识到，这就是“迷你仓”。

有关“迷你仓”，我并不感到陌生。旧年香港出了一桩事故，九龙区一个叫“时昌”的迷你仓发生四级大火。烧足三十四小时，未熄。火势并不大，但因为现场楼层的储物仓如同迷宫，物件纷纭，一星之火，处处燎原。其间两名消防队员不治殉职。

“迷你仓”着眼于“迷你”，是港人的在地发明。地少人稠，空间逼狭。诸多鸡肋之物，留之无用，弃之可惜。便租借工业区或海旁的小型仓储，摆放这些物件，租期一年至数年。我识迷你仓，是当年在港大读书时。毕业的师兄姐，有如默契，将办公室的各类书籍打包，纷纷存放于斯。回归家庭本位后，对书籍封锁致哀，如天人两隔，永不相见。

我忽然想，或许我手中的纸箱，装满的是书。

果然，简用裁纸刀将箱子划开，从里面取出一摞颜色陈旧的书。她再次按动密码打开了一扇冰冷的铁门。里面摆着三只同样冰冷的铁质书架，是那种图书馆才有的书架。这书架是定制的，很高，上接这个厂房改建的迷你仓独特的天花板。天花盘旋着看得见经年锈迹的管道。书架下面，还有一只可以自由伸缩的梯子。

简将梯子打开，挪动，指着书架高处还空着的位置，对我说，请把这些书帮我放上去。我按照她的指引，将这些书在书架上排好。我可以闻到，这些老旧的精装书，却散发着新鲜的糨糊和皮革味道。

简说，帮我把旁边的那些书拿下来。我拎起其中一本。仓促间，这本书的书脊竟然整个掉了下来，落在了地上，激起了一阵烟尘。我慌张地对简说对不起。简笑起来，摆摆手说不要紧。我这才发现，这些书已经残破不堪。我很小心地一本本取下来。简按照次序，将他们放进了刚才的纸箱里。

简将其中一本拿起来，掸一掸灰，满意地说，带回去慢慢修。

我这时才认真打量这个迷你仓，发现比我想象中要大，只不过空间被几个书架遮蔽了。原来书架后还有许多纸箱，上面标志着号码，似乎写的是年份。

简在我身后，安静地说，这是我的书店。

没待我细问，她说，从中学开始，我所有的藏书都在这里。四千多册吧。

她四望一下，在书架上取下一本。说起来，都过去了许多年了，总也舍不得丢。小时候，家里经济不好，我又爱读，就在旧书摊和文具店“打书钉”，不肯走，一站就是一个下午。老板娘赶了几次，我就省下零用钱来买。新的买不起，就买旧的。一来二去，也攒下许多书。可这些书呢，缺少照顾，多半无“完身”。我那时爱读小说，因为封面脱落，连带了前后的章节。对不少故事，我现在记忆都是有头无尾，也多了一些念想。后来读了大学，还经常帮衬那家书店。老板娘对我说，有个客人，把一套书放在店里寄售，少了一册，卖得便宜。我一看，是一九七四年内地出版的《脂砚斋重评石头记》。宣纸朱墨套色，原尺寸影印。我恰巧在《明报月刊》上读到了这套书的广告。说来也是个缘由。那时是“文革”时代，大陆未开放，缺乏外汇。北京出版了这套庚辰本《石头记》，全世界限量两千套。价定得很高，是用来赚外汇的。香港分得五百套售卖，当时作价港币两千五。我翻开来，就看到这套线装书，跟足原书订装，就连眉批原本红色都保留了。拿在手里就不忍放下。老板娘说，那客人开价一千二。我说，我是学生，没有这么多钱，可我想要这套书。老板娘说，这个客人要移民英国了，我替你问问吧。后来，客人回话了，说可以一千元给我。在七十年代，这仍然是个不小的数字。我叹口气，摇摇头说，还是算了。老板娘说，郑先生说了，不急着你还。他留下了一个账户，你储够了再还他。

我用了两年时间，补习、做兼职赚钱，把这笔钱分期还掉了。简说。

我说，这套《石头记》，少了哪一册？

少了最后一册。我去年才补齐，也不知谁舍得放了出来。简将铁门关上，上了密码锁，问我说，饿了吗？我们去吃饭。

我推辞了一下。简说，餐厅不远，当是谢谢你。

我们开着车，只经过一个街口便停下，是另一幢工业大厦。

简掏出眼镜，在通讯簿查找，先打了一个电话。然后，我们经过一个昏昏欲睡的保安，搭乘电梯上了楼。

电梯门打开，没想到别有洞天，竟如同一个热闹的市镇。迎面是悬挂着红色灯笼的居酒屋，墙上浮雕了能剧面具。一个打扮成早乙女乱马的女孩，手里捧着试吃的甜品，一面在派发传单。而隔壁的玩具店，招牌闪烁霓虹，里面发出嘈噪的电子游戏的声响。

简并没有理会我的瞠目，只是一径走到了走廊的尽头。一个门脸很小的店铺。没有店名，门口只镶嵌一个门牌号，630。

走进去，黑咕隆咚的。这时候灯开了，走出一个模样很精干的白种男人，衣着形容精致。他用英文说，简，好久不见。

店面陈设简洁。工业风的铁艺桌椅，墙一律漆成了凝重冷淡的青灰色。男人将我们引至其中一张桌子。

男人问简，吃点什么?

简说，马克，我很想念你的烤羊羔肉，半熟，多放点迷迭香。

男人说，这位先生呢?

我说，一样。谢谢。

男人说，还是厨师色拉?今天的龙利很不错，给你做个海鲜饭，配黑椒汁。附赠一个新研制的甜品。

简说，好。我都快忘了你做的云石蛋糕的味道了。生意会比以往好些吗？

男人说，还过得去。现在主要靠在网络上打广告，只接受预订。不要浪费了好食材。你呢，去年跟我说重开书店的事，怎么样了？

简说，恐怕是遥遥无期。等我把这些书都修好了再说吧。

简给我倒了杯气泡水。自己要了杯热柠檬。她说，上了年纪，喝不了冰冻的了。

我说，这家店的名字别致，叫“630”。我猜对店主很重要。

简说，是，对我也很重要。十一年前的六月三十日。同一天，他在中环的西餐厅，和隔壁我开的书店都歇了业。房东加铺租，实在承担不起。这个工厦的租金便宜很多。几年后，他打电话给我，我也很吃惊。真想不到，他会在这里东山再起。我一直以为，他早回去了意大利。西西里人，真是有股不屈不挠的劲头。

我说，你开的书店？

简笑一笑，说，先填饱肚子。我再和你说说这些伤心事儿。

这个叫马克的厨师，同时也担任着店里的侍应。我本来担心如果客多了，他如何应付，但其实是多虑。在我们吃饭的过程中，并没有什么人进来。以至于他在服务我们的同时，还可以和我们聊上几句，说些俏皮话什么的。但不可否认，简的介绍很不错。他的羊羔肉烤得好极了。尤其是配的酱料，有一种奇异的鲜香。

马克说，这是用的香港本地的虾酱调制的。取材自靠近大屿山的大澳渔村。他总是亲自去购买食材，要看清楚虾酱由那些年迈的婆婆光着脚踩出来，然后用那种阔大竹匾晾干在海滩上才会买。

简看马克走远了，说，真是个妖精啊。十几年过去了，竟然一点都没变。连他那粒黑晶石的耳钉，都没变过。那时 BBC 采访我的书店，他还客串出了镜。结果播出后，竟然还有人写信给我，要他的联系方式。

这一定是个很棒的书店。我说。我知道自己说这个话，是出于很大的好奇。

简说，说来话长。我并没想过要开书店。我大学毕业后，曾经去加拿大学戏剧。第二年，我父亲过了世，家里经济出了困难。我回到香港，经人介绍，在鞋业公司做事。那时年轻，被公司派到内地去做开荒牛。大陆刚开放，有许多机会，拼命工作了几年。后来，香港的制造业不行了，公司业务撤退。我就在一家电脑公司担任销售主管，还是满世界跑。钱赚得少了，人倒是悠游了些。到了一个地方，就逛逛当地的二手书店、旧书摊。逛多了，发现以前喜欢的小说，在英国可以买到古董版。只是破烂些，有的十五便士就能买到一本。你看看，英国一年、新西兰两年、澳洲五年、日本五年，这样十几年，积攒了许多的二手书。我在西环租了一个唐楼单位，摆这些书。我母亲去给我收拾，说，人家讲“破家值万贯”，可这些破书，看来看去都是一堆垃圾。

这时金融风暴来了。公司裁员，裁到中层，我在名单里头。我没结婚，没家累，薄有积蓄。我看着家里堆满的书，想想说，那就做点自己想做的事吧。我开了个书店，叫 The Book Attic。先开在湾仔的厦门街。我还记得把那些二手书排上货架的情形。朋友的物业，原来是间香料铺。上一手留下的香料味，混着书的尘味与纸张味道。朋友有鼻炎，闻得直打喷嚏。我却觉得沁人心脾。还记得夜里头，我坐在灯底下，设计店面海报，把这些年来买的书排成目录，简直感觉进入了“神圣时刻”。我收旧书之后，会逐本打理、清洁，修补书角，才放上书架。那时基本的书籍护理，我驾轻就熟。可这些收藏里，有许多甩皮甩骨[1]的古董书，实在力有不逮。可我又不甘心。你还记得我学生时经常光顾的那间旧书店吗？后来老板娘电话我，说她的书店要关张。那个卖给我《石头记》的先生，把在店里寄售的书都送给了我。里面有一本古董书，是一八四〇年出版的《鲁宾逊漂流记》。羊皮的硬皮书封，烫金斑驳，整个掉了下来。书脊已经全部散了。这么多年，我就想着将这本书修复好。

---

1 “甩”在粤语中意为“脱落”。此处指书的损毁程度严重。

我送去了许多地方，都说修不了。遇到一两个所谓专家，也是徒有其名。其中一个，竟然用手术胶带敷衍。之后，我用了半年上港大古籍修复的培训班。上完了，我拿着书问导师，能不能修。导师摇摇头，给我一句话：不遇良工，宁存故物。

我就把这本书放在书店当中的书架上，给自己看。

这期间，我的书店开出了名堂。开业两年，被国外一家生活网站评为“香港最佳独立书店”。有电视台找上来，问我有什么愿望。我说，希望有生之年，能把书店里的书都修好。

后来，湾仔的店被朋友收走。我搬到中环，是楼上铺。这让我知道了什么叫流年不利。我在这里一开始就不受欢迎。这是老式唐楼，楼上的住客多半是老人家，住了四五十年。书店在楼下，老人迷信风水，说书书（输输）声不好，病痛又赖书店，赌马输了又赖书店。到后来竟然联名写信给业主。业主便不愿意与我续约。话说得客气，说楼市租价劲升，书店收益微薄，怕顶不起铺租。这是实情，我开了六年书店，只有三个月赚钱。前头十几年的积蓄，蚀去了大半了。

我歇业前最后一个月，书店生意已经清淡得拍乌蝇。有一天，来了一个客人，是个头发花白的先生。他走进来，四围看看，从书架上抽下一本书，问我，这本书卖吗？

是那本《鲁宾逊漂流记》。我说，不卖。

他问，为什么不卖？

我说，因为没有修好。

他问，没修好，就一直放着？

我想起了那句话，于是脱口而出：不遇良工，宁存故物。

他听了笑一笑，说，既然是故物，能物归原主吗？

我愣住了。他翻开了书封，指给我看扉页上的简签。书页旧得发黄，钢笔的笔迹还十分清晰。

S.C.，他说，这是我的名字，Stephen Cheng。

我忽然意识到，这是二十多年前卖书给我的郑先生。

他微笑，问我，那套《石头记》，最后一本补齐了吗？

我想象过很多次这个人的样子。但他对我说话的时候，我头脑里一片空白，甚至没有兴奋的感觉。

他说，我在 BBC 的节目上，看到了你的书店。一个特写到这本《鲁宾逊漂流记》，一眼认出是我的。这书脊上的牙印，是我儿子换牙时咬的。我前年从伦敦回到香港，找到了湾仔的厦门街，才知道你的书店关了门。功夫不负有心人，终于给我找到了。

我苦笑，说，你来得正是时候，我月底就又关门了。

他说，书店关门不怕。你在节目里说，平生的愿望，是修好这些书，这话可还算数？

我说，书店都没有了，我还能做什么？

他从包里掏出一张支票，说，我买下你店里的书，这是三分之一的定金。但我只接收你修好的书。

我看了一眼，对当时的我来说，这是个天文数字。

他留下了两个电话号码。一个是他在伦敦的电话，还有一个，是 Flora Ginn 的。我后来才知道，那是英国最出名的古籍修复师。

简说，后来在伦敦的那些年，是我此生最快乐的时光。

终于可以面对真实的自己。这话说大了。其实很简单，你与三百年甚至六百年前的书坦然相对，没有顾虑，没有生计的压力。整日触到那些微微发黄的纸，闻到有些发霉的墨味。那种喜悦，是很难形容的。

Ginn 是个很严厉的老师。虽然我从来没有预期拜在她门下会有任何浪漫的细节。但她反复强调我是她收的第一个亚洲学生。以求学论，我的年纪不占优势，还要克服在文化背景上的障碍。

修复古书，是一门技艺。工欲善其事，必先利其器。这一点英国人和我们一样。Ginn 并不提倡用任何现代科技的方式，介入古书修复的工作。她认为所谓事半功倍的代价，是细节的冰冷和粗糙。工作室如同一座作坊，所有的工具看似凌乱，却各司其职，都是经历了岁月考验的。用久了才知道多么称手。我现在用的那只书压，也是一百多年前的古董。你必须逼迫自己成为一个熟练的工匠。因为你终日打交道的是不同质地、颜色的布、线甚至木料。Ginn 曾经教我自己做一张衬纸，用去了整整三天的时间，才算合乎了她的要求。

我真正遇到的难题，是修书当中的学问。这真是一世也学不完，不只是修复技术要纯熟，Ginn 要求我在半年内研习欧洲古书的订装历史。说起来，在西方，十三世纪才开始出现订装技术，之前人们一直用莎草纸来记录文字。两百年后，人们开始用木板做书的封面，后来再发展至用皮革。现在我们常见布封面的古书，是十八世纪才出现的。因为工业革命后，书籍大量生产。要用更廉宜的方法造书，于是开始用纸板做封面，再在上面裹一层布包装。

简打开纸箱，翻找了一下，从里面拿出一本书，整个书脊开裂。她对我说，你看看这本。基本可以估出，是十九世纪下半叶出版的。欧洲图书往时黏合用动物胶，后来英国殖民东南亚，他们才改用当地产的橡胶。怎知橡胶效果差，太易变干变脆。而且为了节省人手，不用线订装。那时候，低成本生产出来的书，揭几揭就会烂。就好像这本，修起来要费不少力气。学习了这些历史，每次修书，动手前先研究书籍来自什么年份、用什么方法订装。有时候，书不会注明什么时候出版，也可以从蛛丝马迹推断，例如纸质、封面工艺，或者出版社。我修过一本约有四百年历史的书，是本法国出的版画图鉴。脱页破损还是小事，最大问题是书里有几页不见了。还是老师点拨，我到大英博物馆查找同一版本的书，把缺了的几页影印，然后重新为那些缺页制版，用相同的印刷方式、字体、颜色，再用相近的仿古纸印刷，补回那几页。我花了三个月将那本书修好。我老师对我说，你可以满师了。

我听简说到这些，如数家珍。面前的甜点已经化掉了，也浑然不觉。她的眼睛里闪着晶莹的光，让整个人也明亮起来。

我问，听欧阳教授说，你拿到了英国的修复师资格证，后来就回到香港，开始为郑先生修书？

简愣了一下，眼神忽然黯淡下来。她没有接我的话，只是抬起胳膊，远远地对马克做了个手势，说，埋单。

她的手指，在微微地发抖。

送她回去的路上，简没有再说话。她有时只是凝神盯着前方，有时会看看车窗外。稍开得快了些，山道上的路灯连成了起伏的弧线。

大约一个月后，我接到了简的电话，邀请我参加一个派对。

她的学生乐静宜，在亚洲修书大赛上，获得了青年组的冠军。简亲自下厨，请大家吃饭。

她说，今天学生们都会来。

按照我所预想的，这是以满门桃李为主题的青年人的聚会。然而到了才发现，并非如此。来者寥寥，到场的，竟有半数都是中年人。有一个须发皆白的老人，年纪似乎在简之上，但穿着很时髦，他叫阿超。

晚宴布置在天台上，风景独好，可以俯瞰整个中环的夜色。我是许久没有在山上看过中环。当年在港大读书时，常攀山去龙虎亭。中环的璀璨，似乎永远是这城市的缩影。即便远离市井喧嚣，隔了几重距离，仍如在眼前，伸手可触。此时的流光溢彩，又密集了一些。我伸出手，比划了一下。中银大厦上巨大的避雷针，像是一节铅笔头，落在我的拇指和食指之间。

我们喝香槟，吃着静宜从日本带来的乌鱼子。交谈间，彼此开始熟悉。阿超是个退休的工程师，年近七旬，曾在南丫岛的风采发电厂工作。至今仍住在岛上，经营着自己的有机果园。擅长海钓，所以是那种被海风终日吹拂的黧黑脸色。他是简的第一个学生。

阿超说，我们这些人，多半都是从顾客做起。我可不是什么古书藏家，认识简时，只是个音响发烧友。我爱自己砌真空管机。有本教人砌机的平装书，七十年代出版，是我们这一行的《圣经》，很好用。经常翻阅内页松脱了，就来向简求救。

简说，当时我没想接这单 case。师门有训，按行规这样的书不能接。阿超捧着他的书，一脸丧气，像捧着自己生病的孩子。我心软了，但还是对他说，你这本书标价一百二十块，我修好它，原材料加手工，要三千二。不如买本新的。阿超没有犹豫，说，多少钱都修。

阿超接话说，后来，我拿回了这本书，觉得简是它的再生父母。人说医生救死扶伤，情同此理。我就拜在她门下。

阿超执手行礼，似模像样，把我们都逗乐了。他说，诸位莫笑，不是我虚长了简几岁，真要摆一个蒲团敬上一盅拜师茶。

旁边的思翔道，我那本书法辞典，给小孩胡闹打翻了墨汁。不贵重，可已经绝了版。用了二十年，心里很不舍得。交给简，竟然也回了春。人说新不如旧，这感情在里头，可是钱两能计算清的？

我在旁边听了，心里一动，想起了什么。问这“除墨”可是用“西瓜出霜”的法子。思翔说，这是秘笈，要老师说，先得拜师。

简笑笑说，倒没什么要保密，我回头细说给你听。中国人有中国人的老法子，西人也有西人的办法。道理都是整旧如旧，不过殊途同归。

这时走进了一个妇人，风尘仆仆，连声道来迟了。说是送孩子去补习班学钢琴，刚才接了来。来人叫秀宁。简亲自切了一块云石蛋糕给孩子，看得出是在马克那里订的。妇人便提醒孩子说，快谢谢师奶奶。

简就佯装生气的样子，说，唉唉，这不是把我叫老了？

秀宁就不安起来。简说，看看你，都是做妈的人了，还像当年一样，一说就脸红。

秀宁也笑了，看看我，说，这位是？

阿超就说，新朋友，毛博士，在大学做教授。你家 Ken 仔好好学，将来要跟教授读书。

秀宁说，好，博士要帮我教训。这孩子，唔生性，成日只挂住打机[1]。

这时夜风凉了，人们三三两两往楼下走。简收拾碗盏，我留下帮她。她看看外头，远处不知是哪里的年轻人，说笑着走来。其中一个打了一个响亮的呼哨，旁边的人就喧嚣起哄。

秀宁的孩子蹲在墙角，和那只叫 Ted 的短毛猫玩耍。简说，过得真快啊，这孩子见风长，几年都这么大了。当年秀宁自己还是个孩子呢。

我笑说，做老师的，是看着时间跑的人。我在这大学不过教了七八年，都感叹得很。

简说，其实我没想过收徒。我老师说，我们这一行，是自己一个人的清苦，不可半途而废。底细未明的人，心中有名利的人，都做不了。可是，自从收了阿超，每收一个学生，似乎都有非收不可的理由。

我问，那为什么收秀宁呢？

简叹一口气，我从英国回来，有一段时间，日子很难熬。

1　粤语，打电子游戏。

后来是社工推荐，去看心理医生。那天去诊所，看见一个年轻女人，坐在椅子上哭得很伤心。你想，一个人哭得旁若无人，是得有多大的痛。我看到她站起来，有些艰难地撑住自己。这才看出她有身孕。她手里捧着一本书，是本《路加福音》。后来，陪我来的社工就说，这是同他一个教会的姊妹。也是命运不济，年初婚变。犟得很，自己一个人，非要将孩子生下来。她人生的支撑，是她的奶奶。祖孙感情很好。奶奶后来得了老年痴呆症，后母不容。她大学后，便把奶奶接出来照顾。祖孙相依为命。一年前，奶奶也去世了，她一直撑着。这本《圣经》，是她奶奶的遗物之一，上面有老人的许多笔迹。她从此不离手，宝贝得很。也是用得太久了，书终于散了。她感情就崩溃了。我想一想，就对社工说，别的不敢说，这本书，我可以帮上忙。

后来，社工带着她登门道谢。她说，看到这本修好的《圣经》，一刹那，她觉得人生又有了指望。临走她对我说，想跟我学修书。我刚想婉拒，她说，家里还有一些奶奶留下的书籍，都很残破。她想亲手修好。我看她大着肚子，眼里有热切的光，就说，好。

你看现在，她一个将孩子带大，又找到了工作。她对我说，她每次洗书，人就轻松一点。觉得将奶奶一生的辛酸，连同自己往日的不快，都洗去了。

后来，我也慢慢好起来。做这行，何止是医书、医人，也自医吧。

这时楼下欢呼。就见阿超上来，说，简，那边有节目，你是主角。

我们到了楼下。看大家原来正徐徐打开两幅卷轴，赞不绝口。书法家思翔说，这一幅给老师，“焕然一旧”。我不贪天功，这不是我的原创。有次听欧阳教授说了这句，觉得很贴切，老师做的事，正是给古书脱胎却未换骨。另一幅给静宜，“惜旧布新”，贺她在大赛拔得头筹。说起来，我们这伙子人，走到了一起，因为兴趣。而人有天赋，我跟老师学了两年，也就是个三脚猫功夫。我们中真能继承老师的衣钵的，可能只有静宜一个了。

静宜只是浅浅地笑笑。按说她是今天的主角，话却分外地少。没有凯旋应有的喜悦，更不复与我那天初见时的活泼样子。

她身边的一个年轻人，旁人介绍说是她男朋友，叫文森。文森在投行工作，据说已经和静宜交往了两年。两人看上去是亲密的，但文森似乎是广交天下贤士的性情，经常走开去和别人倾谈。他与我谈了一会儿现代大学教育制度的得失，得出了一个结论：将来大学不会再需要教授，甚至大学也将被取替。“毕竟以后都是人工智能的天下。”

这时候，阿超眨眨眼睛，说，我听说文森还有个余兴节目。文森于是迅速站到了众人之间，从口袋里拿出一本精装书。这书的黑封皮上，金色烫印着“Louise”。这是静宜的英文名字。

文森忽然走到静宜面前，单膝跪地，慢慢打开了那本书。在书页的正中央，镶嵌着一枚戒指，熠熠生光。文森说，静宜，这是我生平做的第一本书，连同对你的爱，一并放在里面。嫁给我，此生读你千遍不厌倦。

旁人自然起哄，夹着祝福。年轻些的开始呼喊。

静宜的脸色并无兴奋与意外。她缓缓站起来，看了文森一眼，目光是冷的。她阖上了那本书，然后说，修书的本事，不是这样用的。

静宜在众人的目光中走出去，留下文森，傻愣愣地跪在原地。

这一幕太突然，出乎所有人的意料。事实上，这次求婚并不是兴之所至，而是群众智慧共同策划的结晶。本以为是派对高潮，没想到如此潦草地收了场。意兴阑珊间，众人纷纷告辞。

我往山下走，主道上的计程车会多一些。夜风有些凉了。

一辆车在我身边停住，车窗摇下来，是静宜。

静宜说，毛博士，上车吧。我送你一程。

我说，太麻烦了。我要过海。

静宜将车门打开，说，我去九龙塘，顺路。

她静静地开了一会儿。我觉得气氛有些尴尬，就问，文森没和你一起？

她愣一愣，说，今天失礼了。

我说，没关系。小伙子总是性急些。

她看了我一眼，说，你也是年轻人，却没有年轻人的好奇。

我没有说话。她继续说，你们知识分子，总是很谨慎。生怕交浅言深，惹火上身。

我终于笑笑说，你很喜欢对人作判断。

我下车的时候，在后车座上看到了一本精装书。很老旧，但是封面有古典繁复的压金图案，上面用英文写着《鲁宾逊漂流记》。

简中风，是端午前后的事。

我看到一个陌生的电话号码。接了，是静宜打来的。

我到了法国医院。简抢救过来了，躺在病床上。苍青脸色，看到我，眼睛亮一亮，眼珠一转。静宜便慢慢将病床摇起来，枕头垫高，服侍她半坐着。

简张一张口，她的嘴巴有些歪斜了。她用了气力，很艰难地说出了“毛博士”三个字。声音的含混，将她自己吓了一跳。她必定是觉得不体面，便紧紧闭上嘴巴。

她示意静宜为她拿来纸笔。她将胳膊从被子里伸出来。我看到，她的手抖得很厉害。她用尽气力，让自己攥住笔，在纸上一笔一画地写字。

字迹是歪歪扭扭的。但我还是辨认出，是“修不了书”。

她写完这四个字，仿佛如释重负。绷紧的身体于是也松弛下来。她看着我，看了一会儿，轻轻地将眼睛阖上了。我也静静地望着她。有一滴泪，沿着她的脸颊，缓慢地流下来。

我说，简，你好好休息。我稍后再来看你。

静宜送我出去，我们穿过走廊，到了楼下平台。

平台上是一个布局精巧的花园。花圃开满了绿莹莹的绣球，枝叶交缠，十分茂密。只是五月，香港的天气已经很热，伴着雨季的湿潮。远处望到狮子山起伏的轮廓，也是灰蒙蒙的。间或有蝉鸣传过来，是压抑的声嘶，听来有些令人窒息。

我对静宜说，这阵子照顾简，辛苦你了。

静宜淡淡说，没什么。她以后也要归我照顾了。

我一时疑惑，稍停顿了一下，心生佩服，便说，简没有子女。一日为师，终身为父，遵古训的又有几人。你很难得。

静宜笑一笑，将眼光移开，落到两个在台阶上嬉闹玩耍的孩子身上。他们后面是一对年轻的男女，也注视着他们，眉头紧锁。

静宜喃喃道，为师……又岂止呢。

她看我愣住了，于是说，毛博士，不赶时间的话，我们去那边坐坐。

透过咖啡厅的落地玻璃窗，我这才看出那两个孩子其实是一对双胞胎。生着一模一样的面目，却没有落入双生儿装扮的窠臼。他们的衣着并不一样。发型也不同，一个留着时髦的偏分，另一个则是利落的平头。其中一个似乎玩累了，开始厌倦另一个仍然兴致勃勃的挑衅，将头扭到另一边去。这时，我们都看到那个年轻的女子将头依靠在男人的肩上，那肩膀有些微的抖动。她应该是在啜泣。

你说，静宜忽然开口，这四个人，是谁病了呢？

此时她面目平静，看不到同情或是其他任何的情绪，是个木然的脸色。下午间歇的阳光下，可以看见她青白的脸颊上，有几颗浅浅的雀斑。

你知道吗，我小时候自己发明了一个游戏。经常坐在路边，看那些交谈的行人，猜想他们的关系。伦敦的天气总是很阴郁，人也不怎么说话，起码比香港人的话少得多。这为游戏带来了难度，但是好玩的地方也在这里。你于是需要根据你看到的，不断地揣测，然后不断否定推翻自己，再重新猜想。这很耗工夫，不过没关系。本来我也没什么事可做，正好用来打发时间。

这像是哲学家和职业侦探做的事。我笑一笑，问，那时你多大？

还在上小学吧。我的父母已经离婚，我跟我妈妈过，也改跟了她的姓。事实上，我已经不太记得我爸的样子。我只在每个月的探望日能见到他。打我记事，他在我印象中，就是个上了年纪的人。我是老来子。我应该来自一次失败的避孕。或许大家都缺乏思想准备，好像是我打乱了所有人生活的阵脚。我出生时，两个哥哥已经成年，都搬出了家里。大哥继承了爸的生意，娶妻生子。二哥在海事军官学院毕业后，也很少回来。只有每月阿妈煲老火汤时才出现，算是碰个面，到底还是广东人。

所以，我出生时，我爸已经是半退休状态。我还记得的，是我爸有一间书房，很大，比客厅还大，摆满了书。可我哥说，这个书房，只是在香港时的三分之一大。爸的书房总是锁着。有时，他会把自己反锁在里面，一待就是一个下午。不经他同意，没有人被允许进去。记得我七岁那年，有次偷偷跑进去了。那是我唯一一次一个人待在这个房间里。我踮起脚，用手去够一本植物图鉴。我太矮了，那本书掉了下来，砸到我的头，又掉在了地板上。我哭起来。我爸急忙地推门进来，把那本植物图鉴捡起来，反复查看。皱着眉头，神情里是心疼。然而自始至终，他没有看我一眼。他似乎终于发现了满脸泪痕的我。他冷冷地对我说，出去。

嗯，那一瞬间，我甚至希望他动怒。像个正常的父亲，对一个做错事的孩子该有的样子。但他只是冷冷地让我出去。

再后来，父母就离婚了。家里没有任何波澜，好像这是一件顺理成章的事。很多年后，我回到了香港，见到了我们家当年的亲戚。我知道我的父母从未相爱过。他们结婚，只是我祖父想兑现当年的一个承诺。

父亲把房子留给母亲和孩子们，把财产也做了恰到好处的分割。然后他们俩客客气气地分开了。我从小对“相敬如宾”这个词，一直有另外一种理解。两个人组成一个家庭，一开始就是为了各司其职，像是关系不错的同事。那个担任“父亲”这个职位的人，年纪大了，做不动了。申请退休、离职，一切情有可原。可是，他把那些书带走了。这是唯一触动了我感情的事。整个房间空荡荡的，连书架都没有留下。我走进去，还用脚步丈量了一下。这才醒悟，我长大了。或许，这间书房，本来就没有这么大。

我妈没有将这个房间再派其他的用场，只是用来堆杂物。这样，我们就不用经常进去了。

十五岁那年，我第一次去父亲的住处看望。父亲住在查令十字街的一个小公寓里。楼下是一间书屋，是他的老朋友在经营。这条街道遍布着书店。我走进父亲的家。公寓只有一间房，我走进去，觉得似曾相识。然后发现，父亲只不过将他当年的书房，原封不动地搬了过来。从陈设到格局，甚至一幅字画悬挂的位置，都是一样的。原来，属于他自己的空间，一直都没有变过。

父亲更老了一些，和我记忆中的不太一样了。或许是神情吧，也温和了一些。人仿佛自在了，眉目舒展。我打量这个房间，到处都是书，整齐或凌乱地摆着，好像都是它们本来该在的地方。我当时想，这些年，他和这些书相处，比和我们在一起愉快得多吧。那个下午以前，我从未听过父亲说这样多的话。原来他是个健谈的人，声音也是很好听的。他甚至问起我的学业，和我一起嘲笑那个教威廉·布莱克诗歌的洋先生古怪的发音。我必须要离开时，他站起来，定定地看着我，说，你长大了。

在我印象中，他从来没有这样认真地看过我。他回过神，在书架上翻找。找出一本书，放在我手里，说，孩子，你可以读这些书了。

那是本中文的线装书，《阅微草堂笔记》。我捧着那本书，犹豫了一下，终于对父亲说，我读不懂。

事实上，自出生以来，除了在家里说广东话，我几乎没有受过中文方面的教育。父亲笑笑，说，没关系，我教你读。

在以后的若干年，我恢复了和父亲的亲密关系。尽管这种亲密似是而非，并不很像是父女，更类似某种师生的相处。我们的话题有限。他不会和我打听家里的事，我自然也不会主动提起。只有一次，母亲在我床头看到了父亲送我的书。她翻开来，看了一会儿，又阖上了，什么也没说。我想，她并不认识那本书，可是她认识父亲的签名。

我们的相处，也会有一些间断。因为父亲不定时地会去香港与东京。每次总带回来一些书。那些书，一些很残旧了，有不新鲜的颜色与气味。但父亲总是兴致勃勃地拿给我看。

在往后的一天，父亲对我说，他恋爱了，可能很快会结婚。

我得承认，我丝毫没有察觉到。我在想，可能父亲已经给了我一些暗示。这大概不仅因为老年人的含蓄，还是由于中国人处理情感的克制。这时我的中文突飞猛进，但还远远不够体会这些。

父亲说，他一个月后会去香港结婚。

那一刹那，我没有嫉妒或者不安，甚至我有一点为他高兴。我不知道基于什么立场，可以作出适当的反应。

他说，孩子，你会来参加我的婚礼吗?

我点了点头。

一个月后，我没有等到父亲的婚礼。但是很快，我参加了他的葬礼。父亲死于心肌梗死，在他独居的公寓里。死亡时间是在夜里。他开书店的朋友，也是他的房东，第二天中午才发现。

我们去整理他的东西。他已经整理好了两个行李箱。里面除了一些必备的衣物，只有书。

葬礼上，我等着一个人的出现。但是她没有来，这个陌生人。

父亲留下了一份遗嘱，似乎是很久之前就写好了，存在房东朋友那里。因为那次离婚的财产分割，他并没给自己留下什么。遗产所剩无几，这大概也是他没有麻烦律师的原因。这份遗嘱，更类似某一种临别赠言。宣读的过程中，唯有母亲哭了。

或许因为在遗嘱中，对她只字未有提及。

父亲将他的书都留给了我。他另外写了一封信给我。信的内容是，万一我赶不上参加他的婚礼，是因为他先走了一步，他想请我满足他的一个遗愿。他希望我对他的书能有一个“体面的继承”（decent inheritance）。

他留了电邮和一个香港的电话号码。他说，这个人能够教会我，亲手将他留下的书恢复体面。

三年前，我辞去了手上的工作，申请到港大读研究生。这是我父亲的母校。

然后和简学书籍修复，如今算是满师了。

今年是父亲去世五周年。静宜平静地看着我，说，农历新年的年初三，是他的忌日。

大年初三。我忽然想起，那天是我和简初次见面。我清楚地记得，昏暗的房间里，她手里执着一柄刀，正在裁切一些发黄的纸。看到我们，她将那些纸静静地收下去了。她或许在为祭奠一个重要的人作着准备。

我犹豫了一下，终于问静宜，你是什么时候知道的？

静宜抬头看我一眼，将目光放向远处。她说，在我父亲最后的行李箱里，放着一本复刻版的《脂砚斋评石头记》，最后一卷。简有一次无意中说起了她的遗憾，说她的收藏里缺失了这一卷。她给我看了她的藏书，我在很隐秘的地方，看到了父亲签名的缩写。父亲有时有孩童式的天真。但他会告诉我他和书之间的秘密，像是面授机宜。

所以，是你为她补齐了这一卷？

静宜说，补齐？我不确定，当年父亲是不是人为地拆散了这套《石头记》，他想在临离开香港之前，留下些什么。但我确信的是，我可以让它完整。

所以，你让简得到它，费了周折吧？

静宜说，其实很简单。我找到了简当年买书的那家书店。老板娘已经去世了。我请她的儿子给简打了一个电话。

我犹豫了一下，终于说，可以问你一个问题吗？

静宜轻微地一咬嘴唇，说，是有关那晚的事情吧？

我点点头。

她说，嗯，那天下车时，你留意到了那本《鲁宾逊漂流记》。是的，就在当天下午，我满师，简将它送给了我。这是她修好的第一本书。我翻开了这本书，看到里面夹着一张藏书票。上面的图案是一对父女。没错，这是这么多年来，我和父亲唯一的一张合影。背景是查令十字街84号，那间著名的书店。这一天，我的父亲告诉我，他要结婚了，和一个我从未见过的女人。

我看到静宜的眼睛一点点地黯淡下去。她笑了笑，说，是的，那一刻，我很恨她。我恨她没有来参加父亲的葬礼，我恨她懦弱。或许，我只是恨她自始至终知道所有的事。这两年来，她用我复刻了一个她自己。把我父亲的女儿，变成她所希望的样子。而我却不知情，整两年了。

现在？静宜摇了摇头，我对她再恨不起来了。虽然也不可能爱。事实如此。你说，我的父亲是个什么样的人呢？在最后的时候，打定主意，让我的生命与她纠缠在了一起。

天昏暗下去了。远处游荡着紫灰色的云霭，收敛了落日的余晖。

静宜站起身，说，我要回去了。简应该醒了。

简出院的第二天，我们陪她去了观塘的工厂大厦。帮她整理了这么多年来由她亲手修好的书。静宜联系了一个公益组织，将这些书捐赠和发送去了香港和海外不同的图书馆。

在这个过程中，简坐在轮椅上，不发一言，看着来来往往忙碌的人群。有时候，她的眼睛会在某一本书上流连，但是很快就转过头去，或者闭上眼睛。

卡车开走的时候，简说了一句话，但我们都没有听见。因为声音湮没在了发动机启动的轰鸣里。静宜俯下身，将她膝盖上的毛毯裹裹好。

香港的六月，惠风和畅。并看不出，雨季就要来了。

# 岭南篇　飞发

喂呀呀！敢问阁下做盛行？

君王头上耍单刀，四方豪杰尽低头。

——题记

# 楔子

## “飞发”小考

清以前，汉族男子挽髻束于头顶；清代则剃头扎辫，均无所谓理发。

辛亥革命，咸与维新，剪发势成燎原。但民国肇造期的“剪发”，把辫子齐根剪断而已，发梢披散，非男非女。发而能“理”，决定性条件乃西洋推剪之及时传入。有了推剪，中国男人才有延至今日之普遍发型。

“理发”之英文表述，是to have a haircut。cut者，切割而已，就与“发”之动宾配搭而论，规范化汉语把它演绎为“理”，言简意赅。

不过粤方言自有特点，广府人善于吸纳外来词并使之本土化。例如“理发”，地道粤方言要说“fit发”，把fit读得更轻灵，便成“飞”。何以粤方言弃cut而选fit？首要原因是fit之核心内涵乃“使之合适”，把头发修整得合适，正好跟“理”相符。“飞发”即“fit 发”，其有上海话可资佐证。自十九世纪中叶出现洋泾浜英语迄今，上海俚语把配备传动装置的小机械称作“飞”，如单齿轮作“单飞”，三级变速自行车叫“三飞”。洋泾浜的“飞”，已被确证为对于 fit 的借用。异曲同工，粤方言借 fit 指称理发。

民间另一“桥段”即与配备了弹簧的推剪相关。剪发师傅是用推子和剪刀来剪发，每推一下，手部都有一个向外甩的动作，把顾客的头发甩至一边，因此便有了“飞发”一词；而近更有一说，源于男发剪技之“铲青”，亦作“飞白”。铲也要铲得有层次，可看出渐变效果。此“渐变”，便是英文的 fade，也就是飞发之“飞”。由此源自西方的“Barber Shop”，便顺理成章成为港产的“飞发铺”了。

# 一

年初的一次春茗，我的朋友谢小湘对我说，你们中文系，真是个藏龙卧虎的地方。

我摆摆手，表示谦虚。

我和小湘算是港大的校友，但在校时并不认识。他是读电机工程的。他爸是港岛一间酒楼的主理，机缘巧合，在一次朋友的婚礼中相识。他每每和我饮茶，总是会告诉我一些学系的新闻。大约因我深居简出，他四处包打听的性格，是有些讨喜的。

他说，真的，我前些天遇到了你的师兄，翟博士，他开了个理发店。

我一时愣住，头脑里风驰电掣，想起了翟健然。高了一级，跟系主任研究古文字。博士论文研究楚简，四年，认出了五个半字，在当时的学术界还引起过不小的轰动。毕业以后，传说他在新亚研究所做过一段时间的研究员，许久没有联系了。

我于是明白了小湘说的“藏龙卧虎”。是的，近年来，我们中文系不走寻常路的同窗，的确不少。在一次文化部组织的活动上，我和学妹小哲惊喜相遇。才知道她早就放弃了对“新感觉派”的乐理研究，投身梨园，已经是香港粤剧界崭露头角的花旦。依稀谈起当年我给她带导修，说，师兄，我大二古典小说课程演讲提到“任白”，唯你一个还能聊得上，我就觉得自己得出来闯一闯。至于闯得更大的，是我同门师弟陆新航，博论跟导师研究南社。前段时间，还在巴士上看到他巨大的照片，写着港大五星导师。才知道已经跻身补习行，是业内甚有名望的“四小天王”。同学聚会，他自谦下海不过是要给女儿买奶粉。旁边同学起哄，瞒不过上了新闻啊，“天王陆生斥半亿，喜购康乐园跃层别墅。”

但是，翟师兄开理发店这件事，还是有些超越了我的想象。印象中的他，头发有些谢，终日穿一件深灰的美式夹克，见人脸上总是有谦卑的笑。但只要不见人的时候，立刻换上了自尊而清冷的表情。

五月的一个周末，我收到了一张甲骨拓片。是个搞现代艺术的朋友，要做一个专题展，叫“符语千年”，大约是有关中国巫文化的。他电邮中说，这是新出土的甲骨，上面有些字不认得，请我找人帮他认一认。

我忽然想起了翟健然，就找出小湘给我的地址。

当我到达北角时，太阳已经西斜。我沿着春秧街一路穿过去，才发现，这里已经和我印象中的发生了很大变化。早就听说要仿照台北的松山，做一个文创园区，没想到几年间已经成形了。路两旁的唐楼都带着烟火气，保留了斑驳的外墙，甚而还能看见五十年代鲜红的标语痕迹。墙上装有简洁的工业风外楼梯，虽也是复古的，但因为明亮的红色，却带着劲健的新意。我想一想，原来是《蒂凡尼的早餐》中防火梯的样式。大约走到了以往丽池夜总会的旧址，已经是一个广场，这才看见有一些肥胖的铸铁雕塑。这些人形没有面目，或坐或卧，都是很闲适的样子。我立刻意会，这是本地一个艺术家的新作。他的雕塑系列“新欢·如胖”（For New Time’s Sake），分布在这座城市不同的地点。比如油塘地铁站，或是湾仔利东街。这些作品中的形象一律是富足而悠闲的，有着今朝有酒今朝醉的表情，或许寄予了对本地人生活的亟盼。其实香港人是如何都闲不下来的。我就在转身的时候，看见了“乐群理发”的标牌。

这幢红砖墙的独立建筑，在广场的一隅，不知是什么名堂。外面是转动的红白蓝灯柱，在香港其实也很少见到了。

我确认了一下地址，推门进去。门上有铃铛“当啷”一声响，提醒有客人进来，也是复古的装饰。店里有人迎出来，正是翟师兄的脸，挂着殷勤的笑。他招呼我，问我预约了几点。

我说，我并没有预约。他说，不碍事，正好有个客 cancel 了 appointment，他可以为我服务。

但是，翟师兄始终没有认出我来。我一时竟不知怎么开口与他叙旧。他的模样依旧，并未老去，而神情昂扬。穿着洁白的制服，身姿也是挺拔的。更不可思议的是，头上竟是一头丰盛的黑发，用发油梳得十分整齐。

在我愣神的时候，他问我怎么剪。

当时我的眼睛，正盯在墙上挂着的一张猫王海报。艾尔维斯·普莱斯利，在这店里昏黄的射灯光线中，浅浅地笑。

翟师兄站在我身后，微笑说，虽然依家[1]兴复古，但这个“骑楼装”，还是有点夸张哦。

我这才回过神，说，那、那就稍微修一修。

“修一修”，这个似是而非的要求，往往会让理发师和顾客都有台阶可下。

但是，翟师兄却忽然现出肃然的表情，道，到我这里，怎么可以修一修。来，我给你推荐一个发型。

我嗫嚅着，以为他会拿出一本目录给我挑，这是一般发廊通常的做法。然而，他指着橱窗玻璃的一幅招贴画说，我只剪这六种发型。我放眼望去，这几张发型示意图是以手绘的。模

1　粤语，现在。

特都是欧美人的样子，暗影呈现深邃的轮廓，头顶一律用白色标记了耀眼的高光。

每张图底下有英文的注释。比如“City Slicker”、“Aristocrat”、“Valentino”、“Executive”。在一张看起来十分浮华、布满了波浪的发型下头，写着 Play Boy。

翟师兄跟着我的目光，详加介绍说，这个“水浪涡”靓仔得来，但打理起来好麻烦。“九龙吊波”就好些，出街冇问题。

他反身看一看我，依你的头型，剪这个“蛋挞头”最正。既然怀旧，就做足。

这烟火气的名字让我愣一愣，看不出怎么像“蛋挞”，但却似曾相识。他瞧出了我的犹豫，便说，潮流就是这样。兴足十年，兜兜转转又十年。当年 *Casablanca* 里头的 Humphrey Bogart 就是这个发型。

我顿时明白为什么觉得眼熟，于是点点头说，那就这个吧。

坐下的时候，我的心情很复杂。因为我在翟师兄的眼中，只看到了面对一个陌生顾客的殷勤，以及职业性的微笑。我想，即使并非同门，但毕竟在一个系里待了四年的时光。记忆竟然真的可以了无痕迹。

他走到了墙角，打开一只电唱机，又弯下腰，挑拣了会儿，才将一张黑胶唱片放进去。音乐响起来，瞬间就将这店里的空间充盈了。沙沙地响，圆号和萨克斯风的前奏，是久远前灌制唱片的信号。即使许久没听爵士，我还是认出来，“Summertime”。比莉·哈乐黛的声音，永远略带苦难感。

翟师兄按了一个按钮，开始将理发椅缓缓降下，我的脸冲着天花板。听着音乐充盈着空间，不算狭窄的店堂忽然显得拥挤。

翟师兄给我干洗头发，手法十分轻柔。我的目光停留在了天花盘旋的裸露的排风管道上。我看到一滴冷凝水与另一滴聚合在了一起，越来越大，就快要滴下来了。

这时候，我感觉到眼睛上一阵温热。翟师兄将一块毛巾覆在我的脸上，同时间我闻到了植物清凛的味道。黑暗里头，我听到他说，这是柑叶精油，能够放松心神。听爵士，要闭上眼睛。哈乐黛的声音，像一个黑洞，进去了，就一眼望不到头。你知道吗，我第一次听“Strange fruit”，听到泪流满面。

说到这里，他的语气轻颤了一下。其实此刻，我努力想睁大眼睛，看一看翟师兄的神情。我回忆在大学里的每一个和他交谈的线索，他的寡语、不苟言笑，都恍如隔世。

包括在头顶工作的一双手，按摩间的停顿和敲击，也让人踌躇。当我终于想要问句什么，他告诉我，头已经洗好了。

他用吹风机将我的头发吹干，然后说，我要开动了。

翟师兄拿出一只电推，在我的后脑勺动作，手法十分娴熟。我面对着落地大镜，看到他专心致志，这倒是有几分印象中面对古文献的情形。此刻，我放弃了唤起他记忆的想法，于是有充裕的时间看清楚整个店面的陈设。虽然墙体用原木砌成，没什么多余的装饰，走的北欧路线，但细节上，却有许多欧洲 Barber Shop 的痕迹。透光的玻璃柜里，摆着品牌的洗发水、润肤皂，甚至还有不同款型的须后水。普普风的大幅电影海报，镶嵌在镀金的画框中。桌椅，包括他特制的工具箱，都规则地铆着铜钉，是略有奢华感的暗示。

我从镜中看到对面的墙上贴着许多的黑白照片。有风景，也有人。仔细看去，大都是本地风物，拍得非常有韵味。光影之间，竟让我联想起喜爱的摄影师何藩。其中一张，我一眼认出，是在港大附近水街的甜品铺“有记”。照片上的女人，是我们都十分熟悉的老板娘。她以精明著称，但对学生仔，永远有一种宽容慈爱的神情。

我不禁说，这些照片，真好。

别动。翟师兄略使了一下力气，将我的头扳正。然后轻轻说，我过去这些年，都花在这些照片上了。

我心里倏然漾起暖流，虽然不知道他何时有了摄影的爱好，但是感慨，师兄原来以这种方式，记录下我们共同的母校时光。

我说，“有记”去年关门了啊。

他说，嗯，是啊。

我发现他在用推刀时，话少了很多，似乎神情也肃然起来。

我想，这样好，还是以往的翟健然。

过了一会儿，他改用了剪刀。在两鬓铲青的上缘修剪发梢。这时唱片放完了，我只听到耳畔有极其细碎的声音。嚓嚓嚓，嚓嚓嚓，好像蚕食桑叶。

他说，再冲下水。

他给我擦干头发，一边问我，等一阵出去是倾公事[1]，还是去 party？

我愣一愣。

他笑说，莫误会，我要为你塑型。不同场合，塑型的方式不同。

我说，其实没什么所谓。

他开了电吹风，一边用手指一点点地将湿头发顺着一个方向捻开。吹风的声音很大，忽然戛然而止，店堂里过分地静了。我的目光又移到那些照片上，其中一张，看不出是什么年代，但应该是久远的。一位理发师傅，站在街边给个孩童剪头发。理发椅不够高，上面还架了一只矮凳。旁边有个穿着碎花短衫的母亲。她看着理发师的手势，一边用手绢擦着汗。脚边是个菜篮子，里面装着丰盛的果蔬。

翟师兄将一些发油抹在我头顶，一边说，还是做个斯文的

---

1　粤语，谈生意。

型吧。

我问，你为什么把理发店开在这里?

他手略为停了一下，然后说，这里原本是我的摄影工作室。

我说，你只拍黑白照片啊?

他笑一笑，对。你不觉得拍摄黑白照片，其实和剪头发是一回事吗?

我想一想，无从发现其中的联系。

他指着其中一张给我看，那是一个巨大的天台，有星星点点的光晕构成了斑驳的形状。他说，为什么黑白相好，因为是用最有限的，表现最多的。不同的光影部位间，黑色与白色的浓度都不同。黑白之间，还有太多的层次，我们叫灰度。灰度的频率、节奏和连贯性，最变幻莫测。我们亚洲人的发色以黑色为主，懂得观察、处理得出色的话，中间也绝非只纯粹地有黑、白两色而已。最可看的，其实是中间渐变的部分。

这就是我剪头发的道理。男人的发型，无外乎厚、薄两个部分。头顶发线最厚，发脚和"滴水"[1]部分的发线则最为单薄，每每露出头皮与皮肤。一个优秀的发型，同样存在着灰度，如何去铲青或偷薄，使头发在薄与厚之间展现出优美的渐变、结构、轮廓和光泽，道理就如摄影中对灰度的处理一样，无比奥

1　粤语，指男性的发鬓。

妙，要将这个灰度拿捏得好，是门很大的学问。懂得欣赏的话，实在又是一件很好玩的事。

他将一面镜子放在我身后，左右观照，我果然看见，中间有水墨退晕一般的渐变，从鬓角到耳际，是圆润青白的流线。

我看着镜中的自己，也有些陌生。这是一个我从未剪过的发型，带着某种老派的年轻，但似乎还原了这些年在我身上消失的一部分。

我说，剪得真好。

翟师兄眨一眨眼睛说，谢谢侬。

他见我愣住了，便说，你的广东话很流利，但是能听出上海口音。我认识一个老人家，口音和你一模一样。

他从上衣口袋里掏出一张名片，对我说，谢谢帮衬，欢迎下次再来。

我接过名片，上面是一个英文名字：Terence Zag。

在校时从来不知道，一直循规蹈矩的翟师兄，还有个时髦的英文名。

我终于忍不住。我说，师兄，你不认识我了吗？我是毛果。

这回轮到他愣住了。

但很快，他就哈哈大笑起来。他说，你是不是找翟健然？

我茫然地点点头。

他笑得更厉害了。我一直以为比我大佬要靓仔好多，还是时时被人认错。

他将名片反转过来，一拱手道，我是翟康然，幸会。

在明园西街见到翟健然时，已经是黄昏了。

翟康然带着我，在北角的街巷往返穿梭，终于停下。我再一次看到了“乐群理发”的标牌，但这个门脸却要小得多，甚至有点过于简陋。

它的左边是一个花店，右边是一个腊味铺，两者间其实应该是一处后巷。它就在这巷口上搭建起来。门口也是三色的灯柱，但却是用油漆画在墙上的，静止的螺旋形图案。

翟康然并没有进去。只是在门口喊，大佬，有人揾你。

就有人掀开了塑胶门帘，走了出来。

没错，是我的师兄翟健然。

我一时有些恍惚。因为面前是两个一模一样的人，但似乎又大相径庭。走出来的那个，仿佛比我印象中的头发更为稀薄了。他佝偻着脊背，架着高度数的近视眼镜，但并没有挡住青紫的黑眼圈。他脖子上挂着围裙，出来时，还使劲在围裙上擦一擦手。

而我身边的这个，挺拔而壮硕，穿着合体的A&F的T恤衫。站在夕阳里头，金灿灿的。他见翟健然出来，没有多话，但目光却向店里草草扫了一眼，转身便走了。

见到我，翟师兄眼里有惊喜的一闪，这让他刚才木然的神情生动了一些。

他说，毛果。

而我也只是微笑了一下。因为，毕竟刚才和翟康然的见面，已经消耗了大半故人重逢的热情。

这时候，天上忽然下起了淅淅沥沥的雨。翟健然拍了一下我的肩膀，将我让进了店里。

店里的空间非常局促，还有两个人。准确地说，是两个老人，一个站着给另一个在剪头发。站着的那个，头发已经快掉光了。我注意到，他和翟健然的脸相十分相似，更瘦一些。脸色干黄，也戴着眼镜。眼镜腿上缠着胶布。

翟师兄开口道，爸，这是我学弟。

老人轻轻“嗯”了一声，并没有抬头，只是说，坐。

翟健然将椅子上的一摞杂志搬下来，让我坐。这椅面上的皮革似乎修补过。我坐上去，感到不太平整，大约是里面的海绵脱落了。迎面是一个变电箱，上面贴着一个财神，手里拿着“招财进宝”的条幅。下面有个接线板，延伸出各式缠绕的电线，蜿蜒向店里各个角落。

我看到翟健然有些抱歉似的看着我。我才想起说明自己的来意，从包中拿出 iPad，找出朋友传来的拓片，说请师兄帮忙认一认。

翟师兄扶一扶眼镜，很仔细地看，然后从手边拿出一张报纸摊开，开始用笔在上面勾画。

有些淡淡的香气在空气中浮动，是隔壁的花店传来的。但同时也有些陈年腐败的、酸而发酵的味道，是这老旧巷弄的气息。

每几分钟，便有行人匆匆经过，大概是抄后巷作为捷径。耳边传来老人清喉咙的声音，间或有孩子的吵闹，和女人大声的呵斥。

翟师兄专心致志，似乎没有被这些所打扰。同样专心的是他的父亲翟师傅，大概因为视力的缘故，他将头埋得格外低，几乎贴着那位客人的脖颈。他用剃刀细细地在客人“滴水”处刮着。这是理发最后的程序。他仿佛做工艺的匠人，用了很长时间刮完了一边，接着又去刮另一边，又用去了很长时间。他轻轻对客人说，得喇!

翟师傅用一只鬃毛扫在客人后颈轻轻地扫，一边很小心地将围单一点点地扯开来，好像生怕头发楂儿掉进客人的衣领，然后扑上了爽身粉。客人满意地在镜中看一看，从口袋里掏出包烟，递一颗给他，道，好手势!

客人付过钱。翟师傅忽然喝一声道，你畀多咗喇，老人优惠二十八蚊咋![1]

1　你给多啦，老人优惠只要二十八块啊!

他一边敲敲大镜上的价目表，上面写着：长者小童，二十八元。

客人一愣，却即刻佯怒道，老人？你话我老人？丢！我无头发咋？收咗佢啦！

他也不依不饶，硬是抽出了几张，塞回这老客人手里，道，你以为我唔知咩，你上个月满六十五，都可以申请长者八达通啦。同我扮后生，唔知丑！

两个人就这样嬉笑怒骂着。老客人终于拗他不过，将钱收回去，却没忘回头追一句，得闲来揾我饮茶。我请！

翟师傅用围单在理发椅上掸一掸，然后对远处挥了挥手。

他坐下来，点上那颗客人留下的香烟，抽了一口。翟师兄立刻抬起头，对他道，阿爸，医生话，你唔好食烟啦。

他一扭颈子，背对着我们，说，你理我做乜嘢？

翟师傅走到门口，看着外头的雨，好像下得大一些了。我听到他和隔壁腊味铺的人寒暄。对方说，今日落雨，生意唔好。早点收。

他点点头道，都系，长做长有啦。

这时候，翟师兄叹了一口气。我安慰他说，不急。我让朋友再问问别人。

他摇头道，都认出来了。翻来覆去，不过还是那几个字。可见近几年，也并没什么新的发现。

我很开心地说，师兄还是你厉害。好汉不减当年勇!

“认出来又点？又揾唔到食。”[1]这时候，就听到翟师傅苍老的声音传来，虎声虎气的。

我们两个于是都沉默了。

这时候，我才看到翟师傅盯着我看，目光透过眼镜片，鹰隼一般。他拍拍理发椅，冲我说，坐低。

我犹豫了一下。他更大力地拍，说，坐低。

我于是坐下。翟师傅给我围上了围单，拿出剃刀，开始在我后脑勺上动作。我感到了一阵凉意，但那不是来自锋刃，倒好像是丝绸柔软地掠过我的脖颈。

这时，头顶响起了一个炸雷。雨忽然更大了，势成滂沱。雨水沿着塑胶皮的门帘流下来，外头的景物也都模糊了。雨打在铁皮的屋顶上，砰然作响。但翟师傅的手并没有一丝停顿，甚至没有过犹疑。那种凉意渐渐暖了，像是猫尾巴在皮肤上轻扫，有种舒适的痒，一下又一下。

暴雨卷裹。终于有雨水从屋顶渗漏下来，滴落在了我面前的镜台上、隔壁的座椅上，以及打湿了那一摞杂志。翟师兄倒是有条不紊，在滴水的各处放上不同的容器接着，仿佛驾轻就

---

1　认出来又怎么样？又不能用来讨生活。

熟。他将一只空保鲜盒放在镜台上，很快里面就积聚起了一汪小潭。

这时，噬的一声，灯忽然灭了。店铺沉入一片黑暗之中。

暗中只有一星光，在镜子里头一闪，那是翟师傅还叼在嘴里的香烟。

我什么都看不见，想他也是一样。但我感到他的手没有停，锋刃丝绸一般，熟练而清晰地在我颈项、两鬓游走，有极轻细的摩擦声。

翟师兄点亮了一支蜡烛。昏黄的光晕中，我忽然看见了一颗人头，在我的身后的柜上微笑，不禁一个激灵。

我有些恐慌地转了一下头。终于看清，那不过是一颗塑胶的模特儿的头，有茂密卷曲的头发，大概是用于给理发师日常练手。

感觉到有一双手轻轻地将我的头扳正，说，别动。

声音似曾相识。在黑暗中，这双手没有停。

翟师兄找到了电箱。将电闸拉了上去，店堂重现光明。

翟师傅已经在用毛扫扫着我颈子上头发楂，他笑笑说，睇下点?

我看到我的两鬓、后面的发际，被他刮得十分干净。是匀净的青白色。然而，让Terence引以为傲的灰度，所谓“fading”，没有了。不见退晕，非黑即白，界线分明。

他将我的围单取下来，有一些轻柔的光从眼镜片后放射出来，对我说，依家青靓白净[1]翻!

但即刻，鼻孔里轻嗤了一声，说，不知所谓，飞发佬呢啲位都整唔清爽，畀啲客出街，好丢架！[2]

我听出了他话里的针对。站起来，下意识地掏出了钱包。他用手使劲一挡，说，你在那边付过了。我帮条衰仔补镬[3]，唔收得。

翟师兄送我出门。沿街的店铺陆续关门了。也是华灯初上的时候，不知是哪户人家，飘出了极其浓郁的炒虾酱的香味。

我们默默走着。我说，师兄，你离开新亚多久了?

他愣一愣说，有一排喇。[4]

我说，你学问这么好，不可惜吗?

他摇摇头，说，你知道的，我在校时就不善人际，应付不来这么多的事情。好多都是功夫在诗外。与其要费心机和人打交道，不如整天和人头打交道，还简单些。

我说，你在这帮你爸爸，那 Terence 那边呢?

---

1 粤语，形容人清俊，白皙洁净。

2 理发师连这些地方都不能剪干净，还要让客人上街，太丢脸了。

3 “镬”原指煮食器具，在粤语中演变为“事件”，多指负面。“补镬”引申解为补救过失。

4 粤语，有一段时间啦。

他又沉默了，半晌，说，一言难尽。

送我到了路口，我说，师兄，好久没见了，一起吃个饭吧。

他说，不了，改天再约。我要回去帮阿爸收铺了。

我顶着新发型去学校上课，意外地受到了学生们的赞美。

如今的大学生，行止已不以含蓄为准则。他们总是如此直接而发自肺腑地表示喜欢与不喜欢。下课时，有个学生专门走到讲台对我说，毛老师，呢个发型好劲，好似 Sam 哥。

Sam 是吴镇宇在《冲上云霄》里扮演的角色，当年街知巷闻，是个型到爆的机师。

我承认，我的虚荣心莫名地得到了很大的满足。

于是两周后，我又去了“乐群理发”。

我的头发生得快和茂密，而且发质硬挺。九十多岁的老外公常说，我刚生下来，就是“一头好鬃毛”。所以，想保持一个时髦的发型，于我殊为不易。

我和翟康然预约了下午的时间。他见到我，似乎很高兴。

我有些意外的是，翟健然也在。他佝偻着身形，坐在一边的沙发上，看着翟康然为上一个客人做收尾的工作。

那客来自法国，有着巴黎人一贯的健谈与爱交际。他走的时候，连坐在旁边的我，都知道他是一家欧洲香精公司的驻港代表，住在西半山，有两个孩子和一条金毛犬，以及一只英短金渐层猫。他似乎对翟康然的服务十分满意，说要介绍更多的朋友来。

终于，翟康然让我坐下，去换了一张唱片。“Torn Between Two Lovers”的吉他前奏在店堂里头响起来了。所有的陈设好像都镀上了一九七〇年代的昏黄。

他给我围上了围单，看看镜中的我。忽然眉头一皱，轻轻说，有人动过了。

嗯？我有些茫然。

他说，那些 fading 的部分，有人动过。

我明白了，他指的是用去了很多的时间，打出的渐变式“飞青”。但我吃惊的是，这头发已经长了半个多月，他竟依然一眼看出，那些他所说的黑白之间的“灰度”，被人染指。

他咬了一下嘴唇，似乎忽然明白了。他转过头，狠狠对翟健然说，你看看，他永远不放过。别人都是错的，只有他自己那套老古板的套路才是对的。

我在镜子里，看到翟健然张了张口，终于欲言又止。

在以下的时间里，没有人再说话。翟康然面目十分严肃，格外细心地为我剪发。剪刀在我的面颊、前额、耳尖游动。

金属摩擦的声音，混合着音乐的声响。

“Couldn' t really blame you，if you turned and walked away.

But with everything I feel inside, I'm asking you to stay."

他的动作依然很轻柔，应和音乐的节拍，金属在皮肤上游动。我倏然记起了另一把剃刀，是丝绸轻掠过的感觉。

在他为我塑型的时候，翟健然终于站了起来，走近了我们。

或者是为了打破一直沉默的尴尬，我说，师兄，这张照片上的人，好像你们两个。

我指的是墙上一张很老的黑白相。因为我在另一间“乐群”见到过同一张，只不过更为老旧些。那上面有几个年轻人，都是在彼时很时髦的打扮。他们一律留着齐肩的长发，站在中间的那个，眉目酷似翟师兄和 Terence。

翟健然目光落在了照片上，愣住了。他没有回答我，但似乎是什么让他下了决心，他很认真地说，阿康，你再考虑一下。

翟康然也就开了口，但声音有些冷，我说很多遍了。他想剪头发，可以到我这里来。

你知道那是不一样的。翟健然叹了口气。

Terence 在我脖子上扑爽身粉。口气软了下来，说，大佬，就算林生不收回间铺，好快政府也要清拆。他不是要更怒气？依我看，长痛不如短痛。

翟健然搓一搓手，说道：你知道老窦[1]的情况，我们要对他

1 粤语，称父亲。

好一点。

我听到了他声音中的无力。Terence手停一停，回转了身，眼睛直直看着他的胞兄，说，他的情况，难道不是在安老院更保命？你辞咗份工，由他性子，陪他日做夜挨，就是对他好？

翟健然哑然。他没有再说话，而是径直向门口走去。

走出去的一刹那，好像被猛烈的阳光刺了眼睛。他用手挡了一下，似乎回头又看了我们一眼。

当我出去的时候，看见翟师兄还站在烈日底下，整个人呆呆的。

我走过去，说，师兄，你怎么还在这儿？多晒啊！

他这才回过神，用一块不太洁净的手帕擦了擦额头的汗。他说，我在等你。

等我？我说，为什么不在里面等？

他用殷切的眼光看着我，说，我、我想请你帮个忙。

我们坐在附近一间冰室里。外面的阳光似乎是太猛烈了。景物在蒸腾的空气中，影影绰绰地抖动。炎热得不太像是初夏。我们靠窗坐着，可以看到外面依墙生了一丛芭蕉，叶子浓绿而肥厚，在暴晒中耷拉了下来。

翟师兄呆呆望着面前的杯子，说，这个冰室有四十多年了。

小时候，阿爸收工，会带我们来吃红豆冰。你看那个肥仔老板，是我的小学同学。

我说，师兄，我能帮什么忙？

他似乎立时不安起来，用手指捻动吸管。他眯起眼睛，忽然抬起头，对我说，医生话，阿爸还有一年多了。

他将身体前倾，想要与我靠近些。他说，肺癌第三期。我们只要一年，再租一年就行。

他说得支离破碎，但因为早前他和康然的对话，我基本上拼接起了事情的大概。

我说，所以，是业主不肯续租了，但你们还想将老店做下去？

他点点头，说，阿爸不知自己的情况，还想要做。其实是几十年的街坊了，但林伯去年过身，他的仔想收翻间铺，不租给我们了。

我们近来成日收到匿名投诉。四大部门都来，消防、地政、食环什么的，好折磨。又说你是僭建，要看地契。那么旧年代的地契，业主不帮手，我真的应付不过来。

想起了翟康然的话，我说，按理讲，休息一下，对伯父是比较好的。

翟师兄摇摇头，你不知道，阿爸好硬颈。明知成条街都快清拆了，还要做。

我和业主谈过一次，可他觉得太麻烦，不如收回。我嘴巴又笨，都不知该怎么说。博论答辩，我都结结巴巴，是上不了台面的。其实前年你发新书，我去书展听过你的演讲，讲得真好。你能不能帮我去跟业主说说，我们只要一年，就一年。

我说，其实，Terence 说让他到新店里来，倒是个两全的办法。

翟师兄沉默了一下，终于说，阿爸和细佬已经几年没怎么说话了。还是你陪我去，好吗?

我看着他热切的目光，说，好。

翟师兄似乎舒了一口气，整个人也松弛了下来。

他想起什么似的，对我说，你在店里看到的照片，是阿爸在“丽声”的电影训练班拍的。旁边都是他同期的学员，后来蓝天和丁虹，都做了大明星了。

# 二

## “飞发”暗语

旧时广府理发业，内部使用暗语繁多。

如称理发为“摩顶、割草、扫青”，理发师则称“摩顶友、扫青生”，理发店称“扫青窑”；头发叫“乌云”或“青丝子”，剪发洗头叫“作浆”；胡须叫“蚁王”，剃胡须称“管蚁”；挖耳称“推雀”；徒弟拜师为“单零”。

到了近时飞发铺，又用“草”来指代头发。以此类推，厚头发是“叠草”，短头发是“短草”。剪发为“敲草”，洗头则为“浆草”，烫头发为“放草”。染发为“包草”，吹头发为“爬草”。头发茂盛的客人，则为“草王”。

理发师傅之间，交换顾客信息，也自有一套话语系统。“生”代表男性顾客，“莫”代表女性。小女孩为“莫仔”，成年女性为“莫全”，“顺莫”指靓女，“波亚莫”则专指“挑剔麻烦的女客”。

店堂内外，数目字的暗语则从一至十，编成顺口可唱歌诀：

百万军中无白旗，夫子无人问仲尼。霸王失了擎天柱，骂到将军无马骑。

吾公不用多开口，滚滚江河脱水衣。皂子时常挂了白，分瓜不用刀把持。

丸中失去灵丹药，千里送君终一离。

这些暗语乍看玄妙，但细看不过是关于数字笔画拆分的字谜。如“百万军中无白旗”，即把“百”字的上边一横与下边的“白”字分开，便成了“一”；“夫子无人问仲尼”的“夫”字，将其“二”与“人”分开，便成了“二”；“霸王失了擎天柱”，将“王”字的中间一竖抽去，便成了“三”；“骂到将军无马骑”的“骂”字，将下边的“马”字去掉便成丁“四”……以此类推，“丸中失去灵丹药”，将“丸”字中的点抽去，就成了“九”；“千里送君终一离”，将“千”字的上边一撇“离”去，便成了“十”。这种类似文字游戏的暗语，亦似江湖隐语，长期流行于市井业界，也别有一番趣味。

## 三

翟师傅叫翟玉成。年轻时候有个外号，叫“孔雀仔”。

这其中有一段故事。他当年考上“丽声”的电影训练班，培训期间是要住宿的。年轻的孩子们，晚上玩得疯一些，夜里回宿舍迟了，吵醒看更的阿伯，不免被唠叨几句。阿伯是新界大埔人，没有读过什么书，一见他就说，“雀仔，外出揾食咁迟都知返啦。”原来是不认识他的姓“翟”，只当是“雀”。一来二去，“雀仔”就成了他的花名。翟玉成自己是不甘心的，因为他格外地骄傲和自尊，又精于潮流装扮。有人便完善了这个外号，叫他“孔雀仔”。但是，虽然他的相貌可称得上清秀，但却并非特别出众或个性张扬。这个绰号就显得名不符实。久了，大家仍旧叫他“雀仔”。

后来，当他在理发店做工时，老板为了招揽生意，便将他在“丽声”时的照片放大，贴到了店里当眼的位置。果然吸引了一众师奶，到了店里便点名让他剪。追着他问，丁虹是不是割过双眼皮，蓝天和赛落是不是一对，李由是不是有私生子。开初时候，因为能带出自己的见闻，他便好脾气地一一作答，至少也是敷衍。一时之间，他成了当红的理发师傅。但久而久之，他的故事不免重复而缺乏新意，而在这个过程中，每次的讲述其实多少也触碰了他的痛处。毕竟这些同期学员，有一两个已经成为了明星。而他又是格外自尊的人。有次，一个太太忽然向他打听起梁慕伟，他终于不耐烦，冷笑一声，说，他迟过我好多先入来“丽声”。

或许是他的神情触怒了太太敏感的神经，于是客人在服务结束时，去经理那里投诉了他，还抛下一句，故意很大声让他听到，“有乜巴闭[1]，不过一个飞发佬！”

或许如此，让他动了自己开店的念头。

至于为什么要开理发店，他也有一套说法。

那时节的青年人，在工厂里打工其实是时髦。可翟师傅除了短暂地在一间塑胶花厂做过一个星期，再也没有打过一天的工。用他自己的话来说，“工”字不出头。要想出人头地，就要有自己的一爿生意。

1　粤语，有什么了不起。

这观念，大约是家里世代累积的言传身教。按说五十年代时，内地迁港移民如涛而至，翟家来的时候，已是尾声。情形又是较为落魄的，不像前人带了雄厚的资本来，他们除了几枚傍身的黄鱼和细软，别无所有。

翟家在佛山也是大户，家里有种植香柑的果园。但到他父亲一辈，已经是强弩之末。时代的一番迭转之后，自然是动了根基。到了香港，本想过东山再起，但人生地不熟，英雄难有用武之地。将不多的家底跟人投资，不知底里，也败在了里头。按理说，如果甘下心来，细水长流地过倒也算了。翟父是心气高的人，爱面子，先前的排场不想倒，便更加速了衰落。他们从半山搬到了北角，是在翟师傅上小学的时候。在他成长的记忆里，父亲是个半老的人，总是带了周身的酒气，和输了牌九的怨气。翟师傅是二房庶出。他的“大妈”，父亲的原配，终日躲在逼仄的小房间里，吃斋念佛。所有持家的重担，便都落到了翟师傅的母亲身上。母亲又的确是能干的，迅速地将自己嵌入了这福建人与上海人混居的地界，独当一面，几年后竟在春秧街开了一爿南货店。翟师傅自小就浸淫在这方尺之地，深谙于福建人的务实和上海人的精明。这让母亲大为放心，觉得家业有继。

但她不知道的是，这做儿子的内里呢，却是个理想主义者。虽然读书不成，但深爱电影和戏剧。大约皇都戏院一有新的戏码，便迫不及待翘课去看。而且呢，海纳百川，并不挑戏。从邵氏的黄梅调，一直看到张彻的新武侠，当然还有午夜二轮重放的詹姆斯·迪恩的黑帮片。看得多了，自然人就自信，觉得自己也可以演。北角一带，当时有一些左翼剧团，都是热情的年轻人为主力。他就报名参加。可试戏的时候，那剧团的负责人说，演戏靠天分，但得有个方法。你底子不错，还缺些方法。

这话对他是很大的激励。他并不当是托辞，而体会出了自己是块璞玉的意思，“玉不琢不成器”。后来在报纸广告上看到电影训练班在招收学员，便毅然辍了学。

如今，翟师傅仍然保留了定点看粤语残片的习惯。甚至在理发铺里，终日开着一台小电视，有个台叫“岁月流金”，都是老电影。台词他都背得出，只当是店铺里的背景音。

在训练班期间，他照样早出晚归，似乎比以往更为勤奋。因为这孩子独来独往惯了，家里竟没有看出一丝破绽。直到了年尾，有个女孩子找上门来，才知道自家儿子竟瞒天过海了半年。

这女孩是翟师傅在训练班交下的女朋友。后来他回忆起，便说是初恋。但他对这初恋的回忆并不美好。也怪自己儿女情长，夭折了演艺事业的大好前程。这女孩后来也并没有读完训练班，草草地就嫁人了。中年失婚，后来又嫁，境遇也每况愈下。翟师傅便评价说，将自己当戏来演，可不就败给了“命”字。

这事让翟家大为光火，尤其翟师傅的父亲。老翟先生的亲生母亲便出身梨园。这女人到了翟家，生下了他，却抛夫弃子，又偷偷跟戏班子跑了。这令他成长的境遇很不如意，所以一辈子痛恨伶行。此刻，老翟先生前所未有地清醒，指着儿子骂，我是戏子养的，知道戏子的德性。生个儿子，还要当个下贱的戏子，死都阖不上眼。

好说歹说，翟师傅不学电影了。但中学他也是死活不想再上。家里就想他早点接手南货店，他便说，人各有志。我这辈子可不再劳你们操心了。

他自然有自己的主意。在公司上训练班时，年轻的孩子们没少见到往来的明星，便也提前染上了娱乐圈虚荣的习气。男的要型，女的要靓，除了衣装，便是被前辈们带去 Salon 做个好看的发型。发型要 keep 住，绝非易事，常常帮衬便也日渐看出了端倪。一来二去，他便懂得这里不单是整个香港最潮流的地方，还是个如假包换的交际场。这发廊开在铜锣湾百得新街，叫“新光明”。客人大抵是社会绅商名流、导演明星和骑师等等。

翟玉成便去毛遂自荐。老板见小伙子是以往的客人，以为他胡闹。他就将训练班的照片拿出来。老板看照片上方烫了四个字：“明日之星”。他说，我一个“明日之星”，都来给你撑场面，不就是店里的生招牌吗。

老板一想也对，便叫他试试，半年出不了师便走人。不成想读书不行，演技欠奉，这年轻人学起剪发却灵得很，合该是祖师爷赏饭吃。活好，加上人样子标致，说话又很伶俐。打小在南货店锻炼出的好口才，全都派上了用场。不出一年，已惹得新老顾客都十分喜爱，人人点他。他在店里是“8号”，行话叫“番瓜”。预订的电话来了，大半是找“番瓜仔”或“雀仔”的。木秀于林，长了自然惹人不待见。再加上他自己，见技术上再无所精进，也有些疲于敷衍那些九不搭八的故事。所以，后来遭遇了投诉，对他并不是意外。或许，反而是一个台阶，他便就此跟老板辞了职。

老板自然早看出了他的心气儿，也不想再留了。算是好来好去，还多给了一个月的工资。但他没想到的是，一个月后，这小伙子便和自己打起擂台。

说起鲗鱼涌英皇道上的“孔雀理发公司”，那真是翟玉成师傅一生中的高光。是他落手落脚，亲自打理起的生意。

北角一带的老辈人，谈起“孔雀”，总是有许多可堪回味之处，仿佛那是他们的集体回忆。如同时下上海静安区的老人儿，谈起百乐门，谈得眉飞色舞，其实并不见得都是当年叱咤舞场的“老克腊”。毕竟“孔雀”作为一间高级发廊，当年用的是会员制，并非可以自由出入。

大家记忆中的，大约是“孔雀”堂皇的门口，高大的西门汀罗马柱上是拱形的圆顶，上面有巨大的白孔雀浮雕。灵感来自翟玉成爱去的皇都戏院上的浮雕《蝉迷董卓》，声势上却有过之而无不及。据说当年在夜色中，这孔雀便是缤纷绚丽的霓虹，不停地变换着颜色。在罗马柱旁，则有一对汉白玉的维纳斯。但和人们所见的断臂女神不同，这对维纳斯复原了自己的双臂，一个举着镜，而另一个则托着一只地球。创意谈不上高妙，但足以让人印象深刻。

就如同对这繁华包裹下内里的不知情，当这间高级发廊在北角的版图上荡然无存，人们也并说不出子丑寅卯，仿佛先前描述的，只不过头脑中的海市蜃楼，连自己都疑心它曾存在过。对于这个花名叫“孔雀仔”的发廊老板，也就有了许多的猜测与想象。因为他的年轻，没有人会相信白手起家的传奇，坊间流传的是他与一个女富商之间的暧昧。

多年后，翟师傅已入老境，再回忆起霞姐这个人，会觉得恍若隔世。因为开始与结束，似乎都没有清晰的界线。但有件事他记得很牢，可谓眉清目楚。

那时他还在“新光明”。有天黄昏时，正在为一位女客梳很复杂的盘髻。时间久了，客人阖目养神，忽然睁开了。在镜子里头，他看见这女人原本严厉的目光柔和了，落在他在头顶动作的手上。她说，你的手真好。指头又白又长，比女仔的手还漂亮。可惜了，应该去弹钢琴。

对于“可惜了”的评价，他在心里不置可否。但当下却是享受这句话，手势便分外地仔细与尽心。

后来，霞姐的确教会他弹钢琴，但他也只会她教给他的那几支曲子。在如水的夜凉中，他坐在“丽池”顶楼的落地窗前，弹《致爱丽丝》。霞姐说，我教会你，就是要你只弹给我听。你不要弹给别人。

“丽池”有三分之一的业权，属于霞姐的先生。准确地说，霞姐是他的外室。这男人发迹于南洋，捭阖半生，在一片莺歌燕舞中想通透了，叶落归根。霞姐跟他，从青春少艾到寞寞徐娘。他自然也没有负她，算是打点好了她的后半生。香港就这一点好，交易都在明处。哪怕中间有情，都是实打实的，没有一丝虚与委蛇。霞姐对翟玉成有真心，但也是“讲清楚”后的真心。她看出这个年轻人有着同辈不及的现实与早熟。这份自知之明，不会给她带来麻烦。只是因为年龄的关系，还欠缺见一些世面。这她不怕，她的过去，就是他的世面。

翟玉成承认，这个女人深刻地影响了他，并不仅仅在经济和事业上。还有她的品位和审美，在漫长的岁月中以心得与阅历做底，没有保留地传授给了他，塑造他，并使之居高不下。至于爱情，因为年龄的悬殊，于他们都显得奢侈。但毋宁说，她给他带来了十分完整的情感教育。有关爱的质量，门槛被无限提高。这让他此后对女人变得很挑剔。与他个人的境遇无关，就只是挑剔。

无疑，是她为“孔雀”带来丰厚的人脉，使得“会员制”经营可实行得顺风顺水。这其间形成了微妙的舟与水的辩证。达官巨贾、名人士绅以“孔雀”的服务彰显地位，后者自然也倚重于前者打开局面。而从“新光明”这样的发廊挖来师傅与客源，到后来似乎成为顺理成章的常态。尤其是邓姓大哥，是霞姐的“契哥”。作为家喻户晓的明星，兼有三合会首脑身份，他入股“孔雀”，自然使得业内不敢再有任何微词。无论有心还是无意，本地的小报都算是拍到了几张他口中叼着雪茄、在保镖簇拥下进入“孔雀”的照片，算是做实了“力撑”的姿态。

让翟玉成抱憾的，始终是半途而废的演艺生涯。在他又蠢蠢欲动时，邓哥适时发出警告，有关这一行的水深不可测。但这不影响他格外善待娱乐界的朋友，例如女猫王沈梦、歌手吴静娴等等，都是他的座上宾。后来，在他们的鼓动下，他终于在两部电影中客串过角色。一部因为尺度问题，没有上映。他在里面演一个偷渡而来和女友团聚的青年，因后者的背叛而自尽。最后有一句台词，“香港也没这么香。”而另一部里，则是和女主角有简短床戏的花花公子。他在里面的表现十分生硬，且能隐约看到松弛的肚腩。他为对自己身体的不自律而懊恼，也从此放弃了演戏的梦想。霞姐也只是宽容地笑笑，“‘雀仔’就是这个脾性，你说他不听。试过不行，他就安生了。”

在现在看来，这句话有如谶语，甚至预示了翟玉成一生的转折点。当“试”成为常态的时候，人往往会忽略评估其中的代价。何况彼时，香港的经济已走向了蓬勃，每个人对自己能力的预判，都会稍微夸张一点点。然而就是这么“一点点”，可能会影响未来的走向。

并非是要为翟玉成开解，但是有一些历史事实，可能会帮助我们了解他的心态。上世纪整个六十年代，是香港工业腾飞时期。由 1962 年至 1973 年，香港的本地生产总值 GDP 撇除通胀后，每年以 9.4% 复式增长。1962 年的本地生产总值为 86 亿港元，上升至 1973 年的 410 亿港元。一九六〇年代，香港工业成就举世知名，是全球最大的纺织制衣、钟表、玩具、假发、塑料花等的出口地；旅游业亦享誉盛名，有“购物天堂”之称。就业情况良好，失业率几乎接近零。

不得不说，翟玉成除得自遗传的生意头脑，比较他的父辈，还多了与生俱来的野心。在家人尚在犹豫时，他毅然投资了一家成衣公司，并且在此后的两年获得了丰厚的利润。当然，这其中自有霞姐的点拨。在一个蒸腾的时代中，她要做他的底，让他放心地当他的弄潮儿，而不至于从浪尖上跌下来。他是风筝自飞于南天，卓然同侪，他身后有一条看不见的引线。而放线人，便是霞姐。

但是，翟玉成对这条引线的感受，渐渐地从牵挂而转为牵制。其中有一种很难言喻的傀儡感。迅速的成长，让他产生了一种错觉，以为自己的骨骼血肉已经足够地丰满强劲。而这一点，让他在性事上表现出更为明显的主导。这是具有迷惑力的细节。霞姐点上一支烟，拍拍他光裸的后背，满意地叹一口气，称他已“大个仔”了。他们都没有体会到，这句话下面暗藏的危机。

仅仅在两年后，香港爆发了前所未有的工潮，并因此发展成为轰轰烈烈的反殖运动。百业萧条，“孔雀”自然难以独善其身，翟玉成在成衣厂的投资，亦有不小折损。他没有听霞姐的，拒绝选择壮士断腕，关闭“孔雀”。这间高级发廊每天都有着庞大的开支，不得不将晚上的霓虹也关掉。翟玉成对霞姐说，“孔雀”是我的梦，还没有做踏实，我舍不得醒。

事实上，这次坚持成为日后他与霞姐争持的资本。这个时代，或许先天就是为翟玉成这样的年轻人所准备的。为了“孔雀”，他日渐逸出了霞姐那代人相对保守的轨道，而与这城市的起伏同奏共跫。年轻的翟师傅，曾是一九六九年底远东交易所开业以来，第一批入市的香港人。恒生指数两周后创下 160.05，当年新高，由此开启了这座城市的股市神话。

神话的覆灭，是在五年之后。老辈的港人回忆，都说其过程不突兀，有许多不可思议的信号，如今被称为笑谈。翻开当年的报纸，“置地饮牛奶”收购战，“过江龙饱食远扬”事件，桩桩足可警惕，但在一个全民嘉年华的时代，只当是这神话链条中的异彩。自一九七二年至一九七三年，香港有 119 家公司上市。市民们陷入了“逢买必涨，不买则输”的狂欢中，每日以粗糙而世俗的方式，举办自己人生的盛筵。“鱼翅捞饭”“鲍鱼煲粥”“老鼠斑制鱼蛋”是一九七三的荒诞与疯狂。这一年，“孔雀”也迎来了它的巅峰时刻。翟玉成亲自登高，将两颗硕大的哥伦比亚祖母绿，镶进了浮雕白孔雀的眼睛里。

孔雀瞳仁中的绿光，说不出地艳异，其实是最后的回光返照。只一个谣言引发的蝴蝶效应，便破碎了泡沫，让恒指在一年间跌至 150 点，跌幅近 91%。来势汹汹的股市坍塌，殃及楼市，元气大伤。数万股民毕生积蓄朝夕化为乌有，哀鸿遍野。这场股灾，让多年后的香港人谈起，仍是噤若寒蝉。以致 TVB 以此为题材的剧集《大时代》播映，派生出了都市迷信般的“丁蟹效应”，如幽灵在城市上空游荡不去。

即使到了暮年，翟玉成听到了《大时代》的主题歌《岁月无情》，总会伴随着一阵生理的痛感。

“爱几多，怨几多；柔情壮志逝去时，滔滔的感触去又来。”所谓柔情与壮志，只不过都是孔雀的尾翎。盛时展开来是一幅锦绣；一根根地脱落了，被踩踏进了泥土，怕是自己都不想回头去看一眼。

幸或不幸，当年他遇到的，也还都算是重情义的人。最后的疯狂中，他暗自转移了霞姐的部分资产投入股市，直至一败涂地。她没有起诉他，甚至没有追讨，权作为了分手的礼物。而因道上的规矩，邓姓大哥要为“契妹”讨个公道，便教手下人斩了他的一根手指。斩断了，即刻派人送去医院，给他接上了，也算是顾念交情，留足面子。

在医院里醒来，他睁开眼睛，看到陪在病床边的，是好妹。

郑好彩是“孔雀”的美发助理，其实干的是俗称“洗头妹”的活儿。当然她一边为贵客们洗头，一边也在接受着剪发的训练，再过一个月就满师。

在“孔雀”这样的理发厅工作，于她这样的女孩，多少有一些虚荣的性质。对其他人来说，还未来得及体会这场中的浮华便要离开，是会不甘心和落寞的。但她却没有。

“好彩”在广东话里，是“幸运”的意思，经理就顺理成章给她起了个英文名字，叫 Lucky。如今要离开了，Lucky 没有了，她还是好彩。

她自然说不出“成败一萧何”这样的话，但她信命，也服气命，是随遇而安的脾气。日后，她便总是想起当年面试时的一幕。那日看其他来面试的女孩，都是漂亮的。她也算生得周正，胳膊是胳膊，腿是腿。但身形却敦实，其实是很好的干活的身架子。但是，她举目四望，看这理发厅里是她想不到的堂皇，水晶吊灯将繁花般的光影投在了天花板和四壁上。喷泉跟着音乐的声音起伏，上面有个小天使，手中是一把金色的弓箭。这些都与她的日常无关，她便有点慌，好像自己走错了地方。面试的一个环节是洗头。到了要她下手的时候，她的手不听使唤，不停地抖。被她洗头的那个模特索性站起来，说，不行了，这妹仔抖得厉害，跟触电了一样。我都跟着抖。

好彩叹口气，擦一擦手，准备离开。手却又不抖了。这时她听到一阵笑声。就看见一个青年靠着门站着，西装搭在肩膀上，嘴上叼着一根烟，似笑非笑望着她，说，留下吧。

好彩愣愣地看着，想，这人可真是个靓仔啊。

经理便赶紧说，还不快谢谢成哥。

她张一张嘴。此时的翟玉成，还未从一夜笙歌的宿醉中醒来。他揉一揉惺忪的眼睛，悠长地打了个呵欠，对她摆了摆手，转身就离去了。

或许，就是这惊鸿一瞥，让好彩总是有了种种的回味。日后，她常问起翟玉成当时为什么要留下她。翟玉成开始会笑着敷衍，说，睇你靓女嘛。她自然是不信，再追问，翟玉成就不耐烦再说了。

其实进来“孔雀”后，她极少能看到翟玉成。因为大堂里的电梯可以直达三楼，那里是办公区和贵宾室。而老板照例并不会在他们工作的地方出现。偶尔看见了，他往往和别人在一起寒暄或应酬。她远远看见他在笑，却觉得这笑里其实是疲惫和肃然的。

那天，她最后离开“孔雀”时，禁不住还是回头看一看。巨大的拱顶上，已经没有了霓虹闪烁。在渐沉的暮色中，是一团突兀的灰。她心里头有些哀伤，倒不是为了自己。她想，不知道这么大的房子，以后可以派什么用场，会是什么人接手。那么美的喷泉，不知还留不留得下来。“但我再也不会回来了。”这样想着，她心里莫名地也有些悲壮。

可是呢，离开没有很久，她却又回来了。但大门已经贴了封条，进不去了。她透过大门的门缝向里看，里面一片漆黑。这让她觉得十分狼狈。她开始在门口徘徊，一面在想办法，一面在心里骂自己“大头虾”。她想，丢什么不好，哪怕丢了整个工具箱呢。偏偏丢了这件。

丢掉的是一把剃刀。ZWILLING J.A. Henckels，德国产，“孖人”牌，很贵。才买了三个星期。原本是想用来做自己出师的礼物。可实在是太喜欢，就提前买了。这花去了她半个月的工资，想来还是十分肉痛。她沮丧地想，这真是赔了夫人又折兵。公司匆匆散了伙，还有半个月工资没着落，这把刀一丢，可凑了一个月的整。

正当她左顾右盼，终于准备放弃时，看到公司的后门开了。

天无绝人之路，刚想要溜进去，却看走出了一伙人。几个魁梧的汉子，中间架着一个人。那人走路踉跄着，脸色煞白，一只手上裹着纱布，已经被血渗透了。她仔细一看，是翟老板。吓得一个激灵，忙躲到了暗处去。她心里头风驰电掣般，想起了公司里听到的许多流言，不是说这人已经和姘头卷款逃去了国外吗？

她又看了一眼，看到翟玉成向这边方向偏了一下头，青白的脸上是麻木和绝望。她回忆起了那长久前的惊鸿一瞥。他似笑非笑地看着她，说，留下吧。

她看到一辆车在后门停下，那几个人将翟玉成推了上去。她心里咯噔一下，不知哪里来的勇气，飞快地拦住了一辆的士，说，跟上前面那辆车。

翟玉成醒来时候，看到的人，是郑好彩。

她伏在床头的栏杆上睡着了，睡得很熟，竟微微打着鼾。他在回忆里使劲搜索了一番，终于想起了这个长相敦实、脸庞红润的姑娘，是“孔雀”的员工。听有些人叫她“好妹”。

他感到肩膀有些酸痛，轻轻移动了一下身体，床“咯吱”响了一声。郑好彩揉揉眼睛，蒙眬地抬起头，看见翟玉成正看着她，这才猛然醒了过来。她用手背擦了擦嘴角的口水，一时又愣住了，和眼前的这个人对望了一下。

忽然，她想起什么似的，站起身，将床头柜上的保温桶打开来，倒出了一碗，往翟玉成面前一放。翟玉成下意识地往后一躲。好彩说，猪脚啊，今朝起早炖了两个钟。以形补形。

翟玉成和郑好彩的婚礼，并没有留下什么痕迹，甚至没有一张像样的结婚照。

好彩是个孤儿，在圣基道福利院长大。翟玉成早先因为投资股票的纠葛，跟家里断绝了关系。其实他父亲早已去世，母亲积劳成疾，前两年也过身了。留下一个“大妈”，已经老得不行了，倒是还在家里吃斋念佛，不闻窗外事。翟玉成跟几个兄弟反目后，也再没回过家里，从此形同孤家寡人。

结婚那天，便自然省去了一个“拜高堂”的环节。来的都是以前好彩在纺织厂上班的工友，都是一样敦实爽朗的姑娘，在一个潮州卤味店摆了一桌。到拍照时，姑娘们簇拥着好彩，倒将翟玉成挤到了一边去。照片上新郎就讷讷地站着。日后好彩看那照片，说，好像是一群女工旁边站着个傻佬工头。

其实，好彩并不想婚礼铺张，她甚至从未对小姐妹们说过翟玉成的过去。关于以前，她只想记得那个将她“留下来”的瞬间，中间可以跳过所有的事，再联结到这个眼前的人，依然是她在乎的。

婚礼后，她将姐妹们的“人情”都记了账，这一块将来是要还的。她经年的积蓄，都是嫁妆，竟然也有不小的一笔。翟玉成没有人来随份子。但是第二天，却收到了一个很大的礼包。打开来，里头是厚厚的一沓“大牛”[1]。这礼包没有具名，只在右下角写着四个字：“孔雀旧人”。

这笔钱，他们没有动，因为不清楚来历，便存到了银行里头。但后来，终于还是用掉了，因为“孔雀”虽然申请了破产，翟玉成却还有一些零星的外债没有清。息口不高，但几年间的通胀很厉害，都怕夜长梦多。

好彩没和翟玉成商量，自己出去觅了间铺子。她本不是个精打细算的人，但她现时手里握着压箱底的嫁妆，却知道一分一毫都是未来，不能有半点的差池。

到了开张的前一天，她才带了翟玉成看那间铺子。这铺子搭在明园西街的后巷，左手是个五金铺，右手是个烧腊店。外头粉白的墙，是好彩落手落脚刷的。铺子上头，“乐群理发”四个字，一笔一画都格外方正踏实。门口的三色灯柱，不是红白蓝，倒是红白绿。翟玉成想，这是仿照“孔雀”的灯柱。他是别出心裁的人，别人要用蓝，他偏要用绿。但眼前这灯柱是转动不了的，因为也是好彩一笔一画地画在墙上的。

好彩左右看看，悄悄对他说，我们好好做，往后把隔壁的

---

1　香港民间称五百元纸币。

店也盘下来。

翟玉成看看好彩，她眼里满满憧憬，全是将来。此时，他心里却都是过去，忽然发酵一样，堵住了他的胸口。他深深地吸一口气，想，这辈子，就这样了。

小门面的生意，靠的是街坊帮衬。好彩醒目，知道开业那天自己给自己送了一个花篮，又放了一挂鞭炮，便是让左邻右舍都知道。

人们便看，这小夫妻两个，女的有股市井的爽气，见人三分亲。男的很俊秀，话少，神情倒是郁郁的。虽然没有什么夫妻相，干起活来，倒是十分默契。两个人都是勤勉的。那时候的香港人，别的不认，就认人勤力，所以都慢慢地喜欢他们了。

其实，翟玉成被斩了手指，接上了，却留下了后遗症。大概是伤了神经，雨天疼，拿起稍有重量的东西便抖。越想集中心神，越是抖得厉害。

他不能剪头发，也不能替人刮胡子。只能给好彩打下手。夜晚在灯底下，他惨然一笑，说，当年你手抖一时，我留下你。如今我可能要抖一辈子，你能留我到几时？

好彩什么话也不说，只是将他的头揽到自己胸口，紧紧地。翟玉成听到好彩的心跳，也听到自己的心跳，渐渐地，就跳到一处了。

可他究竟是不甘心，闲下来，便跷起二郎腿。举着剃刀，拿自己的膝头哥练。开始不行，手稍微一抖，膝盖上就是一道血痕。他便擦掉了渗出的血珠，再练。一个小时练下来，就是密密麻麻、蛛网似的血道子。

好彩见到了吓一跳，说我好彩唔好彩，怎么嫁给个傻佬。她便买了个冬瓜。冬瓜大小像是人头，上有一层绒毛，像是人的须发，正好给他练手。

练完了，晚上他们将这冬瓜吃了。从此一时冬瓜海带汤，一时蚝豉肉碎，一时花生瘦肉，轮番地煲。晚上吃，他们就笑，都觉得这一餐好像是赚来的，心里满足得很。

他这样练着练着，手倒真的渐渐定了。

有一天，他们收到一个包裹。打开来，里头是一把剃刀，还有一只推剪。好彩认了认，"哎呀"一声叫起来。原来这把剃刀，是 ZWILLING J.A. Henckels。和她在"孔雀"丢掉的那把一模一样。

包裹上没有具名，还是那四个字，"孔雀旧人"。翟玉成看好彩高兴得像个孩子，心里也笑，暖一下。

到了年底时候，好彩有了身己。第二年入秋，生了一对双胞胎。两个男孩，广东人叫"孖生仔"，是好兆头的意思。孩子的眉眼像翟玉成，清秀。身形似好彩，敦实实。他们就给起了名字，一个叫阿健，一个叫阿康。

但都觉得意犹未尽，就请教店里的老客，教中学的叶老师。叶老师就给加了个“然”字。翟健然，翟康然，果然雅了许多。

孖生仔六岁的时候，好彩又怀孕了。夫妻两个就说，这回要好彩的话，就是个女仔。

翟玉成对好彩说，女女好，知道疼惜人。好彩说，对，长大了，会帮阿爸捶筋骨。

两人就说，那我们去黄大仙，烧香许个愿，求给我们一个女仔。

生下来了，真是个女仔。夫妻俩欢喜极了。对他们来说，这是双喜临门。隔壁的五金铺不做了，租约夏天到期。他们就跟业主商量，想把铺子盘下来。两厢就谈好，就差签约了。他们说，这女女是我们的福将。以后会越来越好。

给女女取名字，爷娘各一个字，叫“彩玉”。到街坊发猪脚姜、红鸡蛋，都说这名字好听，很吉利。

出了月子，好彩要抱了女女去福利院看院长。这些年，逢到年节，好彩都要去自己出身的福利院，好像回娘家。翟玉成说，路途远，我陪你去。

好彩说，前街孟师奶约了今日来烫头发，她晚上要去北角饮宴。老街坊，不可失信人。你好好帮她整。

见他不放心，好彩说，我叫阿秀陪我去，总成了吧。

阿秀和好彩是一个福利院出来的姐妹，这些年一直要好。翟玉成便说，好，那你早去早回。

好彩到了福利院。大家都很欢喜，聊了很久。院长说，我也快退休了，看到你过得好，心里真是开心。我当年没给你取错名字。

回程时，好彩就想，如今有了女女，天遂人愿，该去黄大仙烧炷香，还个愿。

她便让阿秀先回去。阿秀忖一忖说，那行，家里等我煮饭，你知道我婆婆厉害。你自己小心点啊。

好彩在黄大仙庙烧了香，又发了新的愿。从庙里出来，她闻着自己一身的香火味，觉得心里定定的。

她往大巴站的方向走，看见迎面走来一队童子军。小小的男孩子，穿着浅绿制服，走路雄赳赳的，都很神气。大概是刚刚野营回来。好彩想，孖生仔再过一年，也到了幼童军的年纪，到时穿上制服，也会一样神气。

她这样想着，心里满足，一面就看这队童军手牵手过马路。

当邻近她的时候，忽然看见一个男人斜刺跑过来，手里举着一把刀，摇摇晃晃。孩子们一哄而散。男人愣着眼睛，只追其中一个男孩，眼看就要追上，刀要斩下来。好彩没时间想，一个箭步上去，挡在了男孩前面。一回身，护住了那孩子。那刀便刺在她后背上，她推一把孩子，叫他快跑。男人拔出刀，又更猛地刺下来。

好彩倒在血泊里。人们制服了那疯汉，报了警，叫了救护车。想将她扶起来，扶不起，见她已经没有了知觉。手里还紧紧抱着自己的婴儿。女女脸上身上都是血，直到将她与好彩分开，才号啕地哭起来。

翟玉成赶到医院，跟着担架车往手术室里跑，一边大声叫着老婆的名字：好彩，好彩……

好彩煞白着脸，这时忽然张开眼，看着他，竟淡淡笑了下。她说，“我唔好彩啊。”

就又闭上了眼睛。

好彩死后的那个月，翟玉成那根被斩断的手指天天疼，疼得钻心。

有人来探他。他就狠狠扇自己耳光，说，那天要跟去，好彩就不会出事。

别人劝他。他就说，千不该万不该，去什么福利院。福利院是孤儿所，她好来好去，留下仔仔女女做孤儿。

人们就又劝他，还有你在，孩子们怎么会做孤儿呢。

这时候，女女彩玉哭起来。他冷冷斜一眼，并不管。他说，不是为咗呢个死女胞，好彩点会出去，点会去黄大仙还愿？佢累死佢阿妈，抵死。

人们看他哭着，一边诅咒自己的亲生女儿。有些不解，更多的也万分同情。这男人突然遭遇不幸，是觉得人生坍塌了，糊涂了，总要时间才能走出来。

但翟玉成这以后天天任由婴儿在家里哭，哭到没力气。也不开工，自己一个人坐在家门口喝酒。喝到酩酊，就躺倒在了地上不起。

孖生仔的小哥俩，却因此迅速地懂事了。他们还没有消化和真正理解母亲的死，却已经在讨论和试探中，模仿阿妈的手势照顾妹妹，给她喂奶粉，换洗尿布。

但他们毕竟也还是很小的孩子，并不具备常识。如果不是因为社会福利署的义工来家访，他们都不知道妹妹已患上了黄疸病。

待发现了，已经迟了。婴儿太小，也太弱，没抢救过来。出世未两个月，便随阿妈去了。

将女女葬了，葬在阿妈身边。当天回来，翟玉成又喝得大醉。孖生仔远远看他，谁都不敢说话。他看儿子们，眼光里忽然都是恶。走过来，左右开弓地打。阿健闷着头，任他打。打累了，他喝一口酒，又换了阿康打。阿康挣扎一下，他打得更凶。小小的孩子，捉住他的胳膊，狠狠咬下去。趁他一松手，跑出家门去了。

街坊的舆论渐渐就变了，不再同情他。

但可怜一对孖生仔。阿妈走了。还是长身体的年纪，没有人照顾，还有个不生性的老爸，往后可怎么办？

有善心的，便偷偷招呼了小兄弟两个到家里吃晚饭。临走，哥哥眼睛定定地看饭桌上的叉烧包。街坊以为他没吃饱，便包起来给他带走。

回到家，清锅冷灶。翟玉成一只手拎着酒瓶，看到儿子们，骂道，死仆街，放学唔知返，学人做古惑仔！

从腰间抽下皮带就要打。阿健不躲，由他揪住衣领。阿健从书包里拿出叉烧包，说，阿爸，你先吃了吧。你一天没吃饭了，吃饱了才有力气打。

翟玉成一愣，抬起的手慢慢垂下来。他觉得这只右手，忽然间抖得很厉害。他用左手牢牢地握，但终于无力地松开了。他猛然将儿子揽过来，用下巴紧紧抵住，觉得眼前一热，立时模糊了。

手这时候，倒是慢慢不抖了。

第二天，人们看到翟玉成在“乐群”门口，脚下搁着几只油漆桶。他弓着身子，细细地刷那三色的灯柱。是缘着好彩当年画下的轮廓，一笔一画，刷了一道又一道。

# 四

## 有关"三色灯柱"的典故

迄今香港的飞发铺，店外仍然悬有一到两条红蓝白灯柱，被称为 Barber's Pole。这通常被理解为招徕顾客的手法，实则不止灯饰这么简单。

其渊源可追溯至中世纪的欧洲。在《开膛史》一书中，我们可以看到一张中世纪理发师画像。理发师的右手拿着剪刀，平时为人们理发用；而左手拿的是比刮胡子用的剃刀大得多的手术刀。这是因为，1215 年拉特兰会议作出裁决后，形成了一个新的职业——理发师兼外科医生（barber-surgeon），并且风靡中世纪的欧洲。1361 年法国巴黎理发师协会颁布规章，并于 1383 年重申，"皇帝的第一位侍从理发师掌管全巴黎市所有理发师的业务"，且是"国内所有理发师和外科医生的首脑"。从这则规章中可以看出，当时被理发师一统的外科医学地位。

在那个时代，很多手术都是由理发师完成的，所以有种说法理发师是外科医生的祖师。1365年巴黎已有40名理发师出身的外科医生。在英国，爱德华四世（King Edward Ⅳ）在1462年成立了第一个理发师公会，并将其作为其他行业的典范，授予公会成员在伦敦理发和外科手术的垄断权。至1540年，亨利八世准许有证书的理发师参加外科医生协会。

早在中世纪，欧洲已出现并流行一种放血疗法，但是血在宗教教义里一直处于一种比较敏感的存在，所以早期实施者都是教会内部的神职人员，直到1163年，教皇亚历山大三世下放了放血疗法权利，将任务交给了民间理发师。每逢春、秋两季，许多人特别是有钱人，都要定期接受放血，以增强体质，适应即将来临的气候变化。

理发行业的柱状标志就起源于放血之举。因为放血通常就在浴室中进行，病人先用温水沐浴，使血液流动加快，这样更容易放血。病人手中握着一根木棍，理发师在要放血部位的上方缠上绷带（通常是在上臂）阻止血液流动，再用小刀割破隆起的血管，血就此流出，由于压力较大，有时甚至喷涌如泉。放血后，理发师把绷带洗干净，放在室外的柱子上晾晒。久而久之，这种在风中飘动的绷带竟然成了理发师招揽生意的广告。

于是，人们设计了一个招牌。顶端的黄铜水池用于盛放水蛭，底端的水池用于收集血液，圆柱代表病人手中握着的木棍，而柱子上的红色和白色条纹则是源于理发师将洗过的绷带悬挂于柱子上晾晒。风中的绷带相互扭转，围柱环绕。大约 1700 年左右，这种圆柱就成了理发馆的固定标志。随着外科技术的发展，外科医师协会规定外科医生的标识为红白相间条纹，理发师的标志则调整为蓝白相间的条纹，以示区别。后来，理发店标志将二者结合起来，使用红、白、蓝三色条纹，红色代表动脉，蓝色代表静脉，而白色则是缠绕手臂的绷带。

此后，放血以及其他外科医疗交还给医生，理发师回归本业。然而，门口使用三色灯柱，却已经成为了理发店的一种标志。直至今日，旋转的灯柱在世界各地依然被当作理发店的象征，甚至还出现在某些地方的法律文件中，例如 2011 年美国宾夕法尼亚州的《理发师执照法》就要求："每个理发店应提供一根旋转灯柱，或一个表明能提供理发服务的标志。"

# 五

我陪同翟健然见了飞发铺的业主林先生。在一个钟头后，林生答应了我们续租一年的要求。他最后对翟师兄说，我是看当年好姨的面子。这一年，叫你阿爸好来好去，莫再荒唐了。

这话里的话，隐隐的，未免冷酷。但既然已有了结果，也就不深究了。

年底时，我一个好友结婚，让我做“兄弟”。朋友是个华裔，在美国长大，对中国文化抱有归根式的好奇。因为和香港一个女孩迅速地堕入了情网，这个婚礼便要成为他们共同想要的样子。中西合璧的婚礼形式，包括“兄弟们”的服装与发型，也是一种不可思议的复古。因为多年的交情，自然是迁就了他。我看着他发来的图片，想象着我们将要顶着一式一样的发型出现在婚礼上。我终于揶揄他说，你是要让我们都做你的葫芦兄弟了。

他在WhatsApp的那头似乎很茫然。我于是知道，以他的成长环境，是不会理解这么曼妙而贴切的比方的。但是，我仍然答应他，去为“兄弟”寻找能剪出这张早期好莱坞电影海报中出现的发型的师傅。

于是我找到了翟康然。我说，Terence，麻烦你，我知道复古是你的拿手好戏。

他看了一眼，笑笑说，这个我恐怕剪不来，太古早了。不过我可以带你去见我的师父。

我有些吃惊，心里想，难道他的师父就是翟老先生吗?

但是，鉴于我知道他和他父亲的关系不是很和睦，于是也没有多问。

于是我见到了老庄师傅。

别误会，我这样称呼他，并非是因为他如何仙风道骨。而是他的年纪看上去，确实足够大了。这是从他脸上的皱纹和体态看出来的，尽管他极力地让自己看上去挺拔些。是的，在我看来，他是个很体面的老人。头势清爽，梳理得一丝不苟。制服里头的白衬衫领子浆洗过，抬手时可以看到一颗考究而低调的袖扣。

大约因为Terence作了介绍，他见我便用上海话打招呼，侬好哦？

我说，我其实是南京人。

老庄师傅便笑了，说，江苏人啊，那我们才是老乡，你听我上海话里有江北口音。我老家是扬州。伊拉香港人也搞不清爽，江浙人在这里都叫上海人。

这时，一个满头发卷的师奶说，庄师傅，你好帮我弄一弄啦。

他忙走过去，把一个宇航员帽样的东西推上去。那是台烘发器，看得出有了年头。他一边轻声和师奶说了句什么，一边拆下她头上的发卷，又喷了点水，才开始给她吹头发。这时候眼里的笑意没了，眉头因专注紧锁，嘴也抿起来。

他熟练用卷发梳，一边梳理一边吹风。这吹风机是白铁制成的，是个海螺壳的式样。我依稀觉得在哪里见过。忽然想起来，是年前的一个贺岁的卡通片《小猪佩奇》。有好事的网友将祖师版的吹风机刷成了粉色，竟与佩奇别无二致，不期然掀起一股怀旧风潮。如今在这里见到了实物，有异样的亲切，不禁多看了几眼。那师奶以为我在看她，有些不好意思，用广东话说，后生仔，你是不知我们年纪大了，头发薄，卷一卷才好出街见人。庄师傅就说，吹出力道，打松了，又年轻十岁。

师奶便笑了，改用上海话说，庄师傅嘴巴甜得咪。

庄师傅说，我老老实实，不讲大话的。

师奶呵呵笑道，冲这个甜嘴巴、好手势，我月月都从九龙过来帮衬的。大家好讲上海话，认牢这个师傅。

庄师傅说，哪里有，有两个号头没来过了。

师奶便立即说，你都晓得，阿拉在浦东买了别墅，虹口也有套房子，一年总要回去住一住才划算。

庄师傅便接话，侬就算不住，房价这些年都是坐火箭升上去，富婆做得适意得㖭。

师奶似乎急了，身形一扭，开口声音忽然有些娇嗲，侬弗要乱讲啊。

这时候，Terence 忽然低声说，师母来了。

那个师奶便好像定住似的，正襟危坐。一个身形精瘦的女人走过来，蜡黄脸色，利落的短发，面目严肃，倒不太能看出年纪。她抱了一摞白色的毛巾，放进了座位旁边的抽斗里。打量那位客人，倒是微笑了一下，说，何师奶，好气色。

这瘦小的人，竟是浑厚的烟嗓，倒显得整个人不怒而威了。

先前的师奶，声音低下去了八度，客气道，老板娘讲笑。阿拉侄孙周末摆满月酒，飞个靓头发去饮宴。

老板娘说，多谢帮衬啦。

说完，收了几条用过的毛巾，放进一只塑料篮子里，利落落地又走了。

她前脚刚走，这何师奶便道，阿弥陀佛，得人惊。

“唔好郁。[1]”就听到庄师傅柔声道，大概头发吹到了尾声。师奶熟练地从桌上抽出一张纸巾，掩住口鼻。庄师傅用一大罐喷发胶喷洒了一圈；又找出一罐小的，在额头喷了喷。

“何师奶，我同你讲……”庄师傅刚开口。“自然定型，今晚唔好落水洗……知道喇，次次来，次次讲。”何师奶不耐烦似的，却又轻声笑起来。

庄师傅拿一面镜子，给她左右照照。又给她细细掸掉身上的碎头发。何师奶站起身，说，真的好手势，靓翻啰。

便到柜台去结账。她临走先搁下五十块小费在台上，然后才出门去，身姿虽丰润，竟是有些婀娜的。

庄师傅将钞票塞给 Terence 说，康，拿去给你朋友买雪糕。

Terence 笑着推却，说，师父还当我们是细路仔。

庄师傅就装到自己口袋里，倒有些不好意思，说，嗨，世道不景，阿拉这辰光，唯有靠熟客啰。

这时候，便听到庄太的那把烟嗓，是熟，熟得很。六十岁的人了，还跟人飘眼风。这个何仙姑！

庄师傅呵呵笑着，说，话时话[2]，好歹人家也帮衬了二三十年。

老板娘说，是啊，住在北角就帮衬；搬去了土瓜湾，坐船

---

1　粤语，不要动。

2　粤语，语又说回来。

也要过来同上海老乡倾倾偈。

Terence就说，师母，何师奶口水多过茶，师父可是目不斜视。

庄太就佯怒道，康仔，你就护你师父的短吧。

说罢叹一口气，说，如今都请不到小工，我一个要顶八个用。你们男人家进来剪头发，剃须、汏头、擦面，至少要用六条毛巾。我哪里洗得过来。

庄师傅便道，夫人辛苦，谁叫你是女中豪杰。

庄太嘴里嗤一声，我是劳碌命，老板娘是摆摆样子，人家有别墅的才是女中豪杰。

庄师傅回过头，对我们做了一个鬼脸。庄太说，以往生意好时，我们光师傅就有十几个。你看现在，那边的龙师傅，来香港才二十多岁。现在刚过八十寿，也还是在做。

我远远看去，这个师傅须发皆白，胖胖的，一脸的福相，倒真看不出已经是耄耋老人。他哈哈一笑，说，我这是香港精神，手唔震，就做落去。我们这间老字号，客同师傅，都是死一个少一个。有啲一百岁，坐住轮椅都嚟帮衬。两三个月冇嚟，到个仔嚟剪发，我话乜咁耐唔见你妈姐？佢就话过咗身啰。[1]

庄师傅这时坐下来，接口道，对，李丽珊是香港精神。我

1 有的一百岁了，坐着轮椅都要来帮衬。三两个月没来，到了他儿子来剪头发，我说很久没见你阿妈啊？他就讲已经去世了。

孙女最钟意麦兜，吃菠萝油也是香港精神。

他打开一只纸袋，拿出面包，又打开一只保温杯。一边啃面包，一边便说，从早上到现在，才有空吃口饭。你是 Terry 的朋友仔，不和你见外了。按规矩我们上海师傅做事，有客时不能吃东西。不像广东师傅，叼着香烟给客人剪发，有眼睇。[1]

这时候龙师傅转身收拾手上的活计，背影有些蹒跚。庄师傅轻声说，看他乐呵呵，去年底心脏才搭了桥。没办法，也是没有年轻人肯入行。

Terence 便说，师父急人用，我就来帮手。

庄师傅使劲摆摆手，大概是面包吃得急，堵在嘴里讲不出话来。庄太就接口道，可不敢请你，你老窦不要上门一把火烧了我们“温莎”。

这时候，我才仔细环顾了这叫作“温莎”的理发店。带我来的时候，阿康特别强调，这是一间上海理发公司，不是一般的飞发铺。

其实地方不很大，大约是因为两整面墙都是镜子，感觉阔朗了许多。地面用石青色的马赛克，唯有柜台后镶嵌一面大理石，在柔和的灯光里，也并不显得冰冷。上面钉着几个明星的

---

1 粤语，看不下去。

黑白“大头相”，赫本、梦露和吕奇。巨大的月份牌，上面有个旗袍女子。丹凤眼，腮红，欲语还休的样子。整个厅堂里响着极其清淡的音乐，是上个世纪的风雅。惟有一只方形的挂钟，式样和做工，虽是金灿灿的，却显出批量生产的简陋，让这气氛有些破了功。

这时，庄师傅吃完了，将那装面包的纸袋折叠好，扔进垃圾桶里。细细地洗了手，这才走过来，说，拿给我看看。

我将朋友发来的照片给他看，他说，呦，花旗装，这发型可是很久没剪过了。你这个朋友仔有眼光。

他便拍拍我的肩膀，先去洗个头，然后遥遥地喊，五叔公！

刚才那个龙师傅便引我过去。我坐到洗头椅上躺下来，他说，后生仔，到这边来。这边是男宾部。

我茫然站起来，才看到他站在店堂的另一侧，有几个水盆。庄师傅哈哈笑着说，阿拉上海理发公司，分男女，“架生”不同。广东理发店汏头朝天睏，阿拉铺头，男宾是英雄竞折腰。

我在龙师傅指引下坐下来，俯下身将面冲着白瓷洗脸池。龙师傅用手试试水温，这才轻轻将水淋在我的头上。这感觉很奇妙，好像童年时外公给我洗头的感觉。这位老人家手力道很足，又有很温柔的分寸。擦干前，用指节轻轻敲打，头皮每一处都好像通畅清醒了，舒泰极了。

站起身，庄师傅冲我招招手，让我在一个庞大的理发椅上坐下来。

我这才注意到，男女宾的座椅原来也是不同的。女宾部的要小巧简单一些。

五叔公汏头适意吧？他一边用吹风机给我吹头，一边问。

他便好像很得意，说，那是。我们这边啊，人手依家少咗，可功架不倒。汏头、剪发剃须、擦鞋，讲究几个师傅各有一手，成条龙服务。哪像广东佬的飞发铺，一脚踢！

这吹风机的声音很大，我有些听不清他说话。吹完了，我说，师傅，这风筒有年头了吧。他说，你话这只"飞机仔"？你自己看看。

我借着光一看，刻着字呢，隐约可见字样，"大新公司，一九六〇年三月七日"，算起来有六十年了。

我笑笑说，是个古董呢。

他一边剪，一边说，要说古董，我这里不要太多。就你坐的这张油压理发椅，我在日本订了来，盛惠三千八一张，我买了八张。当时一个师傅的月薪才三百块，是一年薪水。六〇年代，可以买两层楼呢。

庄太接口道，埃个辰光，真不如买了楼。乜都唔做，现在卖了手头两千多万来养老。

庄师傅不理她，你看这老东西，质量好。真皮坐垫头枕，几十年才换了一次皮，脚踏可调高低，椅背可校前后，还带按摩，适意得咪。这么多年，帮我留住了多少客。

他一边说说，一边踩那脚踏，椅背便降下来。我似曾相识，说“乐群”那里也见过这张椅。

Terence 便道，我那张，是找人仿制了师父这里的，如今买少见少。“温莎”这几张真古董，林家卫拍《一代武宗》，江震的白玫瑰理发店，在这借过景。景能借，椅子能仿，可手艺借不了。艾伦你就闭上眼睛，叹下什么是真功夫。

我果然闭上眼睛，一块滚热的毛巾敷在面上，顿时觉得毛孔都张了开来。就感到一把毛刷在脸上轻抚，有一种小时候的花露水味道，滑腻而冰爽，是剃须枧液。一丝凉，从唇上开始游动，然后是下巴、颈项、面颊两边，奇异的张弛，是伴随手指在脸部的轻按与拉伸。这感觉似曾相识，但似乎又是全新的体验。大约因为一气呵成，有一种可碰触的洁净。像是锋刃在皮肤上的舞蹈，令人几乎不忍停下。

我忽然明白了，翟康然的师承，的确不是来自他的父亲。

我的脸上又被敷上了毛巾，作为这冰爽后的一个温暖的收束。

椅子被渐渐升起来，我看到庄师傅牵过椅子侧面的一条皮带，将剃刀在上面打磨。他说，这东西我们叫“吕洞宾裤腰带”，我一柄“Boker”，磨了几十年，还禁用得很。

他笑道，你大概听说过扬州三把刀。这剃刀在上海理发公司才叫发扬光大，我“温莎”的回头客，来来往往，都是为了再挨我这一刀。

我看见他将刀刃已经磨成了波浪形的剃刀，用布擦干净，很小心地放进手边的盒子里。

庄师傅剪头发，不用电推，只用牙梳和各色剪刀。他的手在我头顶翻飞。剪刀便如同长在他的手指间，骨肉相连，无须思考的动作，像是本能。流水行云，甚至不见他判断毫微。手与我的头发，好像是老友重逢般默契。

待那只大风筒的声音又响起来，已是很长时间后了。但我似乎又没有感到时间的流逝。镜子里头是个熟悉的陌生人，如同时光的倒流，与这店里昏黄的灯影、墙纸上轻微蜿蜒的经年水迹、颜色斑驳的皮椅，不期然地浑然一体。

成个电影明星咁！庄师傅赞道。他最后细心地调整了我额前发浪细微弯折的曲度。

临走时，庄师傅从柜上取下一个金属樽，对我说，你的发质硬，要仔细打理，照我说的方法。我送你一罐发蜡。

我接过来道谢，上面只有“温莎”两个字。他倒是眨了眨眼睛，道，都说我们上海师傅孤寒[1]，那是没遇到知己。

走出店，翟康然看看我说，我师父做的花旗头是一绝，和

1 粤语，吝啬。

外头不一样。但他不教我。

我问，为什么?

他问，你没看出，他根本看不上广东飞发吗?

其实，他是看不上我阿爸!没有等我回答，他说，但师父答应他，不给我出师。他一天不教我花旗头，我就不算是他徒弟。

我终于问，你为什么不跟翟师傅学剪发呢?

翟康然没说话。我们俩在北角默默地走，我看到了翟师兄对我说过的皇都戏院。在英皇道的拐弯处，巨大的玫瑰色的背景，是业已斑驳的浮雕，《蝉迷董卓》。我细细地辨认，看不出蝉，也不见董卓，但可以想见昔日的堂皇。如今熙熙攘攘的人流，没有谁在此驻足，哪怕抬起头看一眼。不期然地，我想起了“孔雀”。

我说，Terry，我想进去看看。我们走入去，其实里面并没有什么可看的。只有两个卖玩具的档口，和一个临时搭建起的报纸摊档，兼在卖色情杂志。翟康然翻看了一下，说，也不知还卖不卖得掉，价钱倒没怎么涨。当年冲田杏梨那期出街，我们几个男生集钱买《龙虎豹》来看。摊主说，铺租可涨得好犀利。翟康然就掏出钱，买了一本，说，当个纪念吧。

这地铺的尽头是个眼镜店，叫“公主眼镜中心”。他对我说，那时候我哥刚上初中，来这里配近视眼镜。我爸说，讲好孖生，又唔见康仔眼有事，晒咗啲钱[1]！你说谁好好的，会想要近视。我哥读书勤力，家里那个十五瓦的小灯胆，不近视才怪。

自然这地处偏僻的眼镜店，也并没有什么生意。我们驻足，老板便走出来，脸上挂了殷勤的职业笑容。他愣一愣，招呼说，康仔！

Terence 便道，水伯，我陪朋友来看看。他是个作家呢。

这叫水伯的老板说，好好，作家好。我细个时，成日睇梁羽生小说。你写不写武侠的？

我便说，我想写写老香港。

水伯踌躇一下，便大笑道，老香港，咪就系我哋呢班老嘢[2]，有什么好写哦。

接着他又说，哈哈，康仔，不如写你老窦啦。我好耐未见佢，仲未死？[3]

阿康便答他，就快了，肺癌第三期。不过佢自己唔知道。

我只觉头脑轰的一声。水伯变得手足无措，他显然没预计到老伙计之间的玩笑话，会招致如此答案。但阿康说得不露声

1 粤语，浪费钱。

2 不就是我们这班老东西。

3 我很久没见过他，还没死哪？

色，风停水静，仿佛只是在讲一件极小的家庭琐事。

我看出，他眼里有淡淡的恶作剧的神情，在面对这一瞬难言的尴尬时。他并没有给水伯足够的反应时间，就告辞离开。留下这个老人，五味杂陈的表情还凝固在脸上。

我们走进北角官立中学。大概因为这天周末，并没有什么人。

校园里有一棵参天的榕树，垂挂的气根，在地上又生出了新的枝叶。它的大和古意，与校园里翻新的校舍、运动设施似乎有些不相称。

我们在树底下的长凳坐下，阿康说，我好久都没回来了。现在看，这些东西怎么都变得这么小。

你不知道，以往对面有个夜总会。舞小姐的宿舍就在楼上。我们这些男生一下课，就跑到教学楼天台上看，好彩能看到她们换衣服。她们也不避人，还跟我们抛飞吻。有一次啊，我们刚跑到天台上，就看见了教导主任，眼巴巴地望对面。

我大佬就从来不跟我们去看。他们都说，我跟翟健然，除了长得分不清，没一处一样。可是我第一次逃学，就是我哥帮我顶下来的。

那天逃学，翟康然走进了“温莎”这间上海理发公司。

他是受了一个同学的影响。这个同学是 Queen 乐队痴迷的拥趸。一九七〇年代，因为 Queen 和 The Osmonds，加之本港温拿乐队的推波助澜，几乎全港的青年男性都开始蓄发，留“椰壳头”成为盘桓良久的时尚标杆。但此时这波风潮早已经过去，这个男生仍然坚定不移地将一头长发作为对偶像表达忠诚的标志，哪怕冒着被处分的风险，仍然在所不惜。但某一天，他走进了教室，同学们惊奇地发现，他的头发剪短了，一同剪掉了他的不羁。但他的新发型，整洁而精致，却呈现出了某种高贵而成熟的气质。在这些成长于北角街巷的孩子们来说，这是新奇的。翟康然和他们一样，第一次体会到发型对一个人的改变，可以如此巨大。他看到这个同学，显然对自己的改变持某种骄傲的态度。当反复被人问起，这个孩子才言简意赅而略带神秘地说出“温莎”两个字。

翟康然站在这间理发公司门口，看着这两个字。它的标牌上有一个简洁的男人人形，用的是剪影的手法。他打着领结，嘴上叼着烟斗，是个西方的绅士的形象。在一瞬间，翟康然觉得自己十多年养成的审美，受到了某种击打。

他走进去，首先就看见了大理石影壁上赫本与梦露的大幅黑白海报。梦露浅笑着，垂着眼角望着他，带着某种欲语还休的魅惑。他同时听到了舒缓而节奏慵懒的音乐，这和此时香港的流行也大相径庭。年轻的他并不熟悉，这是爵士，来自柜台上的一台山水牌唱机。

他模仿着身边的大人坐下。立即有个胳膊上搭着毛巾的人走过来，半屈着身体面对他。他的手里有一只木盒，里面放着几种香烟，有万宝路、总督等牌子，供客人挑选。学校的规矩，此时让他仓皇地摆了摆手。这人便转向下一个客人。他看着身边的人接过了报纸与香烟，立刻有一只 Zippo 的 K 金打火机，“咔”地在嘴边打响。这“咔”的一声，在翟康然听来，有一种难以言喻的形式美感。他想，他自己家的铺头，只在阴湿的墙角放着几本公仔书——《傻侦探》《财叔》《老夫子》《铁甲人》，用来哄一哄哭闹的街童。

他远远地看见这店里的师傅。

这些师傅各司其职，有的在给人洗头，有的在刮脸，有的在客人临出门前为客人擦鞋。有条不紊，是他所未见过的排场与讲究。师傅原来都是一样的装束，穿着枣红色的制服。这是“温莎”许多年没变过的 barber jacket。这制服上两侧各有一个口袋，左红万、右马经。

唯有一个人穿着深蓝色。这个人和他的父亲年纪相仿，但却比他老窦挺拔得多，浆洗得挺硬的衬衫衣领，将他的身形又拔高了一些。他打着黑色的领结，和门口招牌上的绅士一样。此时，他正弓下腰，与一个客人耳语，脸上是专注与殷勤的表情。

就这样，翟康然目睹了庄师傅为一个男客服务的整个过程，并且就此做了决定，要拜他为师。

在回家的路上，翟康然步态轻松，尽管他花去了他积攒的零花钱。但他耳畔似乎还响着带着上海口音的那句略软糯的“先生”，而不是粗鲁地叫他“细蚊仔”。他觉得自己的脸颊无比光洁。因为这声“先生”，他剃去了在荷尔蒙涌动下，已经长得旺盛得有些发青的唇髭。此前，他从未刮过胡子。这个上海师傅柔声问他要不要刮去，因为此后长出来，会更加坚硬。他毅然地点了头，像是接受了某种告别青春的仪式。他在路上走着，忽然闭上眼睛，回味着手调的剃须泡在脸颊上堆积的润滑、而后锋刃在皮肤上游动略为发痒的感觉。他再睁开眼睛，觉得神清气爽，他是个真正的“男人”了。

翟康然傲然地走进了逼仄的家。他已预计到了父兄的反应。在昏暗的灯光里头，翟健然抬起头，看着胞弟顶着从未见过的发型进了门。他恍惚了一下，大约因为这张和自己一模一样的脸。他的目光从眼镜片后投射过来，定定地、呆钝地落在了阿康身上。然后猛然转过头去，他看见醉酒的父亲，红着眼睛，像是在望一只误打误撞从外面走进来的野猫。

翟康然在父亲的眼睛里，终于看到了一丝怯懦。为了掩饰这怯懦，翟玉成从腰间抽出了皮带，走向自己的儿子。他比平时走得慢一些，并不是因为他喝得比平时更多，而是他有些犹豫。当他说服自己，“慢”只是更为表现自己权威的动作，翟康然已经捕捉到了父亲的犹豫。当后者终于抡起了皮带，要抽向他的时候，他一把握住了父亲的手。眼神里浮动了一种轻蔑的笑意，这笑意和他的新发型配合得天衣无缝，是见过了世面的少年老成。这笑终于激怒了翟玉成。他使了一下劲，却发现自己动弹不得。这时，他惊恐地发现，原来儿子已经长大了，长到了与自己相等的身量，甚至更高，因看向自己的目光是俯视的。

翟康然当然有了得逞的快意。一个飞发佬的儿子，却去别人那里剪了头发，并且是他从未操刀过的发型。他知道父亲已经深深体会到了羞耻。是的，这十几年来，经过父亲的手，他多年剪的是最为简易的“陆军装”与“红毛装”。身为一个飞发佬，翟玉成并不想将精力用在自家孩子身上，因为无关乎营生。他对两兄弟向来是粗疏和敷衍的。

这个精致而略显浮华的发型，在一个中学生的头上，无论视觉与心理，都对他造成了打击与挑战。他想，他长年寄身于街巷，大概有多久没剪过这样的发型了。

翟玉成后退几步，颓然地坐下来。翟康然只当是他内心的挫败与虚弱。他的举动，印证了孩子对他的想象，这就是个终日酗酒、混吃等死、虚张声势的飞发佬。

但是做儿子的不知道，在这一刹那，父亲的脑海里出现了“孔雀”两个字。这是他内心最后的体面，多年来隐藏在他记忆的暗格中。像所有的秘密一样，被用酒精麻醉，行将凋萎，但终究是没有死。

翟康然自然不知道当年“孔雀”的盛况，即使有老辈的北角人曾经提起，他也不会觉得与自己有丝毫的关联。这间港产的发廊，已经彻底从城市版图上消失，成为某个阶层温柔的时代断片。前无过去，后无将来。

翟玉成知道，尚年少的儿子，终于与他青年时的职业理想出现了交集。这或许是遗传的强大。幸耶不幸，但儿子的理想，却是寄身于另一个人身上。

你要同个外江佬学飞发？他问儿子。

对！翟康然并未正眼看自己的父亲。他仅仅是通知他。

庄锦明看见这个男孩走进来，直截了当地向他提出了拜师的要求。

他望着这个不知天高地厚的孩子，心想，如今是什么世道，广东仔都这么理直气壮，想学“上海理发”？

彼时，尽管整个香港飞发业在时代的浪潮中节节败退，上海理发公司在其中，仍然是个奇妙的闭环。

这大约因为某种流传至今的排场与尊严。

剪头发在庄锦明家里，算是世业。老早的扬州三把刀，他家里是占了两把。爷爷辈除了剃刀，还有修脚刀，一上一下。后来时世迭转，背井离乡，便都转做了头上功夫，出了几个有名的理发师傅。“上海老早剃头店，都是阿拉同乡开的嘛。”这是颇令他自豪的一句话。他父亲出师后，便在上海金门饭店的“华安理发”做，算是很见过了世面。“埃个辰光，剃头店的门是旋转的，有红头阿三开门，老高级的。”后来庄老先生积攒了客源，自己出来开店。再往后，便和几个朋友南下了香港。

大约过了些时候，庄老先生便将儿子也申请了来港。说实话，刚来时，少年的庄锦明对香港是失望的。他回忆起当时感受，常以“蹩脚”一言蔽之。满眼是低矮陈旧的三层唐楼。而因为还未大规模地填海，湾仔铜锣湾一带，也是缺乏气象的。虽说他出来时，相形昔日繁华，上海已有些“推背”，但较香港还是绰绰有余。好在他所在的区域是北角。那里有许多的上海人，殷实些的迁去了半山继园一带。到他来港，还有不少散居民间，在春秧街、明园西街等处和福建人混居在一起。这里便称为“小上海”，自然也带来了上海人的品位和生态。洋服店、照相馆、南货店是不缺的。早上起来，想吃地道的粢饭、咸浆、鳝糊面也都可以找得见地方。庄锦明并不觉得和在上海时有太大差别。

此时，年轻如他，当然意识到了“上海”二字，已经成为了某种时髦的风向标。而上世纪的五六十年代，如庄老先生开的上海理发店，也成为这海派的时髦里最显性的基因。上海理发师傅，为香港带来了“蛋挞头”“飞机头”等经典发型，也带来周到的服务。“顾客至上”的原则甚至价格的高昂，形成了某种洋派传统的仪式感，令街坊式理发的粗枝大叶相形见绌。

到庄锦明开店时，上海理发虽远未至强弩之末，其实已过了盛时。这大约因为全球化与资讯的传递已经进入了新的纪元。各种流行与风潮在欧美出现，短时间内就可在世界燎原。然而这风潮又的确捉摸不定，受到各种因素的影响，反战、平权、朋克运动，甚至只是一出电影。飞发师傅们并不懂得这些，他们只看到香港年轻人的头发越留越长，可以许多个月都不剪。而蓬松与疏于打理，竟然也会成为某种审美和流行。这是不可思议的，并影响到了他们的生计。

庄老先生过身后，庄锦明退租了原来在渣华道的铺位，选择在春秧街另开了一间新店。对于一个上海理发店，这具有某种革命的意义。从另一角度来说，或许也是他的聪明之处。

他的前辈们，是不曾在如此街坊的地方开店的。上海理发店，一直都是壁垒分明的阶层标志。但“温莎”的到来，则打破了这一壁垒。在有限度地保留一贯的服务与形式的前提下，它以入乡随俗的作风和惠民的态度面对了街坊。这就是其意义。换言之，它让北角的普罗街坊得以平价享受了从未体验的飞发排场，以及与之相关的虚荣。在消费学和市场学的界定里，“上海理发”类似贺施所提出的 Positional Goods（地位性商品）。庄锦明可谓抓住了其中的精髓，且深谙其道，如同当下某些奢侈品牌与大众连锁店的合作，推出所谓设计师款。牺牲了一点矜持，就获得新的市场与口碑。

于是，“温莎”的铺租，自然也就更为合算。它没用庄家老店张扬气派的门脸儿。在熙熙攘攘的春秧街上，它的左邻右舍，是面粉厂、南货店以及果栏。每天清晨伊始，这街道上即开始了一天的劳作。所以它的气质，也便随之勤勉而务实，类似于某种脱胎换骨。比起老店，它也关得更加晚，在门前“叮叮当当”的电车声中，来往的人们都看得见它的灯光和招牌上绅士剪影的标志。

如此，庄锦明为北角的街坊忠诚地提供着对绅士的服务。但他却并未牺牲应有的品质与流程。比如师傅次第接力式的服务，各司其职。这对于人手是有要求的，鉴于香港人工的相对高昂，便很需要控制成本的艺术。

在这方面，庄锦明可谓得天独厚。他出身于理发的世家，而与他的太太家里亦是同行。在他奔赴香港继承父业时，两家留在内地的亲戚，正与时代同奏共跫。他们是知青的一代，经历了上山下乡，被下放到安徽和苏北插队。他们通过高考和招工，回到城里，成为了教师、工人和家庭主妇。

在时间的淘洗中，他们渐渐忘却了祖业。直到有一年清明，庄锦明携太太回来，给他祖父上坟。他们发现，这个香港亲戚衣锦还乡，靠的正是家传。这才唤起了他们对手艺的记忆。庄锦明看着三堂哥一家，局促地住在已颓败的亭子间，在走廊里烧饭，不禁脱口而出，不如你们来帮我吧。

于是这些亲戚们，申请了三个号头的探亲签证，来到香港，为新开的“温莎”助阵。即使手势生疏，但遗传的天分，使他们在汏了一个星期的头之后，已然可以上手，独当一面。在这三个月里，庄锦明管他们吃住，给他们三四千一个月的月薪。当他们回去时，带了万余元的港币现金。可以想见，相对于内地当时普遍工资，这是一笔巨款。因此，亲戚们可谓前赴后继，“温莎”也从未缺过人手。

庄锦明回想起那时的自己，尽管摆出了躬身的姿态，内里仍有些气傲。

他看着这个少年，长着广东人典型的微凹的眼睛，眼里泛着微光。庄锦明以一种看似亲和实则居高临下的态度打发了他。

但是，这个少年第二日傍晚又来了。坐在同一个位置，是在等客区的角落，大约为不影响其他的顾客。他一声不吭，只是定定看着庄锦明剪发。由于他并未打扰店里的工作，无可指摘。直到快要打烊时，他才走过来，再次表示了想要拜师的愿望。

这一天很累，庄锦明没有了敷衍他的兴趣，就说，后生仔，你看，我们不需要人手了。

少年问，我想学徒，我不要工钱。

庄锦明直截了当地说，我不收学徒。

但是这个少年仍然每天都会来，甚至不再询问他，只是以一种坚执的目光望着他，眼睛都不眨一下。庄锦明在他的注视下有些不自在，但久了也渐渐习以为常。

直到有一天，他听到了两个客人的议论。

一个说，这细路，不是“乐群”那个飞发佬的仔吗？孖生的。

另一个答，是哦，不知是老大还是老二。

这个便说，老二吧。老大是个四眼仔。

店里的师傅便对庄锦明说，难怪熟口面。自己家开飞发铺，跑到人家铺头拜师，系唔系黐线？[1]

这句话提醒了庄锦明。后来，翟康然问起，究竟是什么原因，让师父忽然回心转意，收下了他。庄锦明笑而不语。

其实，当他在春秧街开铺的那一天，他已经十分清楚，自己会触动同业的利益。

而近在咫尺的“乐群”，必然是其中之一。即使“温莎”以

1 是不是脑子有毛病？

屈尊的姿态，但在价格上还是比“乐群”高了二十元。但毕竟高得有限。一如前述，北角的居民已视“温莎”为改变生活品质的捷径。这并阻挡不了客源的流动。如果付出了十几二十块，就可以不用忍受横街窄巷里经年的污水与死耗子味，享受好得多的服务，何乐而不为。

直到终日在宿醉中上工的翟玉成，也意识到了情势的变化。他看见隔壁铺卖烧腊的大强仔，从“温莎”中走出来，喜气洋洋地。长相粗豪的强仔顶着一个精致的蛋挞头，走出来，青靓白净起来。翟玉成无名火起，因为强仔终年都在他那里剪一个陆军装，那是一种极易打理的、类似光头的发型。中饭的生意空当，一只电推就可顺手搞定。强仔的移情，既不符合就近原则，也无关乎效率，这足以令人警惕。

“温莎”的出现，改变了北角飞发佬的生存环境，是必然的。在翟玉成们看来，无异于鸠占鹊巢。他们深信这间上海理发公司，一定名不符实。“白粥价，碗仔翅当鱼翅卖！”是对非法打破业态的控诉。翟玉成并未加入这种控诉。只有他自己知道，他心底埋藏着一个“孔雀”。这个别人眼中的神话，是他个人的秘密。尽管永远秘而不宣，也使得他在内心不屑于和这些飞发佬们为伍。

但是，当得知自己的儿子要拜在这个上海师傅门下时，终于对他造成了打击。

那段时间，“温莎”的生意已经经过了开业时盈门的火爆，进入了平稳期。但是庄锦明心中并不畅快。

即使有所准备，他所感受到来自同业的敌意，依然大于想象。关于他出现了诸多的流言。在开初的时候，他还一笑了之。但是这些流言在流传的过程中，捕风捉影，生长、丰满、自我逻辑化，变得越来越有鼻子有眼。

其中之一是说，他开所谓“上海理发店”，但自己却不是上海人。他的祖上，是来自苏北乡下的修脚师傅。这自然是为了撼动他的权威与手艺继承的合理性。而另一说，则是讲他在开店执业之前，是在北角的殡仪馆，专为死人剪头发。这个诡异的谣言，显然是空穴来风，却有着令人啼笑皆非的依据，是因为他用来打薄的牙剪，比一般剃头佬的要小一号。

这些谣言彼此交缠串连，编织成了一个完整的故事。这个故事的核心内容便是，他是个出身低下、手段阴暗的侵入者，“上海”二字不过是用来惑众的表皮。

在长期的哑忍后，他决定捍卫自己的尊严。

他收翟康然为徒，于是有了意气的性质。

他不相信翟玉成在这个谣言链条中的无辜。打击一个，便可儆百。

翟康然在意外的喜悦中进入了“温莎”，因为珍惜，他很清楚成为一个学徒需要做的一切。

没有拜师礼，没有敬师茶，他理解为这是所谓洋派作风。他也有了一身制服，枣红色，左红万，右马经。虽然并非为他量身定做，有些宽大，但他依然有了某种骄傲。他看着镜子中的自己，背后也有镜子，一个叠一个，一个套一个，前前后后便有无数个自己。像是将这有限而无限的世界充盈了，他心底升起了一丝浅浅的得意与安心。

这店堂里的爵士，忽然转成了一个女子苍厚的声音，妖冶慵懒。他不知这是白光的歌声。但穿过这歌声，他似乎看到了三十年代的老上海。那是他从未去过的地方，只在电视与画报上见过。但他仿佛看见了摩肩接踵的大厦，外滩一望无尽的灯光，滔滔的黄浦江水，远方传来鸣船的汽笛声。入时的男女，衣香鬓影，拥在一起舞蹈。在霓虹的闪烁中，若隐若现，晨昏无定。

他想，这就是他的理想。他要成为一个上海理发师傅，他离着理想越来越接近了。

他还是个少年，理想也注定有少年的天真，以及少年的一根筋。他在中五辍了学，投入了他自己所认为的事业。

这时，旁边响起一个声音，康仔，倒痰罐啦！等着积元宝咩。

他这才回过神来，赶紧拿起痰罐。里面的味道让他干呕了一下。痰罐里的污物上，漂着几颗烟头，是冲鼻的气息。但他忍住，利索地走出去。

看着他的背影，这一瞬，庄锦明心里有一丝不忍。他甚至动摇了一下，但稍纵即逝。他想，已经一周过去了，这孩子竟没有看出他非出自真心。他甚至没有体会到周遭的嘲噱与淡淡恶意。

在翟康然看来，师父安排他的工作无外乎两样，给客人递烟与倾倒洗刷痰罐。他想当然将之视为历练。他看过太多这样的故事，师父用不可思议的方式考验徒弟，其中大多与屈辱相关。但这些考验，无一不指向倾囊相授与终成大器。

这一天收工前，庄锦明点起了一炷香，要求他扎下马步，然后悬着手摇晃一支筷子，模拟理发的动作。

翟康然想，终于接近了这个故事的正式起点，师父开始教他了。

他定定地站着，让自己的背挺得更直一些。但不久之后，他感到腿开始沉重，手腕也因无依恃发起了酸。

当他的腿开始发抖时，感到膝盖被猛地一击。

他连忙振作了精神，让自己站得更直一些。

他的身后又响起了上海话，间或是讪笑的声音。这是他这些天里，唯一感到不友善的地方。这些师傅，总是在他经过时，改用上海话交谈，似乎有心要让他听不懂。他听到他们在身后议论。他们都是知情的人，他们在等待他的耐心和自尊感的崩塌。

这时候，门打开了。庄锦明看见一个精瘦的男人走了进来，脸色青黄，顶有些谢。重点是，来人有双微凹的眼睛。庄锦明心里冷笑，他想，事情终于接近戏骨了。

翟玉成看着自己的儿子，以一个滑稽的姿势站着，面对自己，手里执着一根筷子。因为看见了父亲，他的手忽然静止，整个人的姿势便更为滑稽，像是一个傀儡。意想中的，他感受到了屈辱。

儿子的身后，站着一个男人，头发梳理得一丝不苟。嘴角有些下垂，是严厉的表情。他的手中举着一只鸡毛掸，狠狠地打在儿子的腿弯，说，手莫停！

这一下，仿佛打在了翟玉成身上。他走到翟康然跟前，说，康仔，走。

庄锦明又一下打下来，说，叫你手莫停。

他看到了这个男人额上渐渐爆出了青筋，但仍不露声色。这已经让他意外。庄锦明想，小看了这个广东飞发佬，还真沉得住气。

庄锦明始终没有正眼看他。在长久的沉默后，这男人终于拉动了翟康然一下。

庄锦明这才站起身，厉声道，我教训徒弟，旁人插什么手。

他仍然没有看翟玉成。翟玉成静默了一下，提高声音说，这是我儿子。

庄锦明冷笑，同时闻到了一股酒气。他想，酒壮㞞人胆。这人露出了色厉内荏的一面，所以管教不了他的儿子。他转向翟康然，问道，康仔，是吗?

翟康然一声不吭。

翟玉成上前一步，定定看着庄锦明道，你又飞发佬，我又飞发佬，凡事讲个将心比心。

庄锦明说，我不懂什么飞发，阿拉上海师傅，只讲理发。

翟玉成脸上的肌肉抖动了一下，这轻微的表情被庄锦明捕捉住了。他想，好，看他能怎样。

翟玉成说，你唔返学，唔返屋企，依家唔认我呢个老窦。[1]我只问你一句话，你跟定这个外江佬学飞发?

愣在那里的翟康然，这时忽然抬起了脸，看着父亲，坚定地点了点头。

翟玉成叹一口气，回转了身去。他往前走了几步，站定。却又转身过来，举起了自己的右手，竖起食指。他说，康仔，你

---

1 你不上学，不回家，现在不认我这个老爸。

听好。二十年前，我为“孔雀”，断咗呢条手指，后来驳返。

他虚无地笑一下。人们看到他用左手握住了这只手指。只听到“咔啪”一声，近旁的人来不及反应。看到翟玉成又举起了这只手指，已经无力地垂挂下来，仅有一层皮肤相连，像是一节凋萎的枯枝。

大约因为万分疼痛，他轻咬住了嘴唇。但面部表情，竟然还十分平静。他说，依家断多一次。你我两父子，今后桥归桥，路归路。

这时候，瞠目结舌的人们才回过神来。他们七手八脚地拥住翟玉成，要将他送医院。但是，他轻轻推开了人们，自己往前走。他甚至自己用左手，推开了沉重的玻璃门。疼痛让他体力不支，稍微晃动了一下。但他只在门口站了几秒，便昂然地、步履坚定地走开，渐渐消失在众人的视线中。

良久的安静后，庄锦明听到了人们的议论，他间或听到“孔雀”两个字。这是流传在北角很久的传说。

他感到自己攥着鸡毛掸的手心，已渗出了薄薄的汗。

# 六

理发店的胰子沫，
同宇宙不相干，
又好似鱼相忘于江湖。
匠人手下的剃刀
想起人类的理解，
画得许多痕迹。
墙下等的无线电开了，
是灵魂之吐沫。

——废名《理发店》

# 七

我在这个冬天，接到了翟健然的电话。

赶到医院，我看到翟师傅静静地躺在床上。他紧闭着眼睛，面目紧蹙，头发凌乱地散在枕头上，像是经历过了挣扎。他的右手伸在被子外面，插着点滴。那手干枯黑黄，经络密布，仿佛被风干水分的树枝。其中一条枝丫，有着明显的错位，那是他变形外翻的食指。

翟健然将我叫到一旁，轻轻说，昨晚一直昏迷，今早才醒过来，现在又睡过去了。医生说了，也就这两天的事。

我看到了他的黑眼圈，比平常更为浓重，应该是一宿没有睡。我心里不禁有些发涩，说，师兄，真难为你了。

翟师兄叹一口气，戚然道，但凡醒过来，就跟我嚷嚷，说要回飞发铺去。现在也嚷嚷不动了。

我说，话时话，你陪了他一整年。

他摇摇头，老窦心里明镜似的。他知道，我也只是陪着他，不是陪他的手艺。

我们便静静地坐着，再也没有说话。倒是可以听到翟师傅微弱的呼吸声。每次听上去不太均匀了，翟健然便急忙要站起来。等他呼吸和缓下去，才又坐下。

窗户外头，望出去，有整面的闯眼睛的绿。那是一座古老的教堂，似乎在翻修。绿色的纱幔是为了遮住脚手架，便只能看见教堂的轮廓。方正的钟楼，以及一个高耸的尖顶。

半晌，门打开了。我们看到翟康然走进来，他身后还有一个人，是庄师傅。

庄师傅看上去，比我上次见到更老了一些。他终于没有了挺拔的姿态，变得有些佝偻了。他在翟康然的搀扶下走过来，手里拎着一个工具箱。

他看着床上的翟师傅，无声地叹了口气。翟康然将一只凳子放在床头，让师父坐下来。庄师傅稍事停顿，打开了工具箱，拿出了牙梳和推剪。

他伸出手，摸一摸翟师傅的头发，说，都是汗啊。康仔，给你老窦擦一擦。

翟康然用一块消毒棉，一点点地在父亲头上擦拭。他的手，有轻微的抖动。

庄师傅声音发冷，低声道，衰仔，咁样抖法，仲想出师？！

我看到翟康然站起来，走到窗前去。他背过身，肩膀无声地颤抖。我走过去，看着他。他已泪流满面。

庄师傅叫健然将翟师傅的头垫高，自己微微躬身就着他，开始动作。无关乎步态的蹒跚，他的手竟还是灵活利落的，从头顶开始，一点点地、小心地剪。剪下一点，便用毛巾接着那头发，不让它落在枕头上。病房里，一时间，只有“喀嚓喀嚓”的金属摩擦的声音。因为安静而空旷，这声音一点点放大，竟然十分响亮。

我们看到翟师傅的眼皮轻轻动了一下。他睁开了眼睛。

他的头不能动弹，但能看到我们，眼珠一轮，最后落在了庄师傅身上。这混浊的眼里，有些虚弱的光，我可以辨认出一瞬的惊讶，然后松懈下来。

他转向庄师傅。我们听到了他干枯而艰难的声音，他说，都传你以往是给死人剪头发的，我不信。如今瞧你这手势，八成是真的。

他的嘴唇翕动了一下，微微张开，竟然笑了。

“唔好郁。”庄师傅没有停止动作，他的手，正在翟师傅鬓角，用剃刀修整“滴水”。他说，我这柄“Boker”，用了二十年，还锋利得很，比你的“孖人”可禁用多了。

你又知我用“孖人”？翟师傅眼睛对着天花板，好像在自言自语。

庄师傅刷上须泡了，轻手而利落地为他剃须。手并未有一丝停顿，他说，十几二十年，你的事，我什么不知道。

我们在旁边看着这一切。庄师傅剪这个头发，用去的时间格外长，剪得格外细。在临近尾声时，他为翟师傅的脸颊擦上了一点须后膏。我闻到了淡淡的薄荷味道。

他对翟师傅说，我哋上海师傅唔孤寒嘅。贵嘢来嘅[1]。一般人我不给他用。

他站起身，轻轻地抬翟师傅的头，将头下的垫单取出来。然后拿出一面镜子对着翟师傅，问，老板，点啊？

翟师傅看着镜中的自己，似乎端详了许久，才开口说，好手势。

说完这句话，他又微笑了一下，这才阖上了眼睛。

1　粤语，这可是好东西。

# 尾声

翟师傅的追思会上，用的是他年轻时的照片。

那黑白照片是翻拍过的，有一点模糊，但是，可以辨认出这青年惊人的英俊。大约是因为那双微凹的眼睛，里面还盛着许多的憧憬。但人似乎又有面对镜头的羞涩，整个面目便生动了起来。

翟师兄告诉我，这是老窦当年考电影训练班的报名照，他找了许久。

来吊唁的人并不很多。老庄师傅看见我，热情地打招呼。我问他可好，他说，上次没来得及和我说，他已经关了“温莎”，将理发椅送给了阿康三张，其余捐给了港岛民俗博物馆。

我表示了惋惜之情。他却很看得开似的，摆摆手说，年纪大了，去年经过了疫情，更想通了。他说，康仔出师了，我教会他剪花旗装。

顿一顿又跟我说，他没想到，剪了一辈子头发，最后一个客，是翟师傅。

说到这里，他不禁也有些失神，道，我们这行，医者难自医。到时我的头发，又是谁来剪？

临走时，我向翟师兄道别。

看他眼神远远地落在远方，手里是一封帛金。

那信封上工整地写着四个字：“孔雀旧人”。

# 西南篇　瓦猫

大阔嘴，旗杆尾。

钟馗脸，棉花肠。

大肚能容乾坤会，

梁上驱邪吓退鬼。

——滇区童谣

# 一

说起来，那次去云南，完全是为了卡瓦格博。

可是到了香格里拉时，我因为高反，引发了急性肠胃炎，已经不能动弹了。这对我的确是一次意外。因为仅在一个月前，我从利马直飞印加古城库斯科，一路辗转上了马丘比丘。在海拔三四千米的地方，身体并没有任何反应，甚至未服用类似红景天的高反药物。可这次云南的行程，尽管做了充分的准备，仍事与愿违。

但我还是坚持随队上了德钦。到达驻地，便开始发高烧。

大约折腾到了半夜，人才睡了过去。第二天醒来，已是接近中午时候。照顾我的是当地的藏民德吉大婶。她会的汉话不多，但表达却很恳切，因此足以交流。我喝了一碗她为我熬制的鸡汤，据说里面放了当地的藏药草，对缓解高反有神效。这滚热的鸡汤喝下去，立时感到好了很多。

有人敲门进来，是拉茸卓玛。她是我们队里的人类学家雷行教授的研究生，也是当地的土著。卓玛看见我的样子，似乎很高兴，一边说，昨天看您脸色煞白的，吓死我。今天就这样好了，是有卡瓦格博保佑呢。

然后她便热烈地用藏话和德吉大婶交谈。我才知道，大婶是她的“阿尼拉”，也就是姑妈。

没待我问起，她便告诉我，同伴们都去了附近的白马雪山垭口。回程的观景台，据说是看卡瓦格博最好的地方。我在心里叹口气，觉得这一场病得十分煞风景。

卓玛大概看出了我的失望，说，毛老师，我陪你到村里走走吧，远远地看雪山也很美。

卓玛没有说错。在这个村落的任何一个角度，都能看到卡瓦格博。

她站在一块高岩上，高兴地指给我说，我们的运气不错呢。是的，大约是季节将将好，并没有搅扰视线的云雾，“太子十三峰”看得十分清晰。峰峰蜿蜒相连，冰舌逶迤而下，主峰便是卡瓦格博。

我远远望去，不禁也屏住了呼吸。雪峰连接处，冰舌逶迤而下，是终年的积雪与冰川。这样盛大而纯粹的白，在近乎透明的蓝色的穹顶之下，有着不言而喻的神圣庄严。

我静静看了一会儿，说，这村叫“雾浓顶”，今天倒是给足了面子，一丝雾没有。卓玛便笑了，说，老师，您这是作家的说法。我们这“雾浓顶”，其实是藏语的音译。“雾”是菩萨的意思，“浓”是下去了，“顶”是高地，合起来就是菩萨下去的地方。

我问，菩萨下去了哪里呢？

卓玛遥遥一指，说，村里老辈人说，那边有个水塘，现在已经干了。菩萨被一个女人惊动了，从那里下去，飞去峡谷对面的飞来寺了。

这村落里的民居错落分布在山坡上。卓玛说，整个雾浓顶也不过二十多户人，从她记事时就是这样。

白色房屋掩映在层叠的青稞地里。冬天的田地是土黄色的，远望袤袤无边。大约因为刚收获过，近观不很丰盛。有些野雉在地里啄食，并不怕人，看到我们过来，也没有退避的意思，反而好奇地昂起头，看着我们。看够了，晶亮的眼睛一转，就又低下头，在地里刨生计去了。

在一处空旷的田野里，我看到了一尊精美的四面佛像，晾在天棚下面。说是精美，是因形容笔绘端穆。但身体还有镶卯拼合的痕迹，应该还未来得及塑上金身。我正看的时候，卓玛接到了电话，她说，老师，我姑爹请我们去他家里坐一坐呢。

我便随着她，走到一幢半坡上的房子前，门口蹲着一只黑狗懒懒地晒太阳。看到我们，立即站了起来，大声地吠叫。卓玛对它说了句什么，它便又顺从地趴了下去。我们就看见德吉大婶儿迎了出来，手里还端着一只竹匾，里面金灿灿的，是新收的玉米。

这房子如同村里多数的民居，白墙灰瓦，有个坡屋顶，大约用来晾晒，各色粮食在阳光底下纷呈，煞是好看。相对先前所见，干打垒的外墙算是朴素的，并无浓烈修饰，只开了几扇黄绿的藏式方窗。屋子边上就有白塔和焚松枝的香炉，院外整整齐齐码着木柴，是为过冬备的。

德吉婶婶领我们走进门，是个过厅，穿过去豁然开朗，是挺宽敞的客厅。靠窗一长排藏式长椅和茶几。午后浅浅的阳光，恰照射进来，落在墙壁上。挂着斑斓的壁毯，是藏传佛教的故事绣像。迎面则是木雕佛龛、壁柜。房间正中的炉里生着熊熊的火，坐在炉上的水壶正咕嘟咕嘟地冒着热气。一个面色黧红的老人，看着我们，高兴地道一声“扎西得勒”，便站起身来。我也双手合十与他还礼。

之后便充分领略到了藏人的好客。这位朗嘎大叔似乎将家里好吃的东西都拿了出来，甚至包括刚熏制好的藏香猪肉干。当然少不了的是酥油糌粑。卓玛大约看出我一瞬的犹豫，便和她姑爹说了句藏话。然后对我说，老师，您肠胃还没恢复，这个难消化。不用勉强。

朗嘎大叔哈哈大笑，道，你们城里人……

然后他也放下碗，脸上是一言难尽的宽容表情。为了不让他失望，我立时模仿他，将奶茶倒了小半碗，依次倒进了酥油、炒面、曲拉、糖，用手指拌匀，捏成了小团。味道竟是出乎意料地好，有一种馥郁的芳香与酸脆。又学他灌下了一杯青稞酒，热辣辣的。

朗嘎大叔格外地喜悦，眯起眼睛，对我竖起大拇指。他的话也多起来，原来竟能讲很不错的汉话。他说我能来他很高兴，可以和他说说话。村里农闲，整个雾浓顶已经没什么人了，都去转山了。

我便问，您为什么没有去呢？

他眼里的光便有些黯淡，告诉我说，他的风湿病犯了，走路都很困难，最近越来越严重。他又叹一口气，说，一定是年轻时猎杀了太多的动物，这是卡瓦格博的报应。

看他低头不语的样子，卓玛便用藏语和他说了什么，大约是在劝说。他便渐渐神色缓和，又和我们谈笑风生。我们临走时，他拿出了弦子，引吭为我们唱了一首德钦本地的民歌。因卓玛的翻译，我依稀记得其中的一句歌词，“我是雪山上的雄狮，没有了洁白的雪山和冰川，雄狮怎能存活？”

大叔拄着拐把我们送出来。走出了好一段，我们回过头，看他还站在高坡上目送，卓玛叹息一声，说，其实姑爹这样的康巴汉子，不能去转山，是很折磨的事情。

我想想说，老人年纪确实也大了，在外面万一有个闪失……还是在家里放心。

卓玛摇摇头道，我们藏人对生老病死都看得很开。能在转山路上死，在卡瓦格博脚下死，是很幸福的。姑爹苦的是身体上不了路。

我们在回程中，看见一座小房子，孤零零地坐落在路边。与雾浓顶普遍两三层的屋宇相比，它显得尤为低矮。只开了两扇窗，也没有装饰。倒是屋后有一座很大的白塔，耸立着。比起房屋，白塔更为洁净，像是有人着意打理。上面飘着经幡，在太阳底下若隐若现地闪着晶莹的光。

而吸引我的，是这房子的坡顶上有一尊雕塑。这是周边其他房子上所没有的。它黑乎乎的，像是某种图腾。在我有限的关于藏传神佛像的知识储备里，似乎了无印象。它更像是一只动物，确切地说，是一头老虎。它虽体量不大，但有双怒睛，突兀地张着大嘴，面目可称得上狰狞。

这时，一股山风吹过来，吹进了我的领口，让人一个激灵。我回过头，问卓玛这是什么。

但卓玛脸上有迷惑的神色，愣愣的。这时她回过神来，说，瓦猫。

瓦猫？是种……神兽？我问。

她说，是，但不是我们藏族的。这些年我跟着教授，在大理、玉溪、曲靖考察时都见到过。在呈贡马金堡也有，叫“石猫猫”。但这一只，应该是昆明龙泉的形制。

我说，你不讲的话，我还以为是老虎。猫兼虎形。

她点点头，说虎也不错，“降吉虎”驱邪嘛。它是云南汉族、彝族和白族的镇宅兽，自然是模样恶一些。多半是在屋顶和门头瓦脊上。这大嘴是用来吃鬼的。大门对着人家屋角房脊，一张嘴吃掉。要是向着田野，有游魂野鬼，也要安一只镇一镇。

我说，这样说来，还真是只霸道神兽。

她说，可是……究竟不是我们藏族的东西，我不记得以前有。这房子，是村里五保户仁钦奶奶的。

可能是听到了我们的声音，门这时打开了，有人探出了头。是个很老的老太太，身着一件很厚的氆氇藏袍。她佝偻着身体，抬起头看着我们，说了句什么。我看到她一只眼睛里有白色的翳障，应该是看不太清楚。另一只眼睛，却有些警惕的鹰隼般的目光。卓玛走近了，和她亲切地交谈。她这才点点头，看着我，眼光柔和了，竟然绽开了笑容。黑黄的脸上，沟壑般纵横的皱纹也因此舒展开来。她掀起衣襟，擦一擦眼睛，似乎想要仔细再看看我。

卓玛走过去扶着她，说，我跟她介绍说，您是城里来的教授。奶奶可喜欢读书人呢。

她于是指着屋顶上的瓦猫，跟仁钦奶奶说了一会儿。

奶奶沉吟一下，点点头，对卓玛说了句什么。卓玛就笑着对我说，奶奶问您是从哪里来的。

我想起此次云南之行的起点，不假思索答道，昆明。

这一回，奶奶好像忽然听懂了。她走近我，仰起脸，望着瓦猫的方向，开始用极快的语速说话。我自然是听不懂，看我茫然，她改用手比划。因为她过于急切与激动，卓玛已经来不及翻译。奶奶一跺脚，直接捉住我的手，就将我往她屋子里拉。

我们走进去，屋子里的光线十分昏暗。漾着一股气味，是酥油混合着年迈的老人特有的气息。墙上是一幅班禅喇嘛的画像。佛像前摆着三只铜碗，里头盛放的是给佛的供奉。

奶奶跪坐在火炉后的壁柜前，一只只打开来翻找，同时嘴巴里嘟嘟囔囔的。良久，终于有了发现。她小心翼翼地将手伸进去，拿出了一样东西。是一个牛皮纸的信封。她站起身，将这只信封塞到我手里。

信封上印着“迪庆藏族自治州文化馆”的字样，一角已经磨损了。借着微弱的光，看到上面用钢笔写着一个昆明的地址，字体很工整，但有洇湿的痕迹。没待我细看，她又开始很快地说话，其间我只能听出她在重复“昆明”二字，然后用热切的目光看着我。卓玛说，老师，奶奶拜托你把这个信封，亲手交给地址上的人。

卓玛想想，跟奶奶说了几句话，想将信封从我手上接过来。

奶奶似乎生气了，使劲拨开了她的手，执意将那封信放在我手里，让我牢牢地攥住。我将手也放在她的手背上说，奶奶，您放心。

她便又绽开了笑容，如同初见我时。而后想起了什么，打开炉子。我知道，这是要打酥油茶，要做糌粑招待我们。

我们离开的时候，仁钦奶奶手里执着一串佛珠，踉跄地跟了几步，嘴里依然喃喃念着什么。卓玛说，奶奶在给我们祈福呢。

我连忙对她双手合十。奶奶的面目忽然严肃了，指指我手中的信封。

待我们终于走远了，卓玛像有些抱歉似的说，其实我刚刚和奶奶讲，您是远道来的香港客人，可能没时间去帮她送信，不如交给我邮寄。可是她怎么都不听我。老师，给您添麻烦了。

我说，没事。我返程还要在昆明待个几天再回去。难得奶奶相信我这个陌生人，定不辱使命。

第二天，我们驱车去了明永村。招待我们的是雷行教授的一位旧识，村长大丹巴。大丹巴头发花白，也是个老人，但却是十分强干的样子。穿着一件迷彩服，脚蹬解放鞋。步下生风，说起话来也是掷地有声。看他挺直的身板儿，问起来果然有过参军的经历。

明永，在藏话里是“神山卡瓦格博护心镜”的意思，近年因为附近的冰川观光而声名大噪。这个五十多户居民的小村落深居山坳，过去交通十分不便，游客从布村过澜沧江大桥后，得跟随马帮步行翻山才能到达，路途艰辛。当地的旅游事业自然不成气候。后来因为德钦到明永的简易公路修通，游客蜂拥而至。村民靠为旅游者牵马和门票分成，赚了不少钱。

我们等村长时，看见村口的白塔旁，一些村民三三两两或站或坐，男的在抽烟，女的手里没有闲着，在做些针织的活儿。他们眼睛不时望着大路，身后的几匹马，也懒懒地吃着草料。自从公路通了，每天都会有几批观光客。村民们便轮番牵马送上冰川去。这时候，就看见一辆摩托疾驰而来，村民们一跃而起，七嘴八舌。牵马的牵马，备鞍的备鞍，更多的是召唤彼此。没过多久，就看一辆中巴车进入视线，停在了白塔边上。十多个游客陆续下了车。这边厢村民们便迎上去。女人们和游客讨价还价，未几便谈好了。男人们便服务客人上马。整个过程行云流水，看出来已经相当熟练。

大丹巴见有新客，便问我们要不要上冰川一游，他来安排。雷教授便说，今天时间紧，就不来凑你这个热闹了。还是跟你去家里，我做新纪录片，要补几个镜头。

我们走在路上，看到一个半大的小子，跟在马后头，和身边的伙伴起了争执。伙伴嬉皮笑脸，他倒有些气极。听他们说话间不断提到“甲炮”这个词，我便悄悄问大丹巴是什么意思。

村长哈哈一笑，说，怕是刚才分马的时候，觉得自己吃了亏。这个词啊，得分开念。“甲”在藏语里头，是指外乡人。这“炮”是胖的意思。

我抬起头来看，果然坐在马上的，是个体态丰满的先生。他自己左顾右盼，是怡然之态。身下的马，蹄子深深陷进泥里，大约有些吃力。

他们现在可精，就怕分到胖子。客一来，赶紧就要抢小孩和小个子女人。

这时候，摄影师打开机器拍马队。一只野虫飞舞着，落在镜头上。摄影师驱赶虫子，有些手忙脚乱，吸引了众人的目光。先前那个半大小子，干脆将头伸到了镜头前，脸上是好奇之色。

村长便呵斥他，洛桑，人家在拍电视，捣乱想要挨揍!

他用的汉话，倒像是当着外人面训孩子的家长。这孩子便嘻笑地躲开了。

雷教授便说，这来看冰川的人，比我上次来，又多了好多。

大丹巴叹口气道，越来越难管。抢客不行，抽签也不行，都怕吃了亏。

卓玛道，这条路是当年跟“斯农”抢来的，也难怪他们。

村长说，自打通路，这一晃十多年过去了，家家做牵马生意。地不耕，羊不放。

雷教授说，做旅游还是有风险，望天打卦。我老家在粤北，也是自然村，跟风搞古镇游。一个非典，一个金融风暴，就伤筋动骨了。现在老老实实回去种地。

村长连连点头，说，这我可说了不算。你回头见我家小子说说他，这一窝蜂都是他带起来的。现今村里，连好好的松茸都没人去采了。

沉默了一下，他又说，教授，我其实一直没想通。你说那场山难，是卡瓦格博降下的“扎吾”，却让明永出了名。十七条命没了，来的人却越来越多，这算是怎么一回事?

我们进村的路上，有一条贯穿全村的水沟。一路都是潺潺的流水。这水沟引来山泉的工程，是大丹巴很引以为豪的事，因是在他任期内完成的。他说以往的明永人喝水靠的是混浊的冰川，许多人得了大脖子病。

这沿水而建的明永当地的民居，的确比雾浓顶的村舍又排场了许多，可以看出富裕的气象。有的除了保留了藏窗的样式，建筑风格已经极为现代。甚至一所楼房，除了传统的藏画，外墙上竟绘制了鳞次栉比的摩天大楼。

这楼房的对面，有一棵巨大的柿子树。上面还结着未及掉落的秋柿子。大约经历了风霜，这些柿子都并不很饱满了。我方注意到，树下靠坡一侧，有块巨大的山石，上头生了青苔，布满了经年的藤蔓。再仔细一看，原来上面大隶镌着字，“勇士，在此长眠，2006 年 10 月”，底下有同样的格式，刻着日文。

这是一座石碑。在这石碑的顶端，有一尊塑像。虽在藤蔓遮盖下，我还是看清楚了。一只动物，似猫非虎。是的，这是一只瓦猫。

我立即拿出手机，打开了图片簿。定睛望去，不禁深吸了一口气。

大丹巴见我呆呆望着，便说，这只碑，是在最后一个日本队员的遗体找到时，才立起来。

我回身看他，说，这只瓦猫，我见过。

我将手机给他看。是的。黑色，怒睛巨口，与在仁钦奶奶家屋顶上的，一模一样。

大丹巴撩开藤蔓，仔细地辨认。半晌，才喃喃道，我想起来了，他去过雾浓顶。对，他临出发去转山前，说过，要去那里找个人。

我问，他是谁？

村长说，做这只瓦猫的人。仁钦奶奶和你说了什么没有？

我说，奶奶交给我一个信封，让我带到昆明，交给地址上的人。

大丹巴沉吟一下，慢慢说，那要保管好，亲自交给他啊。

# 二

三天后，我回到了昆明。本地的朋友晓桁，当晚请我在石屏会馆吃饭。对我说这是个有来历的地方，很适合请我。

我说，哈哈，不讲来历，能有个地方祭五脏庙，就心满意足。

其实我对这里，连一知半解也谈不上。大约只知道门口题字是状元袁嘉谷的手笔，加之是个吃菌子的好去处。

会馆邻近翠湖路，结庐在人境，果然算是个闹市里的桃花源。觥筹之下，宾主尽欢。我忽然想起了，就把信封上的地址给他看。

晓桁看一眼说，龙泉镇？那地方可都快拆完了，哪里还找得到？这人怕是很难寻了。

我说，那我也得去看看。

他说，这一片都划到北市里去了。你看这地址，还写的官渡区，如今早归盘龙区管了。听说开发了几年都没个动静。主要是业权复杂，有些名人故居什么的，都混在城中村里。一涉及文保，动辄得咎。

我说，这石屏会馆也是文保，不是处理得妥妥当当的。

他摇摇头，说，你啊，还是读书人的思维，哪那么容易。这样吧，明天我开车送你过去。咱们碰碰运气吧。

第二天下午，我们上了北京路。这条街道堂皇得很，是昆明的主干道。大约二十多分钟，便到了龙泉镇。

但我看去，不见什么村镇的景状，只是一个热火朝天的工地。推土机、货车穿行其间，沙尘滚滚。

晓桁停了车，倒是熟门熟路，穿过了工地，一路向前走。我跟着他，渐渐豁然开朗。这满目喧嚣后头，竟然是个集市。在沙尘中，各类摊档井然有序地摆成了两列。晓桁转过头，对我说，没想到，拆成了一片，这“乡街子”竟然还摆着。

他见我茫然，笑道，说起来，我在这里算是个土著，小时候就跟我爷爷住在麦地村。每周三，龙头街上摆集市，叫“乡街子”。不过，几年前我爷爷去世，就很少来了。

这集市的热闹，大大超乎我的想象。大约以手工制品为主，竹编筐箩、各色织物、整爿的水磨。看起来，满眼是附近的乡民，衣着都是浓艳色彩。一个穿着白族服装的大爷，大约在卖整捆的晒得明黄的烟叶。他半坐着，手里有一只长长的水烟筒，支在地上，是个怡然的姿势，发出咕嘟咕嘟的声响。见我驻足，很殷勤地招呼我试一口。

他的背后，就是兴建中的司家营地铁站。打桩声不绝于耳，他倒是听不见似的，仿佛将这声音完全屏蔽了。

我说，还真是不知有汉，无论魏晋。

晓桁远远地喊我，声音很兴奋。看他站在一个凉棚底下，三四把小桌板凳横七竖八地摆在凹凸不平的石子路上。极其浓郁的羊肉味传过来。原来是个羊肉米线档。我们坐下来，看大铁锅正冒着白色的热气。老板给我们盛了两碗出来，晓桁用本地话和他说了句什么。老板掂起大勺，又往我碗里加了一大块羊肉。他对我说，快趁热吃，鲜掉眉毛。自己埋下头，呼啦啦喝了一大口汤。我学他的样子，汤味还真是浓酽得很。晓桁说，这个羊肉摊，打我记事，一有集市就摆在这里，几十年过去，雷打不动。倒是稀豆粉油条、牛扒烀、油炸洋芋，如今都看不到了。我说，那这集市也老得很了？

那可不，打有昆明城，这集就有了。他说，老辈儿说昆明有龙盘，龙头就在这儿。明末建了驿道，就是这条龙头街。有这条街，就有了云南的马帮集散、歇脚。这镇子也就热闹起来。关键是，南来北往的消息也从这儿走呢。

他叫我将那牛皮纸信封拿出来，拿去给老板看。老板看一看，说，司家营早就扒得底都不剩了。

那人还找得到吗？

老板说，要去瓦窑村碰碰运气，这姓荣的，多半是开窑的。如今镇上的龙窑，十有九废。年前迁走了一批，差点动上了刀子。说不好，真的说不好。

旁边的老者看一眼，道，荣瘫婆家，造瓦猫的？

镇上现今唯一一个做瓦猫的，就是他们家。听说他们家二小子给人做白事。神龙见首不见尾，得去碰碰运气。

他又眨眨眼，说，要说难，可也不难。守着那几座“一颗印”。你敢过去动动土，他们可不就立时出来了。

走在路上，忽然下起了雨。我们紧走几步，躲到了一处屋檐下避雨。这好像是个寺庙，因为门口的白墙上，写着“南无阿弥陀佛”。门两侧各画了哼哈二将。只是其中一侧已经脱落了颜色，漫漶着曲折的污秽水迹，但我仍然可以辨认出那笔触的精致与细腻。门头立有一红匾，书“兴国禅林，康熙丙申仲春之吉”。

门是紧闭着，看不到里面的状况。我才注意到建筑的外侧，不起眼的地方，镶嵌了石碑，上面刻着“昆明市级文物保护单位，兴国庵，中国营造学社旧址”。

与此同时，我发现了这幢建筑的孤立。因为雨越下越大，四周的工地已暂时停止了劳作。大颗的雨点打击在地上，竟然激起了一片烟尘。雨倾盆而下，将这些烟尘压制、洗刷。视野慢慢澄净了。没有建设中的喧嚣的干扰，原来我们已处在了一片空旷的中心。除了远处的摩天大楼造就的天际线，和散落的零星的推土机，四周是没有遮碍的。我们置身的这座庵庙，像是这荒凉原野中的孤岛。

这场景未免有些魔幻。我的头脑中忽然一闪，想起了宫崎骏的经典之作《哈尔的移动城堡》。

雨停了，我们踩着泥泞走出去。当我回身望去，我在这座古庙的墙头上看到了一只动物，那是一只瓦猫。它虽不大，在这败落坍圮的围墙上雄赳赳地坐立着，在雨水的冲刷下黑得发亮。我赶忙拿出了手机，打开图片簿，确定这只瓦猫的模样，和我在德钦看到的一模一样。

我们辗转找到了龙泉街道办事处的负责人。这是个模样恭谨、戴着眼镜的中年人，脸色是体亏的灰黄。他面前是一个巨大的玻璃水杯，里面泡着枸杞与胖大海。他瓮声瓮气地问我们找谁。晓桁大约报了某个领导的名号，他立刻变得十分热情。我们说明了来意，并将地址给他看。他确定半年前已经拆除。我问他是否认识地址上的人，他说，荣瑞红……这就难找了。这里几个村都姓荣。

我就将刚才拍的照片给他看。我说，我想找做这只瓦猫的人。

他看了立即说，嗨，猫婆家的哑巴仔。

见我茫然，他打开了水杯，咕嘟地喝了一大口。我看见他吞咽的动作，那口水顺着他喉结的起伏，顺利地流动下去，让我也感到如释重负。

他说，别看这个镇上不大，却有十多处文保，多是西南联大时期的。

我问，西南联大？

他说，对。别的地方拆迁，最怕钉子户。这是最让我们头疼的。这里从九十年代开始说搞开发，因为这些文保，拉锯了十多年。去年算出台了方案，整体搬迁。

我带你们去转转，就晓得怎么回事了。

我得承认，接下来的这个黄昏，完全颠覆了我对这个小镇的印象。

马主任带我们在泥泞中穿行，驾轻就熟。他时而回头让我们看路注意安全，时而碎声抱怨。他说着话，因为周遭暂时的安静，在这天地的空旷间，莫名有了回声。

准确地说，是在他的引领下，我们在这古镇的村落间穿行。尽管它们现今的面目，已是大同小异。不见荒烟蔓草，雨后空气中荡漾着浓郁的土腥，击打着我们的鼻腔。在任何一个角度，都是无垠的黄色，将所有的旧掩盖在了下面，伸展向了远处雾霭中新的昆明城的轮廓。然而，如同此前所见的兴国庵，我们看到了一些矮小颓败的建筑，间或现身其间，像是一些岛屿。我需要纠正方才孤岛的说法，因为它们以奇异的方式，彼此呼应、联结、伸延。形成了一张出人意表的网络，有如瀚海中的群岛。

在某个不起眼的角落，镶嵌着式样雷同的蒙尘名牌。上面分别写着，“中央研究院历史研究所旧址”“北平研究院历史研究所遗址”“中央地质调查所旧址”“北大文科研究所和史语所旧址”“冯友兰故居”“陈寅恪故居”……

我们在一处土木结构的小院前站住，门牌是龙泉镇司家营61号。大约因为它难得地完整，让我们驻足。马主任说，这是“清华文科研究所”。当年是闻一多租了下来。你看他的眼光多么好。“三间两耳倒八尺”，典型的“一颗印”房子。他自己住在南厢房，北厢住着朱自清和浦江清。

并不意外地，我又看到了檐头的瓦猫。是的，所有的我们经过的这些老房子，都有一只瓦猫，或在墙头，或在檐角。太过颓败的，则在门口端正地立着。它们一式一样。面目狰狞，勇武，似小型的虎。而宽阔的眼皮又有一丝惫懒，仿佛是小憩后的猛醒。

马主任说，猫婆家的瓦猫在那里，谁都不敢打这些房子的主意。也蹊跷得很。之前中标的地产公司，让人移走了这些瓦猫。经了一夜，第二天，新的就回到了原处。村里的龙窑早就扒掉了。谁也不知道是在哪里烧的。说来也怪，那个公司的老总，当月就被双规了；女儿在国外读书，出了车祸。以后就没人敢再动。

我说，这个猫婆，住在哪里？

马主任摇摇头，他们家不属于回迁户。拆迁时，也没和政府谈过条件，就签了字。家里也就她和孙子两个，谁也不知道他们现在住在哪里。

我说，我听说，她孙子帮人做白事。

马主任仿佛想起了什么，说，对对，这小子也挺邪的。嘴巴不会说话，倒哭得一口好丧。说起来，现在村里的老人，十之八九说没就没了。也是人心不古，去外头的年轻人都不愿意回来。没个孝子贤孙摔盆打幡不像话，就让哑巴仔顶上。他那一哭起来，地动山摇的，让丧家还真是有排场。

我说，见怪不怪。现今的白事，礼仪公司都包这项的。

马主任摇摇头说，他哭不收钱，只求人买他扎的纸人纸马。倒是也不贵。扎得好，到底瓦猫手艺的底子在那里，人是灵巧的。你这么说，我倒想起来，明天下午棕皮营的郭大爷设灵。你们二位，要不怕忌讳，兴许能在那碰上哑巴仔。

后来，我和晓桁交流过。都觉得，荣之武的模样，和我们想象中的不太一样。

其实，对于去参加陌生人的丧礼，我心里有些障碍。但是晓桁告诉我，他们龙泉的人，丧事是当喜事来办的。尤其是对年纪大的人，丧事的排场与敞亮，是生者的面子。他向我描述两年前他祖父丧礼的场景，讲各种规矩与程序，脸上并没有哀戚之色，甚而有些眉飞色舞。听他说完，我渐渐明白，或许对于已经都市化的昆明人而言，乡下长辈的丧事，成为了他们长期压抑的矜持之下释放情绪的出口。所以各家各户，会赛着大操大办，形成了某种新时代的风气。

在这样的心理建设之下，当我来到了郭大爷的丧礼现场，仍然有些触目惊心。实在说，这么个陌生的地方，并未让我们好找。因为刚到棕皮营村口，便传来响亮的《月亮之上》的歌声。这支“凤凰传奇”的名作，实在熟悉不过，毕竟是每个小区广场舞的神曲。我很快注意到，之所以有铺天盖地、绕梁三日的幻象，是因为丧家从村口到每个路口都架设了扩音喇叭。这乐曲便类似于无所不在的引路人，实在也是很聪明的做法。因此，没费什么力气，我们就找到了丧礼的现场。

这应该是一个废弃的小学校的操场。两边的篮球架上，挂着巨大的挽联。而灵棚也正是因地制宜，由一根钢索在篮球架之间牵引而搭建。

我们到的时候，正有几个身着民族服装的年轻汉子和女孩，和着这支流行曲的音乐在载歌载舞。晓桁说，这是白族的服装，大概是呼应了老爷子的原籍。

他们的舞蹈并不算曼妙，但十分投入。民族服装并没有拘束他们，舞姿中有一种挥洒荷尔蒙的力量感，粗犷而磅礴。在挤挤挨挨的绚烂花圈的背景中，洋溢着怪异的欢腾的气氛。

果然是我多虑了，的确体会不到任何的哀戚。两个同样穿得花枝招展的小孩，将一些用五色的毛线扎好的点心，分发到来者的手中。他们脸上的喜悦与祥和，也让我产生了婚礼花童的错觉。

这时候，音乐忽然换了，换成了《小苹果》。台上舞蹈的女孩，忽然齐刷刷地撕开了她们的民族服装，将头饰也豪迈地掷到地上。是的，我没有看错，她们摇身一变，成为了一群比基尼女郎。尽管环肥燕瘦，但的确是穿着整齐的、荧光的比基尼。人群中爆发出欢呼声。她们在乐曲中抬腿、扭腰，向台下抛着香吻。

在缺乏思想准备的情况下，我感到了一阵晕眩。

待这一切都平静下来时，比基尼女郎从两侧分开，出现了一袭黑衣的男人。他是丧礼的司仪。他的出现，让我觉得仪式终于进入了正轨。他站定，很潇洒地扬了一下手。音乐便又响起来，是《二泉映月》。而他的脸色，便从泰然切换到了职业性的悲凉。他手中举着一张纸，口中抑扬顿挫，我相信是在念悼词。用一种我完全听不懂的方言。时而低回，时而澎湃，即使不知内容，因为节奏恰到好处，也足以共情。他又一抬手，有一种很尖厉的乡野乐器的声音响起，那应该是本地吹鼓队的唢呐。唢呐声中，一些穿着重孝的人，簇拥着从人群中出来，然后一步一跪地爬向了灵堂。他们号哭着，女人们在哭声中，发出了吟唱的歌诀一样的声调。站在最前面的，看身形是个壮实的男人，他忽然扑通一声跪下。

当他开口时，让我心下一惊。那是一种难以名状的哭声，不像是人发出的，初听像是牛哞一样。浑厚，壮烈，中气十足。他哭得越来越响，像是在胸腔中的共鸣不断集聚，放大、交响。这声音渐渐盖过了所有的声响——吹鼓的乐声，以及其他人的哭声，让这些声音都显得卑微与琐碎。虽然不着一辞，这哭声中的悲意，却随着些微的递进式的节奏而益加浓重，如黄钟大吕，以一种肃穆而深沉的方式，将所有在场者挟裹。我不禁有些发呆，无知觉间，情绪像在迟缓地坠落进了一个无底的黑洞。

当摔盆的仪式结束后，这哭声才渐渐平息。我看到他回过头来。这是一张无表情的脸。但是净白、丰满、端穆，五官有一种奇特的雍容与出尘。这张气质古典的脸庞，将所有的喧嚣退后为了背景。仿佛丧礼成为了他一个人的戏台。

我看他慢慢地站起来，穿过了人群。他走到了刚才的司仪身旁，旁边的壮大男人将一个信封递到他手中，拍了拍他的肩膀，又让了一根烟给他。他推开了，没有说话，开始打起了手势。手势的匆促，让他的模样没有方才从容。他的表情渐渐显得有些执拗。男人，应该是丧礼的主家，摇一摇头，脸上是某种宽容的笑。他似乎有些着急，一转身挤出了人群。在不远的地方，停着一辆三轮车。他抱起了车上的东西，又重新挤进人群。那是一些纸人纸马。他抱着他们，艰难地挤过人群，走到了主家面前，以不容置辩的坚硬表情，将这些纸扎的丧仪在灵堂里认真地次第摆开，丝毫不理会旁边的人与声响。摆好了，他又回到了主家面前，深深鞠了一个躬，便又转身穿过了人群。

我远远望了一眼，跟上了他。我知道，他就是我要找的人。

在他要登上三轮车时，我拦住了他。

他脸上似乎并没有诧异，是个处变不惊的表情。他做了几个手势，我们表示不懂。

他从怀里掏出一个笔记本，拿出笔，在上面写了几个字。

“我收钱，是纸扎和元宝的。哭丧不收钱。”

字竟然是十分端丽工整的楷书。我明白了，他是将我们当作丧家的人了。我从包里取出了那个信封，给他看。

他看了一眼，只一眼，神情忽然变了。他愣住，良久，开始急切地打手势，用质询的目光看着我。我看出其中的焦急与热切，但我不懂。他一把抢过我手上的信封，在信封上的名字上重重地点下去。然后拍一拍车座，又拉了一把，让我上去。

我们会意，坐上了三轮车。他立即使劲地一蹬，稳稳地车就走了。

我和晓桁不禁有些面面相觑。看到前面蹬车的人，宽阔的肩膀因为用力，透过衣服仍看见背上的肌肉在有规则地律动。我们都不再说话，仿佛对于这个天生无言的人，说话是一种冒犯。尽管载着两个人，车却行进得很快。在进入乡野的路上，并无任何的景致，似乎绿色都很少见。偶尔遇到坎坷不平，或者是昨夜积雨的水洼，他会慢下来。我们可以感觉到他的细心。便也抓住了三轮车的两边，克制着颠簸带来的不适。前面的人在半途中脱下了夹克，我们看到里面的白衬衫已经完全汗湿了。

这样也不知过了多久，路上已经不见人烟。三轮车终于停下来，在一处看上去像是仓库的地方。

我注意到，四周并没有其他的建筑。除了近旁有一座寺庙，也是老旧的。但上面写着“弥陀寺”三个字。没待我看仔细，哑巴仔便对我们做了个“请”的姿势。

我们走进去。仓库的库房，大半都是空的。空气中飘荡着某种浓郁的铁锈的气味。我看见其中的一个打开着，黑黢黢，能看见的似乎是大型的机床的轮廓。而库房外的墙上，有业已斑驳的标语的痕迹，能辨认出是“要斗私批修！”后面是个红通通的触目的惊叹号。

我们一直走到了库房的尽头，是一个低矮了许多的、像是靠墙僭建的房屋。上面是铁皮的屋顶。我注意到的，是在这房屋门口的空地上，晾晒着许多的黑色的陶罐。

哑巴仔在门口“啊吧啊吧”地叫了一声，这才推开了门。我们随他躬身进去。

屋子里的光线十分黯淡。唯一的窗户照射进了一束光，可以看见光束中有灰尘在飞舞。哑巴仔伸手拉了一下近旁的灯绳。

屋子顿时被不强烈的灯光充满。我回了一下神，才看见面对着我们端坐着一个人。

这是个十分老的妇人。她坐在轮椅上，膝盖上裹着很厚的毯子。说她老，是指她的样貌与姿态。那样深刻而纠结的皱纹，几乎令她的面目扭曲，整张脸像是植物失水的茎脉。她摆在膝盖上的手也是干枯的。然而，她的神情柔和，面对我们，有一种和哑巴仔相似的处变不惊的仪态。她穿着一件陈旧但洁净的夹袄，已不丰盛的头发一丝不苟地梳成了发髻，紧紧地盘在脑后。

她的眼睛并不混浊，甚至很明亮。她看着我说，你好。

我顿时注意到，她说的是十分标准的普通话。

哑巴仔热烈对她打手势。她微笑地看我们，一边简短地对哑巴仔做了一个手势。

哑巴仔立刻变得神情有些紧张。他看着我们，以抱歉的目光。他指指老人，又对我们指指外头，意思是让我们在外面稍等。我意会，赶紧出去了。

在外面，我又看见空地上的那些黑色的陶罐。不知是做什么用场，但却觉得似曾相识，它们整齐地排列着，在夕阳最后的余晖里，反射着沉厚的微光，像是肃然而列的兵士。

这时，远方飞来不知名的群鸟，在这库房的上空飞翔、盘旋，但迟迟都没有落下来。我抬头定定看着它们。

这时门响了，哑巴仔走了出来，脸上仍是抱歉的神色。他示意我进去。

这时，我看到老人坐在一个较矮的凳子上，那凳子显然是特制的。有一根布带将她的腰固定在了靠窗的一端。她的人，就恰恰被笼罩在了那更为微弱的一束光里。那光将她的侧影勾勒了出来，毛茸茸的一层，她的轮廓便因此而丰满了一些，不再是干枯的。我看见她的面前是一台转动的机器。因为我上过速成的陶艺班，知道那是拉坯机。随着轮盘的转动，她的手灵巧地摩挲与动作，手中的泥坯慢慢形成了一只罐子的形状。

我注意到，她的脚边还有许多这样的罐子。有的和门外的一样大小，有的稍扁和圆一些。

我恍然，便试探地问，这些是用来做瓦猫的吗?

她笑了，说，后生，好眼力。大的是身子，小的是头。连在一起，就有了一个形。

她擦擦手，又说，刚刚怠慢了客。人有三急，老了就不中用了。不小心就是一裤子，全指望我这个孙子给拾掇。

她说得很慢，是对我方才等待的致歉，但其间并无面对陌生人的尴尬和难堪，仿佛只是在描述某一桩日常。她的手也并没有停下，一边将一小勺水加入了脚边的瓦盆。

我这才看到这个屋子里几乎没有什么陈设。除了沿墙摆了两张床、一张方桌、两把椅子和一个橱柜，便是窗台下的类似作坊的一角。一侧放着一个水泥袋子，另一侧挤挤挨挨地堆着扎好的纸人纸马。

我说，老人家，我是从德钦来，有件东西，托我转交给荣瑞红。不知是不是您家的。

老人听到了这句话，手停住了。她抬起头来，看着我。

我从包里拿出那个信封。再次问道，荣瑞红，是您家里人吧？

她咳嗽一下，用干涩的声音说，是我。

我把信封放到了桌上，但又拿起来，交给身边的哑巴仔。哑巴仔走过去，弯下腰。老人双手使劲在围裙上擦一擦，才将信封接了过去。她慢慢地将信封一点点地撕开。伸手掏出的，是一本红色的笔记本。

这一刹那，我看到她手的抖动。她打开了这个笔记本。本子里掉出了一沓照片，落在了地上。我弯下腰，帮她捡拾起来，放在她手里。我看到其中一张照片，是一个青年和仁钦奶奶的合影。他的目光沉郁，但是手势却很活泼，对着镜头比出“V”

字。他的身后，是那幢低矮的藏式民居，覆盖着厚厚的雪，背景是飘着经幡的白塔。屋顶上隐约可以看到一只瓦猫。即使室内光线昏暗，我仍然看到这青年的面目，与哑巴仔有着惊人的相似。

老人将眼睛凑得很近，一张张地看着这些照片，忽而愣住了，大放悲声。

待她终于平静下来，她把笔记本递到我手里，问我说，后生，你能给我读一读这本子上写的字吗？

# 三

2004年4月1日　星期四　晴

我最喜爱的颜色是白上加上一点白，
仿佛积雪的岩石上落着一只纯白的雄鹰。
我最喜爱的颜色是绿上加上一点绿，
仿佛野核桃树林里飞来一只翠绿的鹦鹉。
我最喜欢的颜色是红上加上一点红，
仿佛檀香木上歇落一只赤红的凤凰。

——德钦弦子[1]摘录

这是我来到德钦的第三天，高原反应渐渐消退了。村长大丹

1　弦子是流行于康、藏地区的藏族歌乐，由于歌舞时在队前多由男子用牛角胡或二胡伴奏，故称弦子。

巴对我说，身体强壮的人，有时高反更严重；体弱的反而会应付自如。

大丹巴说要我住在村委会旁边，好照应。我说，我还是想住在小学校里，他就把一间仓库收拾了出来，给我住。这间小屋旁边，有一株梨花树。很大的树，我就想起黑龙潭的唐梅、松柏和明茶。一树的花，夜里下了一场雨，第二天早上起来，就是掉了一地的白。一辆拖拉机开过来，开过去，白上就是两列车轮的印子。

从我的窗子望出去，能看见明永冰川，有点发蓝。我知道冰川的事，我知道卡瓦格博的“扎吾”。

宁怀远从蒙自刚来到昆明时，在翠湖边上看到一株梨花。很大，风吹过来，就落了一地，好像雪一样。后来，他无数次对荣瑞红说起这株梨花树。荣瑞红说，我们龙泉镇，什么花都有，就是没有梨花。

后来，宁怀远在滇池边上，听一个拉胡琴的唱，“万紫千红花不谢，冬暖夏凉四时春。”他又想起这株梨花，想起满天飞的白，却怎么也记不起树的样子了。

荣瑞红倒记得清清楚楚。那年夏天，蓝花楹开得正盛。黄昏时候，村里头来了一个人，敲开他们家的门。荣瑞红应了门，见是高个儿中年人，穿着青布衫子。蜡黄脸，满脸胡须。这人操官话，有两湖口音，口气温和，问荣瑞红家里头有没有要出租的屋子。荣瑞红就喊她爷爷。荣昌德老汉走出来，敲着烟袋锅，眯眼看来人胳膊底下夹着两本书，就问，先生，你是昆明城里来的教授吧？

那人点点头，说，小姓闻。荣老爹回，我们家的耳房刚租了出去。最近来我们镇上问的，都是昆明城里的教授和学生。日本人的飞机把读书人都折腾坏了。全城都在跑警报。走，我陪你去问一问。

荣老爹带着这个先生，顺着金汁河畔的小路，挨家挨户一路问过来。天擦黑了，这先生在一户人家门口停下，抬头看看说，这房子好。“三间两耳倒八尺”。荣老爹说，可不，正正经经的“一颗印”。

敲开了门，一看，小院干净开阔，房子也通透。用的石材、木料都考究得很，楼板和隔墙板还未装完，眼见是新起的房子。闻先生怕人家不舍得，但还是说了来意。屋主说，好。钱不打紧，您看着给。这屋子刚建好，您不嫌弃，下周就能住进来。

闻先生看他爽快，也很高兴。屋主说，不瞒您说，论起来，内人和袁嘉谷沾亲带故。我们云南就出了这一个状元，可历来爱重读书人。都说昆明城里造了新大学，来了许多教授。北方要是不打仗，我们请也请不来你们。

荣瑞红才知道，这个闻先生，不是替自己找房子，是要替他们大学找个地方，盖个研究所。后来，她问宁怀远什么是研究所。宁怀远就说，是做学问的地方。教授做出学问来，他们跟着学。

要装修这个房子，镇上不缺人手。这些年，昆明城里闹得慌，人都不怕多走个十几里，往北郊来。有住下做长远打算的，也有那过一天算一天的。本来龙泉一带多的是马帮。滇越铁路一开通，又多了来往的工人。一时间，镇上起了什么房子都有，两层的木楼、土坯墙小院和因陋就简的毛坯房。可这闻先生，一个瓦匠窑工也不请。他和另一个姓朱的先生，撸起袖子，带着几个年轻人，自己干。

荣老汉就说，他们开不了伙。囡儿，新烧的饵块，给他们送些去。

荣瑞红就拎着一只篮子，装几只碗给他们送过去。闻先生客气，要给她钱。她躲过去。现在炭火上细细烤了，香味密密地溢出来。年轻人们不客气，拿起来就吃，不用筷子不用碗。其中有一个说，你会做米线吗？

荣瑞红就说，怎个不会？

他就说，那有文林街上做得好吃吗？

荣瑞红就说，城里的东西，减料偷工，好吃有限。

那青年也就看着她笑，笑得灿烂，明晃晃的。

当晚上，她便制了米线和卷粉。第二天，用清汤煮了，从菜地摘了西红柿和白菜，搁上爨肉、葱和香菜，用鸡油封了汤头，送过去。几个年轻人正干得热火朝天，远远闻到香气，大约也是饿了。打开篮子，捧起碗就喝。打头的那个，烫得直吐舌头。

荣瑞红就笑，说，皮凉心滚，来了昆明这么久，都不知米线的吃法。

几碗米线下肚，荣瑞红问，比那文林街的怎么样？

昨日那青年便远远地喊，朱先生，我们以后再也不跟你去“味美轩”了。

说完了，他对她眨眨眼，又笑了。露出了两排白牙齿，笑得明晃晃。

待装修好了，闻先生请村里的木匠刨了一块木板，刨得又平又光。他对青年说，怀远，去龙头村的弥陀寺，找冯先生，给咱研究所题个名。

半晌，青年回来了，说，冯先生不在，“史语所”的傅先生给题的。

闻先生便说，也好。他就拿一柄凿子，照着那题字，一点点地镌了上去。

黄昏的时候，“清华大学文科研究所”的牌子就挂起来了。

屋主来了，看了又看，说，这字可真好。可这屋上了椽子，要住进人，其实还缺了一样。

闻先生说，愿闻其详。

屋主笑笑，这得麻烦您找荣老爹问一问。

当天后晌，宁怀远第一次见到了瓦猫。

他看见荣家老爹捧了一只黑黢黢的物件走过来。走近看，是个陶制的老虎。那老虎身量小，但样子极凶。凸眼暴睛，两爪间执一阴阳八卦，口大如斗，满嘴利牙，像要吞吐乾坤的样子。

老爹捧得稳稳的，神色也肃穆。宁怀远记起朱先生讲应劭的《风俗通义·祀典》，引《黄帝书》，里头有神荼郁垒执鬼以饲虎的一段，说虎能“执搏挫锐，噬食鬼魅”。他想，这大概是一只和房宅相关的神兽。

他便大声感叹说，好凶的镇宅虎啊。

旁边的荣瑞红手里拿着红绫子，本也是肃然的，听了怀远的话，倒噗嗤一声笑出来，说，读书人的见识大。阿爷的瓦猫变了老虎。

荣老爹回头瞋她一眼，说，死囡儿，不说话当你哑巴吗。

这时，在宅前的端公，是本地的巫人。穿玄色的长袍，头戴锦帽，手里执了木剑。他提来一只毛色绚亮的雄鸡，口中念念。旁人听不懂，大约是消灾瑞吉的咒语。随即出其不意，低头猛咬住公鸡的鸡冠。血便由肥厚的鸡冠流淌下来。端公唤来荣老爹，协他把住挣扎的雄鸡，将鸡血一一滴在瓦猫的七窍，即眼、鼻、口、耳处，又在那大嘴里放入松子、瓜子、高粱、枣子、根子，所谓“五子”，同时烧祭黄纸，一边再念咒语，在院落乾、坎、艮、震、坤、兑、离、巽位一一泼洒符水。画地为野，点地为星，便在脚下的星位，置了一只香炉。

这端公即刻手势利落，将鸡宰杀了，在院内的锅里烹煮。半个时辰取出，直立于钵中，这鸡头须仰视屋宇檐角。端公遂点香祭之良久。最后，踏梯上屋顶，恭恭敬敬，才把瓦猫安在脊瓦上。

宁怀远看这端公，一场“开光”下来，大汗淋淋，像是脱了形。瓦猫坐在房上，凛凛地望着他们，竟让人有些敬畏。当地的人，经过了倒都要驻足，合掌默立。半晌，向主家道喜，才离去了。言语间皆轻声细语，像是怕惊动了什么。看得宁怀远心里也穆然起来。屋主帮着他们一一安置好了，这才和闻先生告辞。一边说，先生，这屋子就交给您了。临走时，他又点上三支香，插在香炉里，阖目拜了一拜，才道，这瓦猫既上了房，逢农历初一、十五，点香祭供，先生莫要忘了。

陆续就将从清华辗转运来的书，都安置在了正房。因为没取道四川，直接从马道入滇，书籍竟没有什么损失。满满当当的十几架，看着也十分喜人。书架有的是从附近的人家征来的，有的是小学校的奉献。有木头也有洋铁制的，其间高低错落。荣瑞红没有走，帮几个年轻人擦洗摆放，不言不语地。旅途积在书上的尘土，这时终于飞扬起来，倒让人打起了喷嚏，跟传染了似的。大家都笑起来。打完了，荣瑞红定定地看，嘴里喃喃说，真像啊。

宁怀远就问她，像什么呢？

她就说，像你说的研究所。

宁怀远就问，你又见过研究所是什么样子？

荣瑞红说，我没见过。可满眼的书，就觉得这是研究所的样子。

闻先生带着太太孩子，就在这屋子的南厢房落脚。

当晚上，闻太太将冯太太从弥陀寺请过来，说一起包饺子，庆乔迁之喜。见冯教授没有一起来，闻先生就问起所长怎么没来。冯太太就说，抱歉得很。他说近来镇上乔迁得太多，一个个贺不过来，自家人就不拘礼了。由他去吧。写他的《贞元六书》，饭也不吃。写到第四部了，说是停不下。我带了些麻花卷，刚炸出来的，你们趁热吃。

青年们都喜不自胜，说，冯师娘的炸麻花在镇上可有名着呢。

冯太太摆摆手道，我是小打小闹，如今钟璞、钟越都长大了，靠他那点工资是不成了。我也是为了补贴家用，好在近旁的小学生喜欢，卖得不错。倒是梅校长家的咏华和潘、袁两家的三位太太，制的"定胜糕"名头越来越大，现在都进了"冠生园"了。

闻一多在旁边叹口气道，也真是为难您。惭愧得很，如今持家，要靠你们这些教授太太十八般武艺，也真是巾帼不让须眉。

冯太太便说，我们既肯跟了你们来，这些都算不得苦。

闻太太便笑，对那几个青年道，你们都听好了，将来啊，娶妻当如任叔明。

宁怀远说，那可好，天天有油炸麻花吃。

大家便大笑。说话间，一锅饺子翻滚上来，熟了。闻太太盛上了一大碗，看着热腾腾的水汽袅袅升起，又在屋子里头弥散开来，也很感叹。她声音咽咽地说，东奔西走这些年，囫囵总算是有个家了。

冯太太说，大普吉还住着许多人呢，都说那附近不太平，闹狼。走回城里上课都胆战心惊的。闻先生先前也是龙院村住着？

闻先生说，对，先住在惠我春家里。后来舍弟家驷来了，到大普吉，两家太挤，又搬去了陈家营。今年初，听说华罗庚在昆华农校的房子给炸了。他腿脚不方便，孩子又小，日本人飞机来了，跑不了警报。我就邀他们一家同住。

冯太太说，这我知道。华教授还作了首诗，在学生里头传开了。我只记得两句“挂布分屋共容膝”，“布东考古布西算”。

闻太太笑道，可不就是“挂布分屋”吗？两大家子，十四口人，一间偏厢房，中间挂个布帘。到了半夜里，两个当家的，一个趴在黄木箱上考古，写《伏羲考》；另一边华先生骑着门槛，架张板凳当桌子，就着外头月光，算他的“堆叠素数论”。倒也各安其位。

冯太太说，唉，也真是不容易。好在是过来了。

闻太太将一簸包好的饺子又下到锅里，说，你那边住得可好？等我这忙完了也去看看。

冯太太说，我本来不信鬼神，可那山坡上孤零零一座庙，住着总是不踏实。我们住的北房是个仓库，东厢住一对德国犹太人，说是男的以前在德国外交部当官，被希特勒赶出来的。我们相处得不错，最近也搬走了。他们临走，把护院的狗送给我了。白天孩子上学，家里就我一个人。这个“玛丽”也算陪陪我。

闻太太说，你还是常来走动，跟我做伴，也多个照应。

冯太太叹口气道，不是我迷信。我倒听说，这村里的房子除了庙，都要请尊瓦猫，才算清净了。我刚一进门，看见你们房梁上坐了一尊，那叫个威风。

闻太太便将荣瑞红推到跟前。冯太太说，呦，这是哪一家的姑娘，这俊俏，眼熟得很。

闻太太便笑说，我们家的瓦猫啊，就是从她爷爷那请来的。

荣瑞红也笑，说，这整村的瓦猫，都是我爷爷制的呢。

朱先生和几个研究生，就都住在另一厢房。里头有个广东人，便给这房做了个雅号，美其名曰“一支公”。这其实是揶揄的话，在粤语里是“光棍汉”的意思。几个单身小伙子，都不善打理自己。闻先生拖家带口的，太太再三头六臂，也究竟照顾不周全。特别是伙食，以往在城里，下馆子打牙祭是常有的事。如今在镇上，大约就是赶那子、午日的乡街子，究竟非长久之计。

几个人合计，便用陈岱孙教授在北门街宿舍的“包饭”的规矩，找了个当地人，集了资叫他做饭。可这厨子以往是给滇越铁路的工人做大锅饭的，并谈不上什么手艺。每餐大约就是两样，炒萝卜和豆豉。人又很刚愎，在烹饪方面，是不听这些读书人劝的。自己口味重，无论荤素菜，都少不了要放茴香、花椒、辣椒，吃得小伙子们急火攻心。晚上睡觉辗转难眠，起来水喝个不停。

后来，他们就对宁怀远说，那个荣家的姑娘，菜做得好吃，不如请她来给我们做包饭。

闻先生听见就说，你们少撺掇怀远。人家姑娘家，来伺候你们一群单身汉，成何体统。实在不行，还是让你们师母辛苦些。

闻先生走了，恰巧荣瑞红上门，来给闻太太送滇绸的图样，怀远就当真跟她说了。荣瑞红摇摇头，说，一两顿饭可以。可我天天来做饭，谁帮爷爷做瓦猫。

小伙子们就起哄说，宁怀远啊，人家手艺都是传男不传女，荣老爹可缺个正经徒弟。

不知为何，荣瑞红脸飞红了一下，转身就走。宁怀远倒跟了出来，问她，荣老爹不肯收我吗？

荣瑞红轻声道，你一个读书人，哪里做得来这个。

她步子便快了些。怀远也不说话，倒跟着她。这时候是黄昏，太阳浅浅地照在石板路上，也不热了。金汁河的水潺潺地流。走到了拱桥，他们看到桥底下，有几个妇人站在齐膝的河水里，正在洗衣服，一边说笑着。小孩子们在河里扑腾洗澡。宁怀远看见有一个人捋起袖子，正举着棒槌，在岩石上使劲捶打着衣服。这正是闻太太。经了这两年，她劳动的样子已经很娴熟了。

怀远站定就喊，师娘！

闻太太听见，转过头，看他，一边用手背擦一把汗。刚要说什么，却看见他前面的瑞红，愣一愣。即刻便笑一笑，对他扬扬手，叫他莫要停。

宁怀远抬眼一望，荣瑞红的步子却慢下来，目光落到了河对岸去。就见岸上有一对男女，肩挨肩走着，似乎在说着话。两人衣着都是齐整体面。在这村子里，像是一道风景。说实在的，经过这些年的纷乱，从蒙自到昆明这一路来，联大上下，其实都有些入乡随俗。教授们多半穿着粗布大褂。有极不讲究的，像是化学系的先生曾昭抡，半趿着一双鞋，脚指头和后跟都露着，被学生们戏称作“空前绝后”。女眷们也如闻太太，大多是本地妇人净简朴素的打扮。

而这两个人，男的西装革履，戴眼镜，含着烟斗。他身旁的妇人，也像男人穿了衬衫和齐腰裤装，举止间是极飒爽的样子。

怀远说，梁先生。

荣瑞红便跟他说，旁边的是梁太太吗?

怀远想想说，对。林是她本姓，我们也尊她作林先生。城里联大的校舍，是他们俩合力设计的。

荣瑞红眼里有光，对怀远说，这样。女人嫁了人，还可以用自己的姓，真好。

怀远说，他们夫妇两个，都是很有本事的人。当年为校舍的事，梁先生差点和校长吵起来，设计了好几稿，从瓦顶到铁皮，最后变成了茅草顶。

荣瑞红喃喃说，是啊，茅草顶的屋子，怎么上瓦猫呢?

怀远说，我们“T”字班出来的，都知道这事。学校没有钱，也是太难为他们。

荣瑞红说，我常看见他们两个在镇上走，看村里的老房子。你们的教授，来得久了，就和我们无分别。他们两个，样子还是他们的。当初却自己动手，在龙头村自己建起了一幢房子。建得像我们这里的房子，又像是洋人的房。有一次我遥遥地看，觉得那房子真好看，可是正对着大片的野地，缺个瓦猫吃邪啊。我就对爷爷说，我们送个瓦猫给那个眼镜先生吧。可爷爷说，我们的瓦猫不能送，只能人家来请，是规矩。

怀远说，我也听说了。那幢房子用去了他们所有的积蓄，每一颗钉子都是省出来的。

看两个人渐渐走远了，怀远说，神仙眷侣。

荣瑞红就茫然，问他，什么神仙？我们村里哪有神仙？

怀远就笑说，怎么没有？至少也有一对土地公和土地婆吧。

荣瑞红知道被打趣了，便不理睬他，倒已经走到了家门口。

荣瑞红便推了门进去，看见荣老爹正在当院儿。他弯着腰，在院子里摆着一排瓦罐，整整齐齐的。

抬头看见怀远，便说，后生，不在你们那个什么所好好读书，到老爹这里寻热闹吗？

没等他答，荣瑞红朗朗接口道，阿爷，是有人听说你老了，寻思该收徒弟了！

# 四

2005 年 6 月 2 日，星期四，晴

不必刻意双手合十，
满山的香柏树已在礼拜。
不必刻意供奉清水，
遍地山泉已献上净水。

——德钦弦子摘录

昨天“六一”，送我的学生去县里参加歌咏比赛，居然得了个第一名。过些天他们就毕业了。我教的小学只能读到三年级，他们以后就要去隔壁村的学校读书了。

天忽然放晴了。回程的时候，在车上，就着落日，能清晰地看到卡瓦格博。孩子们都把脸贴到车窗上，放声唱我教给他们

的歌，把《水手》唱了一遍又一遍。唱累了，他们就偎在一起睡着了。阳光忽明忽暗，照在他们身上，也照在司机有点疲惫的脸上。他叼着根烟，漫不经心地开车。车子在澜沧江边的山腰上盘旋，隔着玻璃都能听到山风的声音。

一转眼，我在这个小学已经教了一年了。两个老师调走了，现在三年级我一个人教，语文、数学和英语课。我带来的手风琴也派上了用场。前几天，我写了一份申请，托校长递到县里去，希望他们拨些钱买两台电脑。最好能够顺利批下来吧。

荣老爹看着宁怀远，像望着件稀奇物。他索性在堂屋门槛上坐下来，将烟袋锅使劲在鞋底上磕一磕，然后重新装上烟草。点上，使劲抽了一口，咳嗽了两声，才开口道，你要跟我学做瓦猫？

怀远点点头，自然不好直接道出来意，便说，是啊，看了就是喜欢。

老爹便又问，是喜欢瓦猫，还是喜欢咱龙泉的瓦猫？

怀远一听，自然答得飞快，喜欢龙泉瓦猫。

老爹便笑，那我问你，咱龙泉的瓦猫，和旁的瓦猫有什么不同？

怀远想想，便说，龙泉瓦猫威风了许多。

老爹站起身，将烟袋锅往腰间一插，背过手去，说，囡儿，送客。

怀远这一听，心说不好。赶紧老老实实，将“包饭”的事情和盘托出，说“一支公”既借了瑞红的手艺，却怕耽误了老爹制瓦猫。

老爹沉吟一下，说，后生，不是真有心学，什么也学不好。

怀远说，我有心学。技不压身，给老爹打打下手也好。

老爹冷冷地看他，说，打下手？当年我给我爹打下手，错一步，柴火棍子就在我手上抽一下。晚上吃饭，筷子都握不住。你可受得了？

怀远一犹豫，轻轻点点头。旁边荣瑞红抢道，阿爷，你可是一下都没抽过我。抽个细皮嫩肉的书生，你下得去手？

这话戗得老爹一时没个言语，半晌狠狠道，死囡儿，不说话没人当你哑！

说完了，自己的口气倒也缓下来，说，这下手活，那我就考考你，答得上再说，不然请回。

怀远赶紧称是。老爹就指指院儿里头，问他这罐子是用来做什么的。

怀远看那陶罐，看得出是刚做成的坯，因为在墙的影子里头，有些还未阴干，罐底便是一个湿印子。依着土墙摆成了两排，排得整整齐齐的。一排长高，像是大肚瓶子，一排像球似的浑圆。

怀远看了又看，说，这长的，是瓦猫的身子。圆的是脑袋。

老爹点头道，对。

然后说，你就给我做个瓦猫脑袋吧。

他就跟老爹进了作坊。作坊的陈设很简单，靠窗摆了一个青石轮盘。老爹便坐下来，将近旁的窑泥在一个木台上用拳头砸了几下，使劲地揉，再又摔打。那泥团在摔打间渐有了韧力。老爹看他一眼，说，加了黄沙的泥，上盘就出坯。

老爹便取了一只长木棍插进了石头轮盘上的坑眼，使劲摇动，石轮便转动起来。他将刚才揉好的泥团放在石轮上，自己扎了马步，抱住那泥团，在泥团上抠出一个窝来。一手窝边，一手窝外，两手四指里外挤拉。在转动中，那团泥渐渐站立起来，生长出优美的弧度，有了罐子的雏形。老爹粗大的手，此时与窑泥浑然一体，泥坯仿佛在他的手心舞蹈，越来越圆润。这圆润中呈现出了一种光泽，在昏黄的光线里，由呆钝变得灵动。

一切都太过迅速，让怀远看得也有些发呆。这时，石轮戛然而止。老爹从腰间抽出一根丝线，在泥坯底下一割，一个罐子便捧在了他手中。

他走到怀远跟前。怀远诚惶诚恐，伸出手，正要接住。老爹却故意手一抖，那罐子遽然落在地上，刹那间，就是一摊泥。

怀远心中一疼，只觉得成了形的一团希望，莫名便跌落在地了似的，不由冲口而出，可惜了。

老爹冷冷一笑道，这就可惜了？那日头底下晒过了劲儿不可惜，出了窑烧裂了不可惜，上了房没搁稳摔成了八大瓣不可惜？你倒是可惜得过来？真可惜，就将地上的泥拾掇起来，给我重做一个。

怀远当真蹲下身子，将那团泥一点点捡起来，捡了满捧，放在木台上，再去捡。捡净了，便学了老爹，团成了一团，使劲揉。

老爹坐下来，点起烟袋锅，看着他问，会？

怀远笑说，小时候家里蒸馒头，帮我妈揉过面。

可他越揉，那团泥倒好像扶不起的阿斗，松身打缕，不成个景。老爹冷眼看他，道，后生，我问你，这面揉过了，要成形靠什么？

怀远说，得醒面，靠酵母头。

老爹说，醒好了呢？

怀远说，得下锅蒸，靠蒸汽。

老爹说，你手里这团窑泥，是掺了酵母头，还是要下锅蒸？

怀远手停住了。

老爹抬起手，用烟袋杆在他屁股上就轻轻打了一记，日脓拔翘！给我使力气摔打啊，没力气怎么站起来。泥不摔不成器！

待他真是摔打成形了，学老爹转了石轮，将窑泥捧了上去，中间抠一个窝。眼见着在老爹手中轻轻松松地成了形。他倒也扎了马步，全神贯注地。可那团泥在他手里，却是东歪西倒，跟个醉汉似的。怀远越急越是不听使唤。他身量又高大，渐渐膝盖都打起了抖。一个不小心，那泥团便豁出了个口，一团泥竟飞了出去，恰落到他脸上。

他用手使劲在脸上一擦，却忘了手上也是满手的泥。这一上一下，狼狈劲头儿，自然是别提了。宁怀远沮丧得很。

荣瑞红在旁边站了半天，大气不敢喘。看到这时，终于一横心，从襟子上摘下手帕，要递给宁怀远。

岂料老爹伸出烟袋锅子，在他俩中间一拦，说，死囡儿，我教训徒弟，你可别管闲事。

两个青年人一听，立马都杵着了。荣瑞红看着阿爷，眼里有光，张一张嘴，却无话。

老爹不正眼看她，对怀远说，手莫停!

他又望望外头的天色，对荣瑞红道，还愣着干什么。闻先生屋里整窝大肚蝈蝈等着喂。烧一锅饵块，昨天我钓了几条鲫壳，做个八面鱼，给几个后生打牙祭吧。

此后，每个黄昏，荣瑞红去为“一支公”的小伙子们做包饭。宁怀远则跟着荣老爹学做瓦猫。

除了这劳力的交换，老爹始终未有说过收他为徒的原因。

他不是个笨人，甚至可以说相当聪慧。在半个月后，荣瑞红已见他可以手势娴熟地拉坯，再半个月，看他亲手做出了第一只瓦猫。看他为它粘上上下眼皮、泥球样的瞳仁；在瓦罐上挖出大口，安上四颗利齿；在脑袋顶上粘一个“王”字，便有了虎似的威猛；在柚木的模具里印出一个“八卦”。而上釉、入窑则还是由老爹来代劳。

荣瑞红陪他，到金汁河下游的浅滩收塘泥和黄沙，又去河边青晏山脚挖陶土。这些都是做瓦猫的材料。野旷无人，他们一同体会着劳作的辛苦与快乐。开始是默默地，两个人都没有说话。金汁河上漾起的气息，是泥土的浅浅的腥，混着水藻凛凛生长的味道，有些醉人。这时候，走来了一队马帮。人和马都要歇息。人引了马和骡子，到河边喝水。骡子不及马听话，打了个响鼻，扭着脑袋不肯喝。荣瑞红便悠悠开了声，唱起了一支“赶马调”：

我头骡要配白马引中雪盖顶，二骡要配花棚棚，
三骡要配喜鹊青，四骡要配四脚花，
前所街把骡马配好掉，又到马街配鞍架……

也是怪了。这骡子支起耳朵，像是听了她唱。听完了，往前挪了几步，到了她近处。倒真的垂下头，咕咚咕咚地喝起水来。喝完了，又打了一个响鼻，仰起脑袋使劲一抖。那鬃上的水花

便飞溅出来，猝不及防，落到了荣瑞红的身上和脸上。荣瑞红一边畅快地骂着，一边笑着擦。怀远也不禁伸出手，为她擦那脸上的泥水。手指触在她脸颊上，一阵凉滑，却酥酥顺他指间爬过来。他忙抽开了手。荣瑞红愣一愣，低下头，从河上掬起一捧水，洗洗脸。脸颊上的红云便退却了。

回来的时候，经过龙头街，看到花花绿绿，是一片热闹。才想起了这是午日，摆了“乡街子”。这里沿着金汁河岸，从麦地村、司家营一直摆到了龙头村。这集市是镇上的节日，四面八方的人都赶了来。他们竟又看见了方才遇见的马帮，正靠着驿站补给。马锅头坐在木鞍上，伙计便卸货，大约是盐巴和碗糖。那大骡子吃着草，仿佛也认出了他们，长长地嘶鸣。

丘北的辣子，文山的三七，昭通的天麻，江津的米花糖，腾冲的饵丝，武定的壮鸡，宣威的火腿，似乎天下的好东西，都汇集在了这里。

两个人东张西望，荣瑞红便在一处烟草的档口停下来，细细挑拣，大约是为阿爷。她用彝语和那阿婆讨价还价。宁怀远便说，老爹的瓦猫要是在这里，定可以卖个好价钱。

荣瑞红听了，望一望他，脸色倒沉下来，说，宁怀远，你既做了阿爷的徒弟，还说这种话，瓦猫是能卖的吗？

怀远兴冲冲的，这时却语塞，见荣瑞红却是认真了。她烟草也不称了。自己一个人直愣愣地往前走，不理人。宁怀远跟着她。这时市集上飘来了香味，原来是到了食档口。铜锅鱼、酱螺蛳、竹筒饭、羊汤锅，都是馥郁的味道，浓烈地勾引着人的食欲；宁怀远这才觉得腹中辘辘。荣瑞红只管在汤锅前坐下来，叫了一碗，看宁怀远，默默又叫了一碗。一碗羊肉汤下肚，两个人的心情便好起来。荣瑞红问，羊汤好喝吗？怀远点点头。她又问，有我熬的好喝吗？怀远一愣，又使劲摇摇头。她便哈哈大笑起来。笑声引得周街的人都看她。

快走到麦地村时，他们看到一双背影。尽管是背影，他们还是认出来，是梁先生夫妇。身形都很挺拔。梁先生穿了宽大的衬衫。林先生这日倒穿了裙子，是当地落靛的扎染。她头上包了一块头巾，也是同样的扎染。荣瑞红见她在一个卖竹编的摊头上停下，弯下腰，和摊主交谈。谈好了，便浅浅地笑，脸上是明亮的表情。摊主为她挑了一只篮子。又抽出了一条竹篾，三两下便编好了一只蚱蜢，给她别在篮盖上。林先生便又笑，望望梁先生，笑得孩子一样。他们便挎上篮子走了，梁先生将那篮子从太太手中接过来。另一只手，执上了太太的手。

他们走得很远，荣瑞红还引着颈子看着，直到快看不见了。两个人往前走了几步。她回过身，望一眼宁怀远。怀远觉得她眼睛里头有小小的火苗，目光炽炽的。忽然间，他的手就被牵住了。

三天后，宁怀远又见到了梁先生。梁先生来找闻先生，求一枚图章。

关于闻先生挂牌治印，算是联大不得已的一桩美谈。大约要说到教授们的处境，彼时昆明通货膨胀得厉害，他们的工资渐渐入不敷出，不免要各谋出路。最普遍的是去邻近云南大学、中法大学或昆明的中学兼课。像闻先生这样，在昆华中学兼课的报酬，每个月可得一石平价米外加二十块“半开”。按理还不错的，但家中人口众多，还要贴补“一支公”的研究生们，开支上远远不够，犹复不敷。到头来，终于重拾铁笔，好在同事们帮衬，算是抬了轿子。“一支公”的老弟兄浦先生作了润例。包括两位校长在内的十二位教授具名推荐。闻先生擅长钟鼎，在美国又读的美术，自然不同俗笔。人又很谦谨，用墨上石，皆自尽心。云南地区素行象牙章，质地坚硬。闻先生刻得食指磨损出血，仍一日未辍。

梁先生看他手指间的厚厚老茧，也很感慨，便道，家骅兄，我听说你难，倒不知是这样难。前些天，盛传贵系刘姓教授为人写墓志铭，得资三十万，以为你们教文科的还稍好过些。

闻先生苦笑，这事不提也罢了。如今好过的又有几个。当年梅校长让你用茅草顶盖校舍，独留了铁皮屋顶给教室，如今连铁皮都卖了去。人各有命，我除教书外，大约就是做个“手工业者”。

这时宁怀远进来，手里执着一枚信封，兴奋地说，老师，

《国文月刊》回信来了，刘兆吉的那篇文章，要发表出来了。

他见有人在，再一看是梁先生。梁先生看看他，说，小兄弟，我们见过的。

宁怀远跟他问了好。他说，那天在金汁河畔，还有一个姑娘。内人说，你的样子是中古人相，和姑娘的骨相一样好。

闻先生大笑道，还有这回事。怀远，说的莫不是瑞红姑娘？

又回过头说，是我们这里的大厨，做得一手好龙泉菜。

梁先生便道，有机会要领教下。我们到了云南就东奔西跑，其实没吃上几顿安生饭。复社时候，原先在巡津街“止园”，倒是有家馆子不错的，和刘敦桢他们几个常去。后来去了山区，当地的乡民做的菌子真是美味。那阵子也是居无定所，整天背着帐子，随身带着奎宁和指南针。回到昆明刚安顿下来，“史语所”就搬了，我们也就唯有跟着搬。前几天，学社的章子落在地上，碎碎平安。这不是求您来了吗？

闻先生道，这个好说。你后天跟我来拿吧。

梁先生谢过说，有空也来我们那里坐坐。自从盖起了屋子，慧音说又有了北平的沙龙的样子。钱瑞升、李济、思永、老金我们几个常聚，也挺热闹的。

闻先生笑道，你们两个设计房子的，倒真是第一次给自己盖了一个。

梁先生说，可不是！样样要自己亲力亲为，从木工到泥瓦匠，越到后来，钱越不够用。你想，我们刚来时候，米才三四块一袋，如今都涨到一百块了。连根钉子的钱都要省，好歹费正清他们两口子给我们寄了张支票来，可真救了急。唉，慧音到底累倒了，在山区落下的病根儿。近来的身体大不如前。

宁怀远蓦然想起了荣瑞红的话，便脱口道，梁先生，你要不要请一尊瓦猫回去？

梁家的瓦猫上房那天，是荣瑞红亲手给系上的红绫子。瓦底下除了放上了笔、墨、五子五宝，还有一本万年历，压六十甲子。

梁先生搀着妻子。林先生靠在他身上，身着家居衣服，披着披肩，笑盈盈的。虽笑得有些发虚，但人明亮。她抬起头，看那瓦猫，眼里头有光。

# 五

2005年12月3日，星期六，晴

在中甸的草原上骏马成群，
一百匹马配一百个宝鞍，
一百匹马要离开，
马鞍不带走，留下做个礼物。
商人骑着骏马，
他不会住下，他要离开。
把最好的衣裳留下，给你做个纪念。

——德钦弦子摘录

今天认识了一个新朋友，山本长智。

云南德钦这边的藏人，管外族人叫“甲”。最早来这里的

“甲”，是传教士，是个法国人。还有个探险家亨利王子，他从越南出发，从澜沧江进入怒江流域，再上溯到独龙江。我翻到一本《德钦县志》，从1848年至1951年，共有十六个洋人来德钦传教。其中有个穆神甫，溜筒江的铁索桥是他设计的。他们还给当地人看病，藏人认为这是法术。说他们会施邪恶的法术，让明永的冰川融化。我见到个英国的老传教士，八十多了，听力不好，但说很好的汉话，好到像个中国老头拉家常。

我见过的“甲”，还有一个马来人，穿一双露脚跟的靴子，头发披散在肩上。见到他的时候，他说，今年转山，转了第三圈。他对我说，转山要转单数，双数不吉利。还有个美国摄影师贝贝坎，走南闯北实践他的拍摄项目，Repeated Photography。找来德钦的老照片，在同一个地点重拍，我想要和他学一学。他和我同一个属相，他说，卡瓦格博也是这个属相。

山本和他们不同。他们来了，就又走了。山本每年都会来。每年来，他会带来几个那年山难登山者的家属，来朝拜雪山。大丹巴说，山本在德钦的时候，会住在他家里，跟他一起上山，搜寻遇难者的遗骸。

我今晚开始重看《消失的地平线》。大丹巴给我讲过一九三〇年代曾经有架飞机，撞在了卡瓦格博的岩石上。村民们把飞机的铁背回来，找村里的铁匠打了好多把刀。用到现在，都说铁真好。

荣瑞红这辈子，第一次看电影，就是在昆明最大的南屏电影院。

那是个外国的电影。她看见银幕上出现几个洋人，其实心里有些慌。这几年，镇上有些洋人来了，手中都拿着相机，见人就拍照。她看见他们拿相机对着自己，也有些慌。

她心怦怦跳，想着将这慌张掩饰起来，故作镇定地挺直身子，坐坐好。但黑暗里头，有只手握住了她的手。宁怀远的手，手心很软，暖乎乎的，让她心里安定了。

如今荣瑞红想来，电影的内容，其实是不太记得。大约是个玩世不恭的美国男人重遇昔日情人的故事。外文她是不懂。"演讲人"的翻译，虽是入乡随俗，但又确实不着四六，令人摸不到头脑。

那时的昆明上映的外国片子，是没有英文字幕的。便出现了一种奇特的职人。他们多半是本地人，粗通英文，坐在银幕前，给台下的观众现场翻译。在联大的师生没有来之前，他们在当地算是权威。因为没有人会质疑他们，便更为信马由缰地发挥。他们会根据只字片语去揣测，这样翻译出来，往往驴唇不对马嘴。

这天的"演讲人"是一个留着山羊胡的长衫老先生，带有很浓重的呈贡口音。他端着一杯茶，说几句话便呷一口，全场都能听见茶水在他喉头的激荡。然后他咳嗽一声，继续往下说。他用很干涩的声音在诠释剧情，将男女主人公的对话，翻译得如同在“乡街子”讨价还价。

和台下的观众一样，荣瑞红因此也看得一头雾水。但是她有一种天赋，这种天赋或许来自少女的想象。她用想象完善了这部电影的剧情，也因此体会到了它的美好。她想，这个故事一定是关于爱情的。这个女人背叛了男人，在异乡重逢后，又得到了他的原谅与和解。这个男人虽然长了花花公子的模样，但实际上是个情种。这样看下去，她越发觉得电影好看了。

剧情发展到这个美国人看着另一个男人走进了他的酒吧，明显表现出了敌意。老先生拖着长腔，用呈贡话为他配音，“怪求喽，你来做咋子？”

没待他为另一个男人回答，台下响起了声音，“我来培养一下正气。”

话是用很不标准的昆明话说出来，却引起了哄堂大笑。本地人都知道其中的促狭。因为正义路近金碧路西有一家店子，没店号，门口挂了块硕大的匾，上书“培养正气”。这店子呢，其实是以卖汽锅鸡闻名。老昆明人，一说起“我要培养正气”，就知道是要吃汽锅鸡打牙祭了。

这一笑，却激怒了演讲人。他站起身来，叉了腰，叫将大灯打开，对台下道，哪个说的？！

台下的人噤了声，却还有窃窃的笑。这笑是荣瑞红的。她自己没想到，宁怀远还能整了这一出来。她的手还在他手里，此时出了薄薄的汗。怀远倒是正襟危坐，面目无辜，好像个没事人似的。

待灯重新灭了，宁怀远悄悄拽一下荣瑞红，引她出去。出来后，两个人都深深吸一口气，又呼出来。外头刚下过雨，涤清车水马龙的尘土，空气中便是好闻的清凛凛的味道。怀远说，我是真受不了这呈贡味儿的《北非谍影》了。

荣瑞红说，那我们去哪儿呢？

怀远嘻笑地用半生不熟的昆明话说，要不，我们去培养一下正气？

荣瑞红朗声大笑，笑够了，倒正色道，我想去你们大学看看。

荣瑞红没有想到，宁怀远读过的大学，是这样的。

一色土坯房，上面盖着茅草顶，甚至还不及龙泉临时搭建的铁路工人宿舍体面。地是沙土的，因为下雨而泥泞。一个洋人吹着口哨，身后跟着穿着短衫短裤的男孩子们。他们奔跑着，都是雄赳赳的。她又看到了许多的青年人。男的穿着宽松的土衫子、有些肮脏的飞行夹克，在校园里走动。有一个先生模样的，竟套了本地赶马人的蓝毡“一口钟”，因为他步态的挺拔，便有一种侠客的感觉。

一些女学生结伴经过。她们穿着阴丹士林的旗袍，外面罩着红色或者深蓝的线衣。手中则都携了书，脸上表情一律是明朗而怡然的。其中一个和宁怀远打了招呼。她们便也望向了荣瑞红。不知为何，面对这些女学生，荣瑞红忽然感到有些羞惭，也竟不敢回望。倒是宁怀远，大大方方地执起了她的手。一边问她们是上谁的课。她们说，上金先生的逻辑课去。

宁怀远便哈哈大笑，回头记得在路上捡几个金戒指。女学生们便都笑着走开了。

他们走到了凤翥街上，这里林立着茶馆。走进一个，人声嘈杂。原来是有人在唱围鼓，便退出来。走进另一个，也十分热闹，多了许多年轻人，都是大学生模样。这一家墙上贴了“莫论国事”，老板袖着手，靠在柜台上打瞌睡。倒是有个白胖的女子，很殷勤地走过来，手里是个食篮子。一开口，竟是江南口音，口气倒与怀远熟稔。怀远便从她篮子里拿出一碟芙蓉糕、一碟桃酥，然后说，老例儿。待她走了，怀远对荣瑞红说，老板娘是绍兴人，远嫁过来，这里的点心都是她自己制的，好吃得很。

等茶汤端过来的工夫，有人远远喊怀远的名字。待他回头，是几个小伙子，说，学长，来一局。

原来是在打桥牌。怀远看荣瑞红一眼，摆摆手。瑞红便说，你去吧，难得进城来玩一玩。他犹豫一下，便过去了。

老板娘过来，搁下茶，对瑞红说，这个后生好。

瑞红便笑问，怎么个好法？

老板娘便轻声说，以往他来，只管看书、跟人打牌。有姑娘进来眉毛都不动一下。他现在眼里头只有你。

瑞红不语。老板娘又说，这些孩子们，远远地过来，除了读书不知以后的着落怎样。听口音你是本地人，就多照应他一些。

荣瑞红愣一愣，说，往后的事，谁又知道呢。

老板娘叹口气，也说，是啊，这一打起仗来，谁又知道呢。

这时候，外面有人进来，大声喊，警报了。茶馆里头的人，倒好像没听见似的，喝茶的喝茶，打牌的打牌。一个人挠挠脑袋，头也不抬地问，五华山挂了几个灯笼了？进来的人便说，一个。那人便肩膀一耸道，不着急。

过了一会儿，又有人进来，大声喊，警报了，警报了。

刚才那人又问，几个灯笼了？

回说，两个了。同时间，荣瑞红听到了外面的汽笛声，一短一长，尖利地啸响。茶馆里的人才动起身，有的还将桌上的瓜子和点心都有条不紊地包了起来，装到了身上。跟老板娘打了声招呼，气定神闲地出去了。荣瑞红感到一只手牵住了自己，快步往外走。

街上倒是人多了起来，宁怀远两人便跟着人群。看着沿途的店铺，三两地关了门。也有不关的，老板坐在门口，抽旱烟，饶有意味地看他们。这一路上有学生，有当地的老少，还有马帮。这里本就是他们的必经之路，联大西门往前走，有条古驿道，石子铺成的小路，通往乡野。尽管空袭频仍，锻炼了人们的心智，究竟还是慌乱的人多。马帮有他们自己的节奏。人不乱，马便不乱，任凭人流在身边穿梭、奔跑。马锅头唱起呈贡调子。有人一愣，刚驻足来听，继而便被人流挟裹着往前去了。

就这样跑了一会儿，人越来越多，惊起了近旁松林的一群休憩的飞鸟。它们使劲地往天空中飞去，继而盘旋，却不敢再落下来。有风簌簌地刮起来，空气中飘荡着清凛的松针的气息。然而周遭的人，热浪一样，将这气息霎时间吞没了。

经过了一处荒冢，宁怀远拉着荣瑞红，和其他一些人都跑了下去。他跑得很快，在坟茔间穿梭，齐膝的野草与乱石，都丝毫没有让他犹豫，像是驾轻就熟。他跑了许久，才停下来。在背阴的地方坐定，头竟就靠在了墓碑上。荣瑞红到底是有些忌讳，他便一把拉着她坐下，说，怕什么。以往跑警报，我都到这里来。这个坟头就是我的，叫宾至如归。

荣瑞红坐下来，觉得身下凉丝丝的。更多的凉意顺着身体蔓延上来，让她倏然一个激灵。看宁怀远，倒是坦然的样子，口中衔着一茎草梗，远远地望着山外的夕阳。夕阳沉降，在血红的落照里头，还可以看到拥簇的人群，像连串的黑点一样移动。

荣瑞红站起来。宁怀远说，别动。你不动，日本人的飞机就不会炸这里。

荣瑞红说，我没跑过警报，但我们龙泉能听到昆明城里头的警报声。有一次赵太婆家的枝子，到城里头置办嫁妆。遇到警报，舍不得头里买下的杭绸。回去拿，跑慢了，就给炸死了。尸首发现时，还把自个的嫁妆抱得紧紧的。

宁怀远说，我们从蒙自跑到了昆明，也跑累了，跑疲了。我同学里头有不跑的。别人跑，他们在开水房洗头，煮红豆汤。也都想得开，说要是真给炸了，就干净地做个饱死鬼。其他人也不知道为什么要跑，只是跟着跑。教授也有不跑的。刚才遇到那些女生，说上金先生的逻辑课。那年昆师被炸，别人都跑了，金先生不跑。南北两座楼都给炸了，死了好多人。警报完了，他一个人愣愣地站在中间。后来就跟人一起跑，每次跑都带着自己的书稿，就像是闺女抱着嫁妆。有次跑到蛇山，警报过去，一阵风几十万字的书稿就全没了。对他来说，那还不如丢了命。

这时候，一只野兔贸然地闯入了他们的视线，晶亮的黑色眼睛定定望着他们。忽然竖起耳朵，站起来，是对峙的姿态。宁怀远倏地也站了起来，那野兔猛然地被吓着，仓皇地逃走了。宁怀远狠狠地说，我不明白，在咱们自己的地界上，为什么要跑？

荣瑞红说，你得好好活着，仗打完了，就回家去。你爹妈都等着呢。

宁怀远苦笑一下，蹲下身，问荣瑞红，你说，我为什么每次跑警报，专拣了这座坟来躲？

荣瑞红望那坟茔，周边长满了萋萋的草，坟头上倒是干干净净的，好像被人打理过。她想，在这兵荒马乱的年月，倒是还有孝子。

她说，这坟排场。

宁怀远便执起了她的手，沿那墓碑上的一个字，一笔一画地写过去，问她这是个什么字。

荣瑞红瞋他，你知道我不识字。

宁怀远说，你记住，这是个“宁”字，是我的姓。这上头写的是，“先考 宁若成，先妣 宁胡氏”。这是夫妇两个，底下有生卒年。男的比我爹大一岁，女的比我娘小两岁，两人比我爹娘晚死了十几年。我第一次跑警报，跑到这个坟头。有个炸弹落下来，落在另一个坟头上，把我同学炸死了。我被这坟头挡着，一点儿事也没有。从此我就当这坟里头的是我爹娘。每次跑，都憩在这里。每次来，就给他们清清草、掩掩土。

听到这里，荣瑞红直起身，一把将宁怀远的头揽入自己怀里，紧紧地。她只觉得心里疼得慌，疼得锥心。这男人毛丛丛的头发带来的温暖，让她好受一些了。

回到镇上，荣老爹等得望眼欲穿。

他闩上大门，将宁怀远关到外头。他叫荣瑞红跪在地上，拎起了烟袋锅却打不下去。他一转身，从地上拎起一只陶罐，摔在了地上。这陶罐因为只晾得半干，落在石板地上，声音并不脆响，反而是沉钝的，像是个生闷气的人。

荣瑞红见老爹胸腔里呼哧呼哧的，便想站起来，给爷爷顺顺气。老爹只喝一声，跪着。

她便跪着。老爹说，你一个姑娘家，和群小子整天混在一起。镇上的风言风语我不管，可是，飞机炸弹不长眼！连命也不想要了吗？

荣瑞红嘟囔说，姑娘怎么了？我在城里看见的女学生，都是姑娘，都跟后生们在一起。

老爹说，那都是在学堂里读书，学识了几个字给害的。你爹就是因为进昆明读了书，才认识了作孽的女人。

荣瑞红抬起头，目光灼灼的，说，爷爷，我就是我娘这样的女人，就喜欢和读书人在一起。

老爹说，一个外乡后生，你难不成要嫁了他，还是他能做上门女婿？长了翅膀的雀子，说飞就飞。

荣瑞红说，我凭什么不能嫁给他？

老爹也气，喝她道，你凭什么嫁？

荣瑞红一咬嘴唇道，就凭我和他一样，无爹无娘。

老爹被她说得一愣，焦黄的脸泛起了青，张开嘴却说不出话来。荣瑞红站起身，一声不吭地，自己走进了小作坊，关上门不出来了。

以往只有犯了大错，荣老爹才将瑞红关在作坊里。小时候，一关她，作坊里没有灯，乌漆麻黑。荣瑞红怕黑。怕了，就哭。哭上一阵，老爹心软，就放她出来。可她长大了，再关，坐在黑暗里头，扭着颈子不哭。老爹也倔，不放她出来。久了，彼此都觉得没意思。

老爹就问，囡儿，想不想出来？

她在里头答，不想。里头阴凉，舒舒服服，好着呢。

老爹想想，得有个台阶，就说，你也别闲着，在里头给我做六只瓦猫，就放你出来。

瑞红便答，六只太少了吧。我还想再待上一时半会儿呢。

老爹吹胡子道，美得你！你以为我让你做咱自家的瓦猫吗？除了龙泉的，各地统共给我做六只。有一分不像，不许出来。

瑞红在暗处扁扁嘴，不声不响，开始和陶泥。泥巴摔在木台上，摔得地动山摇。老爹听了，狠狠吸上一口旱烟，心满意足地走了。

说起来都是瓦猫，但云南之大，各族纷纭，这猫也是一猫一态。荣瑞红从小，老爹便带她去周边看人家的瓦猫。要看的，自然是和自家的不同。荣老爹打四十岁起，便连续在五年一度的瓦猫赛上称霸，业界以“猫王”誉之。后来老了，便有些隐退江湖的意思，但仍然带着荣瑞红看，看人家怎么做，有什么长进。这也是教她“知己知彼，百战不殆”的道理。

有一次，荣瑞红说，这只太丑，我不要学。

老爹说，你觉得丑，为什么别人要放在屋瓦上敬着？你眼里的丑，是人家的光鲜。说到底，是你眼界浅。

这时候，荣瑞红坐在黑暗里头，手在娴熟地动作。作坊里有蜡，她不点。一团泥，像是长在了手上。手指动作，跟着心走。心想到哪里，手就跟到哪里。她想，原来眼睛是多余的。眼睛有用处时，是因为心未到，手也未到。

待两个时辰过去，作坊里头没有一丝光线了，漾着泥土温暖后冷却的气味，砥实而清冽。她顺着这些做好的瓦猫的轮廓摸过去。圆润，部分有棱角，也有着陶土特有的细腻的颗粒。她一个一个摸过去，用手指辨识，在某个细节上停住了。老爹常说，做手艺人，便是一艺在手。手比眼准，用手触，便是看。任何一处不对，在手指间便会放大，你便知道不是拾遗补缺的事儿，是从根儿错了。

她便重新制了一只瓦猫。这才点上蜡，眼扫过去，舒了一口气。爷爷说得对。眼看见的，都是相。方才在自己手里，到最后合为一个。现在通亮了，却是百态。哪怕都是出自呈贡的，也因族而不同。彝族无釉猫，背部有龙刺，身为鳞纹，尾长盘向身前，耳朵高竖，眼睛大而外凸，是个机警的样子；汉族黑釉猫，身如筒，尾巴上翘卷曲，胸前有“八卦”，耳尖立，鼻成三角凸于面，胡须贴在左右脸颊，口大张，牙齿突出，仰天状；鹤庆白族猫，四肢粗壮有节，横站于脊瓦，尾巴直立上翘，嘴大如斗，上颚出奇大，下颚小，口内有四齿，舌头外伸，眼睛鼓暴，耳朵竖立，怒目而视，凶煞十足；文山壮族的上釉猫，身子似小陶罐，头呈倒三角，耳尖直立，眼睛大睁，瞳仁点黑釉，嘴高阔，上下牙齿四颗，脖子系有铜铃，前腿合并，后腿分开，倒算是一副乖巧模样，是最接近家猫的样子。

荣瑞红看着它们稳稳地坐着，心想，说是万变不离其宗，但爷爷这么多年带她云游，要看的，却是各种“变”。看多了，看久了，便越发守住了自家龙泉猫不变的根本。

这时候，外头响起了一阵咳嗽声。有人驻足在作坊的门口，在门上似乎敲了一下。荣瑞红站起来，也走到门口，可忽然心里发了堵，梗了梗脖子，不吭声，仍是一动不动地坐在了黑暗里头。

# 六

2006年1月7日，星期六，晴

我亲手栽下一株树苗，
等小树长大，我用他建桑耶寺。
没有吉祥的桑耶，
那么多树怎么聚在一起。
我亲手搜集各种石子，
我用它铺一块黄金地。
没有吉祥的桑耶，
那么多石头怎么聚在一起。

——德钦弦子摘录

今天去看望谢老师。

谢老师退休两年了。我去的时候，他在屋顶上堆柴火。他请我去他的书房。他桌上摆着一幅花鸟，还没干。墙上有四君子条屏。他说小时候，他阿爸给他买了册《宣和画谱》，他就临着画，所以墨竹他最拿手。后来做生意，教书，就搁下来了。现在退休了，没事就捡起来。每天就画画，看书，干干农活。

谢老师是我们小学的老前辈，教了几十年书。祖辈是巍山彝族。他爷爷辈从西藏跑虫草买卖。阿爸在芒康认识他阿妈，他妈是藏族。后来他们家就在德钦做起杂货生意。谢老师其实只读过完小，但他古文底子极好。我在我们小学看过一些汉文文件，用字很讲究，都是他写的。大丹巴说他是县里的秀才。我在他家里看到版本很老的《昭明文选》和《尺牍清裁》。他对我说，是他阿爸留下的。

我问他，那你怎么做起了老师来？他说解放后改国营，家里生意做不下去了。他先是参军，后来转业回来，县里的代表来让他当教师，帮着办小学。那时候啥也没有，就在明永的公房里上课，自己编教材，还得帮孩子们烧饭，工资一个月十八块。他因为写了封信，给打成了“右派”，快五十岁了才摘帽。

他说现在他们全家都在当教师，姑爷用的还是他当年写的教材。我给他看照片，问他认不认识一个做瓦猫的人。他摇摇头说，你在哪里看到这只瓦猫，德钦怎么会有瓦猫呢？

宁怀远在马头桥边，遇到了梁先生夫妇。

当时他正走得失魂落魄。暮色里头的金汁河，凛凛发光。河边上飘起了水藻的腥气。他不禁站定了，呆呆地望。

这时听有人唤他，小兄弟。

他回身，看是梁先生。

他勉强笑一下，梁先生将他介绍给了自己的妻子，说是闻先生的研究生。因他脸色是青白的，就问他可好。

他说，还好。下午从昆明城里回来。

梁先生说，听说午后城里又有了空袭。飞机从海防过来，轰隆隆的，我们这里都听得到。你安全回来了就好。同行的人都没事吧？

他冲口而出，我是和瑞红一同去的。

梁先生关切地问，荣姑娘也回来了？

他沉默了，半晌，就将来龙去脉跟梁先生说了，说瑞红回去，老爹让她跪在地上，凶神恶煞的。大门一关，不让他进去。他在门口站了两个钟点，叫门又不开，不知道里头发生了什么。

林先生问，可是和爷爷送瓦猫给咱们的姑娘？

梁先生说，是啊。

林先生眨眨眼睛，说，那就好了。你放心回家去，明天黄昏，我保准你能见着她。

第二天后晌，老爹听到有人敲门。他仔细听，敲门声音斯斯文文，慢悠悠，可不是那小子的莽撞。

他开了门一看，原来是龙头村住着的先生。他想，这梁先生是洋派的白面书生的样子，架着金丝眼镜。那天瓦猫上房，他一个人抱着，顺着梯子往上爬，倒比猴子还灵巧。老爹看他稳稳地将瓦猫放在了屋瓦上，一颗心落了地，想，都说人不可貌相，这先生看着文弱，其实是个练家子。

梁先生身旁的女先生，今天的精神似乎好了许多，笑吟吟地看他。他想，这女先生不是村里女人形貌，那天自己抽洋烟，也请他抽。他说他抽不惯。

他呆愣愣的。梁先生说，老爹，那天辛苦您过来送瓦猫。我们是来回礼的。

荣老爹才恍然，让开了身子，请他们进来坐。

三个人在院子里坐下来，梁先生手里举着一个纸包给他，说，老爹，知道您抽旱烟，我们前几天赶“乡街子”，给您带了些来。

老爹接过来，也不客气，打开闻一闻，笑了说，青马坝的烤烟，正宗得很啊。

他脸色也就好了些。林先生望望院子里，整整齐齐地晾着两排瓦罐。她便说，老爹的陶烧得好。我常去瓦窑村，看那里的老师傅制陶。有个建水来的师傅，说是烧三百个陶罐，只裂过一只。

老爹磕下烟袋锅，清清喉咙，你说叶三器吗？外来的和尚好念经。我们龙泉的龙窑建得好，谁制的陶都烧不坏。

这话噎人，两下未免有些话不投机。梁先生与太太对望一眼，笑笑说，听说您最近收了个徒弟。

老爹脸上些微的笑容也收敛了，面色冷下去，将那包烟叶子往梁先生怀里一放，说，是那小子让你们来的？

林先生见他摆出了要送客的架势，忙说，是我们自己要来，又要央您件事。我们呢，晚上家里来客人，要置些菜。可您知道，我这笨手脚，哪里应付得来。瑞红姑娘可是远近都知的好手艺，想请她来家里帮忙，不知合不合适。

老爹一梗脖子道，我训她的手艺，都用来做瓦猫了。她给我做那饭菜，也就毒不死个人，谈得上什么好！您二位请回吧。

这时候，作坊的门“呼啦”一声开了。瑞红从里头走出来，眼睛望都不望她爷爷一下。她掸掸身上的尘土，大声道，瓦猫我摆在窗台上了。林先生，我跟您去。

荣瑞红挎了一只篮子，沿着长堤，一直走到了棕皮营。堤上一路都是桉树。桉树的叶子散发着浓郁清澈的味道，与金汁河里水草的腥香混为一体，让人醒神。夕阳远远地下沉，一点一点地，是红透了的颜色。由远及近，余晖洒在河面上，也是金粼粼的。

邻近水塘，有一片修竹。梁家的房子，正在这修竹的掩映中。瑞红老远便看到屋上的瓦猫，这是她自家制的。此时它稳稳地坐着，目望着远方的田畴。这屋也是“一颗印”的样式，坐西朝东，青瓦白墙。下段用碎石土夯筑而成，上段用土坯砌筑。但与邻近乡间的其他屋宇还是不同的。它有两扇阔大的菱形花窗，从外头看，能瞧见里面的人影。从里头往外看，远山近景，便是如画了。

此时，林先生引了瑞红在屋内参观。看她呆呆立在窗前，不动了。瑞红说，以前不觉得，透过这窗子看，原来我们龙泉竟是这样美的。林先生说，是啊，我和斯成两个，平日看书写字，都抢着要在这窗子底下。写累了，往外头眺一眺，整个人的心都亮敞了。

瑞红说，听宁怀远讲，这整间屋子，都是您和梁先生盖的。

林先生说，是啊，我们两个一起设计，亲力亲为地盖。后来他带队去了四川看古建，就我一个人来。你看看，这个壁炉，可是西式的呢。用青砖砌好，我得意了许久。等你冬天再来了啊，我们就可以对着它烤火了。

瑞红望一望林先生，看她可亲地对自己笑。觉得她瘦弱的身体里，有一种能量，吸引了她，让她们之间又近了一些。

这时间，一个小男孩欢笑地跑进来，身后又跟着个小姑娘。他们一进门就脱掉了鞋，撒丫子跑。倒是小姑娘，看到瑞红，停住了脚，眼睛晶亮地看着她。林先生从门边拿过拖鞋叫他们穿上，说，快穿上，地板凉脚心。

她又追上男孩子，给他擦鼻涕，笑着说，他们爸爸老在外头，我一个人真管不了。满山遍野地跑。以后回了北京，想野也野不起来了。

瑞红听到“北京”，觉得是个很遥远而盛大的地方。她其实很想问一问，因为那里是宁怀远以往上学的地方。但终究没有好意思问。这时，小姑娘很好奇地看着她手中的篮子，问，姐姐，这里头是什么？

小姑娘的声音脆亮的，很好听，用的也是国语，和宁怀远一样。

瑞红说，是干巴菌。

小姑娘又问，干巴菌是什么呢？

瑞红说，是一种菌子，不好看，但是很好吃。生在松树底下，要清早去采，太阳出来就萎了，看不见了。

小姑娘问，有没有鸡枞好吃？

瑞红就笑着点点头。小姑娘兴奋地说，姐姐，那你下次去采菌子，要叫上我一起啊。

林先生便摸一摸她的头，说，姐姐到咱们家做客，还要给你们烧菜吃。还不快谢谢姐姐。

小姑娘正正经经，给瑞红道了个万福。

林先生笑说，我这个丫头子，嘴巴可刁着呢。你这么好手艺，怕是往后都不愿意吃我做的菜了。

荣瑞红也笑。看这小姑娘，和林先生一样，生着圆润宽阔的额头和略尖的下巴，已初具了美人的样子。她和她的母亲一样，也有着明澈烂漫的眼神。她看母女二人的眼睛，仿如复刻一般。这无关年纪，似乎是自身在岁月中的定格。一刹那，她觉得自己生出了盼望，也想有一个女儿了。

原来，林先生在屋后垦了一畦菜园，种着时令的蔬菜。说是时令，昆明四季如春，果蔬本是可以长种的。园子虽不规则，但是因地制宜。什么都种了一些，豆类、青椒、韭菜。瑞红陪林先生割鸡毛菜，看她戴着围裙，撸起袖子，是利落落的农妇形象。夕阳最后的光线，照在了搭架丝瓜的老藤上。丝瓜老了，干了，在微风里头微微摆动，渗着金灿灿的光色，竟有些丰收的景致。另一些，透过叶子照在了林先生的面上，是个毛茸茸的轮廓，有着优美的弧线。看得瑞红屏住了呼吸，她不禁再次地想，这个女人多么美啊。

她们便在厨房里头忙碌，一个择菜，一个洗菜，竟然配合得天衣无缝。林先生说，前些天，老金从城里带来一只宣威火腿，炒你的干巴菌正合适。一边说，我再去园里摘些青椒来。

瑞红掌勺，这干巴菌下了锅，混了火腿的咸香，满厨房竟然都是馥郁鲜美的味道。林先生不禁感慨说，用我们北京话，这东西生得寒碜，可真是菌不可貌相。瑞红说，入了口，才知道它的好。就像是人，哪有一眼就看出来的呢。

她便做了一个素菜。是昆明人极喜欢的，青蚕豆和蒜薹放在一处清炒，青翠欲滴，有个好名字，叫“青蛙抱玉柱”。园里的蚕豆很鲜嫩，连着豆皮炒，更为入味。林先生笑问，宁怀远喜欢吃什么菜？瑞红脸一红，想想说，他们“一支公”的几个后生，饭量大，最爱能下饭的。那我就再做个“黑三剁”吧。

这三剁呢，说的是剁肉末、剁辣椒和剁玫瑰大头菜。咸中带甜，开胃得很。

待她利索做好了这一道，林先生说，你先帮我把菜端进屋里去。

她一进屋，就看见了宁怀远。怀远站在窗边，也愣愣看着她。梁先生便在旁说，傻小子，看着瑞红姑娘忙不过来，也不搭把手。

怀远才赶紧过去，帮着荣瑞红端菜。两只手却碰上了，险些碰掉了盘子。荣瑞红连忙闪了一下，嗔他说，越帮越忙！

屋子里的人便都笑起来。梁先生便给她一一介绍，看起来都是面貌很体面庄重的先生。一个是梁先生的弟弟；一个姓钱，是法学院的教授；姓李的，是考古学的教授。瑞红对这些

“学”，自然似懂非懂。但又介绍一个，说是姓金，戴着一副眼镜，自报家门自己是教逻辑学的。瑞红便笑道，先生我知道你。

众人皆惊。梁先生便道，不得了啊老金，你的大名是传到龙泉来了。

瑞红便接口道，你就是那个金戒指教授。

大家会心，便哈哈大笑起来，屋子顿然有了快活的空气。金先生便也明白，和自己有关的掌故被怀远说给了这姑娘。金先生教的研究生中，出了一位别出心裁的有趣人物。联大常常要跑警报。这位仁兄便作了一番逻辑推理：“跑警报时，人们便会把最值钱的东西带在身边；而当时最方便携带又最值钱的要算金子了。那么，有人带金子，就会有人丢金子；有人丢金子，就会有人捡到金子；我是人，所以我可以捡到金子。”根据这个逻辑推理，每次跑警报结束后，这研究生便很留心地巡视人们走过的地方。结果，真的给他两次捡到了金戒指！他便将这收获归功于金先生的逻辑课。

金先生耸耸肩道，我自己倒是一次都没捡到过。可见这课是益人误己。

这时候林先生进来，说，我一时不在，你们倒是说的什么好笑话。梁先生扫一眼她手中的盘子，说，你们几个可有口福了。内人轻易不下厨，这是拿了看家本领出来。当年这道“豉油煮笋”，连我老丈人都赞不绝口。

林先生便道，我们可真是靠山吃山了。门口这大片竹林子，是既饱了眼福，又饱了口福。这炒鸡丁的菱角，是隔邻的大嫂采了送过来，还带着水清气呢。一同还送了一条乌鱼，我们前些天吃了“东月楼”，正好学着做一做“锅贴乌鱼”。老金，你的火腿派上了大用场，正在平底铛温着。

李先生就说，我可是也有贡献的。这景谷酒，我跋山涉水从民乐镇带过来，也算是美酿配佳馔了。

梁先生便说，老李，你倒是好意思说！哪有送人的酒，自己先打开喝的。

李先生便投降道，是真的没忍住。没有功劳，也有苦劳吧！

大家哄堂大笑。林先生看着也笑，她对瑞红叹一口气，轻轻说，这真让我想起在北京的日子，大家聚在一起。现在能说话的人，都天各一方了。前段正清和慰梅写信来，我一时都不知怎样回。

这时的林先生，换下了家常的衣服，着一件丝绒的旗袍。在这里，本是有些隆重的。她坐在桌前，却将这屋中的气氛，带出了几分先前未有的情致。

大家有些沉默。金先生说，今天高兴，说什么天各一方。我们几个在，都住在这龙头村，不就是天涯若比邻。

还有我们呢！外头响起洪亮的声音。众人循声望去，走进来一队青年，皆是英挺的模样。一色都穿着空军的军装，脸上明朗的笑容，将屋子顿然点亮了。走在前头的那个，手里举着一瓶香槟，遥遥地便对林先生展开了臂膀，喊了声“姐”，两人便紧紧拥抱在了一起。

荣瑞红看出，这个青年在一班孔武的同伴中，眉眼是清秀些的，与林先生有些相似。林先生回过头来，将他推到众人面前说，这是我小弟若恒。这些，都是我的弟弟。今天是个大日子，聚会的主题，是为他们。他们从空军军官学校毕业了。

林先生此刻，脸上的表情与平日的宁静不同，是有些激昂的。

这些青年面对着她，站定，立正。其中一个领头的，大声道，敬礼！他们便齐刷刷地叩了军靴，端正地对林先生敬了一个标准的军礼，一边说，家长好！

这话在旁人听来，似乎是谐谑之语，但看他们个个面容肃穆，才知道是实情。原来，这些青年在昆明都没有亲属。梁先生夫妇是他们的“名誉家长”，方才还在空军军官学校的毕业典礼上为他们致词。

倒是林先生连摆手道，吴耀庆，怎么到了家里，还这么多规矩呢？

这领头的青年这才让同袍们脱了军帽，在席间坐下来。坐下来了，仍是笔直的。倒是金先生举起了酒杯来，说，斯成，你倒说句话。对着这两排兵马俑，我可真是动不了筷子。

大家一阵哄笑，他们这才松弛下来，恢复了年轻人该有的样子。梁先生倒上一杯酒，说，我今天上午已经说过。明天，你们就要上战场了。这杯酒是我做家长敬你们的，等你们凯旋。

钱先生便道，斯成，哪有上来就喝送行酒，“风萧萧兮易水寒”吗？既然是庆贺毕业，应该要喝香槟！

听到这里，这些士官生有了大男孩们的活泼，忙着开香槟，看瓶塞“噗”的一声射出去，都哄笑起来。

菜都端齐了，吃到一半，上来了一盘油淋鸡。鸡是林先生自家养的。今天早上现杀，十斤的鸡公刚贴了一季的膘，正是好吃的时候。大块地生炸，高高堆一盘，也是蔚为壮观。这群小伙子可是放下了刚来时的矜持，你争我抢地蘸花椒盐来吃，顷刻盘子便见了底。林先生问他们好不好吃。有一个便叹道，比“映时春”的还好吃。这“映时春”，是武成路上的一家馆子，做油淋鸡是最出名的。

林先生说，今天你们有口福，我请了咱龙泉的大厨来。她就也端了酒杯说，我们也该敬瑞红姑娘，为这一餐毕业饭，陪我忙活了一个后晌午。

荣瑞红不羞不臊，倒也爽利利地站起来，端起酒，一饮而尽。一个男孩见了，拍起巴掌，说，真是个女中豪杰。比我们翻译科那些小姐们，扭扭捏捏的，强多了。

林先生说，那大家说，我们瑞红手艺好不好？

众人道，好！

林先生又问，那人生得俏不俏?

有人又用云南话大声答，老是俏!

刚才那个男孩，带着几分醉态道，这就是人常说的“入得厅堂，下得厨房”。姑娘，等我把小日本的飞机都打走了，就回来找你!

林先生将一块卤牛舌放在他碗里说，樊长越，就你口甜舌滑。这块“撩青”当给你吃。我们瑞红名花有主，等不得你。

刚才还沉浸在这快活的空气中，瑞红此时心里忽然轻颤了一下。她不禁抬头，望一望宁怀远。林先生对着宁怀远说，怀远，我人给你带到了，你可是要争一口气。

刚才那个叫长越的男孩，颤悠悠地站起来说，说，秀才，你遇到我们这些当兵的，是要比文，还是比武?

林若恒拉住同伴。他却一把挣脱开，说，我们这一去……你们，有几个还准备从天上回来的?怎么，还不许老子过过嘴瘾……

这戏言，忽然让在场的人都沉默了。每个人似乎都静止在了方才刹那的言行中。这沉默，在每个人心里都似乎过于漫长。在沉顿了数秒后，他们都听到了一阵音乐声。是莫扎特的《小夜曲》。这声音开始仿佛是幽微的，似乎在微妙的节点上试探，渗入这沉默。慢慢地，延展、宽阔、丰盈，渐渐将这房间填充起来。是那个叫吴耀庆的年轻军官，手中持一把提琴，在靠近壁炉的角落里，旁若无人地演奏。

众人无声地听，看这军装青年侧着脸庞，沉浸在他自己的动作中。那臂膀屈伸的优雅，仿佛软化了军人坚硬的轮廓。而他身躯的剪影，被灯光投射在了壁炉上，也是高大而柔软的。

一曲奏罢，他轻轻躬身向他的听众行礼，仿佛在乐池中的郑重。

众人鼓起掌来。荣瑞红说，真好听。

林先生说，我许久没听到耀庆奏这一支了。这是我和这些弟弟们结缘的曲子，我从未和人说过这个故事。

林先生在椅子上慢慢地坐下来，说，日本人轰炸长沙的时候，我们乘汽车取道湘西，到昆明来。走到晃县，已经没有车了。我的身体不争气，又得了急性肺炎，发着高烧。这一个小县城，到处都是难民。我们抱着两个孩子，一路探问旅店，走街串巷，竟然连个床位都找不到。天下起雨，越来越大，我止不住地咳嗽。这时候，忽然听见在雨声里头传来一阵小提琴的声音，正是这首《小夜曲》。在这边城，有这样的乐曲，让我们心里都安静下来。斯成冒着雨，循着琴声找到了一所客栈，敲开了门。里面是一群穿着航校学员制服的年轻人。那个拉着小提琴的正是耀庆。他们赶紧将我们迎进来，给我们腾出了房间，又给我找来了医生。我们这才安顿下来。

所以往后，我听到这首曲子，就会想起那个雨夜。我和这群弟弟，是以琴声相认的。后来，我们来到了联大，他们也来了昆明，大约注定是要重聚。他们给孩子们做飞机模型，还带来子弹壳做的哨子。再后来，我将若恒也送进了航校。他们现在都要飞走了。

瑞红看出她有些伤感，便逗她说，他们都是老鹰，老鹰就是要往高处飞的。不飞走，难道留着下蛋吗?

林先生听了，勉强地笑了笑，说，是啊。他们驾驶的是“老鹰式七五”。他们都是老鹰。

看着耀庆举着琴弓，遥遥地抬一抬手，乐曲便又响起了。在这低回婉转中，林先生站起来，吟诵道：

别说你寂寞；大树拱立，
草花烂漫，一个园子永远睡着；
没有脚步的走响。
你树梢盘着飞鸟，
每早云天，吻你额前，
每晚你留下对话，
正是西山最好的夕阳。

梁先生走到了太太的面前，将手背到了身后，屈下身，做了个邀舞的动作。林先生便将手放在他的手中，两个人便在乐曲中起舞。这舞的好看，是荣瑞红从未见过的。不同于云南的各种舞蹈，它既不慨然，也不激扬，而又说不出地曼妙，让两人浑然一体。林先生此时，大约将一个女人的美，体现到了极致。而她却又觉出了乐曲的似曾相识。她回忆了许久，终于想起，这正是她和宁怀远在城里看的那出电影里的歌曲。她记得非常清楚，唯有那时，因为没有“演讲人”的打扰，她完整地听完了这支歌曲。

这对主人舞蹈着，渐渐走出了屋外，走进了更为广阔的园地里。乐曲便也追了他们出去。这时竟然有很好的月光洒落在他们身上。他们的背景便阔大了，近处的竹林，在微风中簌簌作响；远处的山峦，幽深的轮廓，似乎也在跟着音乐起伏。荣瑞红想，他们多么美啊。

这时，一只手牵上了她的手。是宁怀远，将她的另一只手放到自己的肩膀上，然后轻轻搂住了她的腰。她低声斥他，我不会跳，你让人看我洋相!

他轻轻说，跟着我。

她便跟着他，听着他轻声地在她耳边打着拍子。她渐渐地跟上了，她觉得自己也舞起来了。身体变得轻盈，像是被这夜里的风托举起来。她跟着音乐，而耳边的其他声音也因此而放大。金汁河潺潺的水声，草间的鸣虫，不知何处归家的牛低沉的哞叫。她将眼光收回，看着眼前青年，他此时也正专注地看着她，似乎有些忧心忡忡。她抬起头，猛然看见屋瓦上还有一双眼睛。那是阿爷亲手制的瓦猫，在暗夜里，守护着这房子，也看着她。

他们将这些空军毕业生送走了。青年们和梁先生夫妇，一一拥抱作别。除了那个叫樊长越的男孩，他已经不省人事。李先生带来的景谷酒，后劲是很大的。众人目送他们，看他们远远地走入了乡间的小路，消失在了夜色里。但是忽然，从远方传来了响亮的歌声。开始是齐整的，但后来，有的小伙子唱得声嘶力竭，仿佛还带了哭音。但这声音仍然穿透了暗夜，也洞穿了荣瑞红的耳鼓，在她头脑里久久不去。

“得遂凌云愿，空际任回旋，报国怀壮志，正好乘风飞去，长空万里复我旧河山，努力，努力，莫偷闲苟安，民族兴亡责任待吾肩，须具有牺牲精神，凭展双翼，一冲天。”

林先生说，这是他们的校歌。

# 七

2006年6月25日，星期六，雨

念青卡瓦格博多吉祥
神山扎那雀尼多吉祥
红坡护法神灵多吉祥
房顶五彩经幡多吉祥
灶神如意宝贝多吉祥
日松贡波三角多吉祥

——德钦弦子摘录

今天，他们告诉我，最后一具登山队员的遗体被发现了。

我赶到的时候，正看到大丹巴和山本长智从冰川上下来。他们手里还拿着塑料袋和钉锤。大丹巴在水渠边用水冲洗解放鞋上的泥。山本将铁钉从高帮的登山鞋上取下来。

我问山本，确定身份了吗？他点点头。他说，遗体已经送去大理火化了，已经通知了家属。他从口袋里取出一张照片，上面是个戴着黑框眼镜的年轻人，对着镜头微笑着，笑容十分纯净。山本说，柳上健吾。最后一个失踪的日本队员找到了。他的任务也完成了，要回去日本了。

从一九九一年的那场“扎吾”发生，七年后，遇难者遗体才陆续在明永冰川上被采草药的藏民发现。在当地人眼中，冰川是圣域。他们说，“扎吾”是因为登山的人触怒了山神带来了灾难。山难之后，还连年出现雪崩、塌方与洪水。登山者以忌讳的方式侵扰了雪山，但死亡消弭了对大山的冒犯。卡瓦格博收留了他们的灵魂，将身体还给了他们的来处。

我问大丹巴有没有其他的发现。他摇摇头说，年轻人，这不是我们的发现，是卡瓦格博的饶恕和交还。

多年以后，荣瑞红收到了那张照片。她未想过，这会是那个聚会最后的定格。照片是林先生的女儿寄来的。每个人都笑得如此灿然，带着一种坦白的明亮。除了林先生的两个孩子，宝宝和小弟，他们在大人们中间，似乎有些不知所措。孩子脸上的茫然与迟疑，是面对镜头的，或许也是面对他们所难以预知的未来。

收到照片时，恰逢镇上的蓝花楹盛放，一如她遇到宁怀远的那个夏天。她想，很多事情，早一些或者迟一些，大概都会不一样了。

在那次聚会半年后，荣瑞红觉得，宁怀远忽然有些不一样了。

他似乎经历了一些成长。以瑞红的见识，不足以判断这成长的性质。但是，这却是来自一个女人的直觉。

此时的清华文科研究所，搬来司家营后，已取得了很大的建树。闻先生所带的研究生里，有季镇淮、施子愉、范宁、傅懋勉等人。而这群“一支公”里，大约最受其器重的，便是宁怀远。跟闻先生习学，需要一股子倔劲，每日孜孜同上古文献打交道，这宁怀远有。但宁怀远对荣瑞红说，仅仅这样还不够，还要有科学的精神。荣瑞红问他什么是科学精神。他便同他讲了“赛先生”“人类学”与“理性”。荣瑞红就更加听不懂了。他便说，他很佩服闻先生，说闻先生写过一篇《伏羲考》，考证出龙是由蛇变来的。他滔滔不绝地说了很多。荣瑞红便有意扁扁嘴，说，这也需要考证吗？就好比我们的瓦猫，这样凶，一望即知是老虎变来的。怀远并不生气，只笑她妇人之见，说倒是给了他灵感，将来自己要写一篇民俗学的文章，研究研究瓦猫。他又说起闻先生的博学与宽容，说自己曾经想写一篇文章，证明屈原在历史上的不存在。这有点冒天下之大不韪，没有了屈原，《离骚》《九歌》便没有人写了。闻先生并不斥他，只是开出了一系列文献，说，你先读了这些，读完了再决定写不写。他读完了，汗颜自己的学问浅薄，也打消了念头。荣瑞红听了，恼他道，还亏有了闻先生，你若是敢写，别说是我阿爷，连我都不让你进家里的门。

屈子在滇地的名望，并不输于三湘。荣瑞红说，若是没有了屈大夫，每年端午时候，那千百个投到河里的粽子，不是都白投了。你一篇文章，就毁了这么多人的念想，难道不是罪过吗？

怀远便望着她笑，眼光却是郑重的，不当她是无理取闹。而瑞红，镇日听他说着自己听不懂的话，内心里却是欢喜的。她觉得，他明知道她听不懂，还要说给她听，便是心意了。

然而近来，怀远却不和她说这些了。他甚至不怎么到家里来。连荣老爹都忍不住，说，什么有心跟我学瓦猫，三天打鱼，两天晒网！

荣瑞红便跟他辩白，说，怀远要毕业了，要写论文。

荣老爹说，什么文，能厉害过我们袁状元的文吗？写出来，能有人给他颁个“大魁天下”的牌匾，挂在聚奎楼上？

瑞红心里头很不服，觉得爷爷倚老卖老，拿前朝说事。刚想辩，又怕他说自己胳膊肘子外拐，便哼一声道，厉不厉害，写出来才知道！

这一日，瑞红黄昏过去给“一支公”做饭，却听见了堂屋里头的争论。竟是闻先生和怀远。闻先生是个严师，口气一向刚硬。可怀远历来都是个面脾气，何曾说话这样火气大过。

她终于忐忑起来。旁边的一个研究生就说，我这个师兄，怕是疯了。红姑娘，你可要好好劝劝他。

说起事情的原委，原来怀远将毕业，闻先生专程致信梅校长，在联大为他争取到了讲师的位置。信中写“宁君毕业成绩，为近年所仅见”，可谓是力荐了。但是聘书下来后，怀远却自作主张，报考了昆明的“译员训练班”。

瑞红喃喃问，这训练班是做什么的？

那人便说，是为了飞虎队吧，也帮忙训练中国军队。译训班是国民政府军委会设的，在昆华农校，办了许多期了。不知师兄怎么忽然报了名。学完了，一批到前线，听说还有些发往了印度去。

这时候，就见堂屋的门开了，怀远急急走了出来。走到了大门口，嘴里狠狠地迸出一句，“百无一用是书生。”

荣瑞红的心倏地一紧，然后一点点地凉了下去。她想，这么大的事情，宁怀远从来都没有和她说过一字半句。原来，他就要离开龙泉了吗？

荣瑞红便追出去，将自己拦在宁怀远身前，定定看着他，也不说话。宁怀远也看着她，不说话。两个人就这样对望着，不知过了多久，宁怀远脸上因激动而泛起的红，这时一点点地消退下去。

他忽然执起了荣瑞红的手，拉着她，快步地往前走了几步。忽然间，他跑起来。他拉着她，跑得越来越快。他们沿着金汁河岸一路向前跑。渐渐地，瑞红看见沿途人和风景都模糊了。人们看着两个青年人在跑，前面是个学生装的后生，后面竟是荣老爹家的孙女。有些小孩子，欢呼着，跟他们一起跑。终于跑不过他们，被远远地甩到后面了。他们就不知疲累似的，越跑越快。瑞红听到耳边的风呼呼地响。高大的槐树结着成串的槐花，那清澈的味道也在空气中飞快地流动，好像在跟随着他们一起奔跑。

他们的眼前终于开阔了，看见了青晏山。金汁河也在这里宽阔了，有了浩浩汤汤的样子。他们还是跑，山起伏着，远远地被他们甩在了身后。水流淌着，高低、弯折、腾挪，不放过他们似的。此时是正是雨水丰盛的时候，在下游形成了一个瀑布，瀑布跌落的尽处，便是一汪清潭。他们终于在潭边停了下来。气喘吁吁的，你看看我，我看看你，不禁大声地笑了起来。

他们在潭边的草地上躺了下来。两个人面朝着天空。天上有游云，那样大而白，一层叠着一层。瑞红辨认着它们，那前后相接的，像是马帮的队伍。打头的是手持马鞭的马锅头；那点着脑袋、举着烟杆的，像是麦地村专帮人说媒做营生的六婆；那在云里隐现的太阳，忽然变得浑圆，像是滚动的龙珠；端坐在云端有些凶的像老虎，将这龙珠衔在了嘴里。不是，哪里是什么老虎，这就是我自家的瓦猫吧。

风吹过来，是青草味，是草被晾晒了一天冷却下来的清爽。身下的草地是毛茸茸的，隔着衣服密密地瘆着皮肤，有些舒适的痒。她深深地吸了一口气，然后将眼睛闭上了。这时候，她的唇忽然被捉住了。她在慌乱间张开了眼睛，看见了宁致远也在看着她。他眼中并没有焦灼和欲望，是牛一样温厚的目光。这让她安心了。她忽然捧起他的脸，也吻了回去。这男人的唇，很柔软，有一种令人心醉的暖意。她觉得她的身子，也软了，甚而骨骼也一点点地化了下去。在融化的边缘，她忽然打起精神，挣扎地问他，你，不会走吧？

男人愣住了，有些紧促的呼吸，一点点均稳了下来。他翻过身子，像方才一样，和她并排躺下来。他们仰面躺着，不再说话，看着天一点点地暗淡下去。然后暮色浓重地将两人包裹进去了。

是这个秋天，林若恒的中正剑，被送回了梁家。

龙泉人不喜热闹，各家各户都安静地过日子。对于白事，他们却看得很重。“号丧”是一种传统，是对逝者的敬。说是号，其实是唱，大声地唱，唱得一波三折。生人唱，唱给去的人，也唱给自己。唱去的人的一生，唱完了，便是断了阳世因缘。从此生者平静地过自己的日子。

还有的，就是要在去者的碑头，安一只小的瓦猫。保佑他阴宅德厚，不受魍魉牵绕。猫头要向着他生前所住的方向，在泉下庇荫在世亲人。

荣瑞红从未经历过这样朴素的丧仪。

她看着屋瓦上的那只瓦猫，它也望着她。大约经历雨水与风化，颜色竟已有些苍青了。秋风吹拂过屋顶，将焦黄的叶子扫下来。这些枯叶又被风扬到了空中，飘几下，终于还是落在了地上。

一只白灯笼吊在屋檐底下。那菱形的窗格上，缀着白色的流苏。她捧着瓦猫走进去，不见设灵。在壁炉的方向，有一丛菊花，是极淡的青绿色。两边挂着一副篆书挽联，“星沉瀚海，风逐青天雨落泪；月冷关山，露沾碧岭竹吟声”。

这联是金先生的手笔。宁致远手中抱着一只相框，瑞红走过去，见是一幅炭笔的画像。画像上的人，正是那个仅谋一面的青年人。有着和林先生一样宽阔的前额，与一双典秀的眼睛。这些飞行员，首次上天前，已经拍好一张照片。大约是做好了准备。此时你便在这眼睛里，可以看到许多的东西，甚至还有一分不舍。

梁先生看了看，终于说，罢了，还是别挂了。我怕慧音受不了。

几个人，便都在堂屋里坐着。屋里极静，唯有一只西洋座钟的声音。钟摆左右摆荡，大约到了正点，忽然“当”的一声响，在所有人的心头猛然击打了一下。

金先生站起身说，还是叫她起来吧。

梁先生说，再让她睡一会儿。天蒙蒙亮的时候才睡着。

这时，他们却都听见卧室的门开了。林先生站在门口。她的脸色虚白着，眼睛有些浮肿。人们不知她是何时装扮停当的，穿了黑丝绒的旗袍，头上梳了很紧的发髻，胸口别了一小朵白绒花。她将自己的身体挺得直一些，但大约撑持不住，手扶住了门框。荣瑞红连忙迎过去，想搀住她。她对瑞红说，不要紧。

她走向壁炉。那从菊花遮盖下的，是一只黑檀木的盒子。她愣愣地看着，然后说，斯成，再打开给我看看吧。

梁先生犹豫了一下，说，慧音，你答应我的，送上路前不再看了。

林先生不说话，只是径直自己伸出手，要将那盒子拿下来。

梁先生拦住她道，这又是何苦?

他却终于小心翼翼地将那盒子捧住，然后端在了桌子上，打开。

荣瑞红看见，盒子里，摆着一摞信封，还有各式琳琅的物件。

林先生的手抚摸上去，在这些物件上流连，最后落在了一本英文的诗集上。她抬起头，望着众人，竟然牵动了嘴角，有一丝惨淡的笑意。她说，自打咱们离开北京，我时常说，人总是聚不齐。这不到一年，他们兄弟八个，倒是聚齐了。

她转过脸，看着瑞红，说，红姑娘，这支钢笔，是樊长越的。就是说胜利了要回来找你的人，你还记得吗？他是第一个走的。飞机刚上了天，“轰”的一声，人就没了。这副羊皮手套，是路易南的，湖南人，那天可爱吃你做的“黑三剁”了。一个个的，都走了。走一个，就寄给我一回。我的心就死一回。没等活过来，下一封就又到了。这张威尔第的唱片，还是我送给耀庆的。他和阿恒搭着伴儿走的。一前一后，两架飞机坠到了一处，还分得清谁是谁呢。

阿恒，你有这群兄弟陪着，姐放心一些。你从小就怕孤单，怕黑，我们都说你像个小姑娘。我问你在天上怕不怕。你说，不怕，我所有的胆量，都留给天上了。

林先生举起那把中正剑，忽然紧紧地贴在脸上，久久地。然后，她脸上的肌肉，忽而抽搐了一下。她将这柄剑郑重地放回到盒子里，将盒子盖好。瑞红看到，她眼里头方才有一丝光，这时也一点点地熄灭了。

林先生说，不早了，我们走吧。

一行人，捧着这只黑檀木的盒子，走向青晏山脚下的墓地。弥陀寺的方丈，请来堪舆师父，在面阳背阴地寻了一处良穴。除了樊长越，青年们都没能找到完整的遗体，这便只是一个衣冠冢。方丈说，我龙泉也算是有幸，青山埋忠骨。

岚气袭人，催着他们的步伐，不禁也就快了一些。

瑞红远远地看见爷爷，原来在等他们。他捧着云石雕的一只瓦猫，沉甸甸的。

安葬好后，他们仍在原地站着。看荣老爹将瓦猫小心地镶嵌在墓碑上。碑上有四列方块字，是八个人的名字。瑞红认真地看，却无从辨认。她从未为自己不认识字而懊恼过，此时却觉得心里无端地一阵空，空到竟至疼痛。她只认识自家的瓦猫，虽然小些，看上去却是一样的勇猛，会长久守着这些名字。

第二年的秋天，宁怀远报名参加了青年军。

这一年，日本在太平洋战争中已处于劣势。为支援被困在东南亚和滇缅边境的军队，日本急需打通从中国大陆到越南的交通线，因此在豫、湘、黔、桂发动迅猛进攻，从五月开始，洛阳、长沙、梧州、柳州、桂林相继沦陷。入冬，日军又攻陷贵州独山，直接威胁贵阳，重庆、昆明均感震动。同时间，罗斯福对蒋介石保留自己实力的避战态度相当不满。为在中缅印战区夹击日军，罗斯福致电蒋介石，敦促他加强在缅甸萨尔温江的中国兵力和攻势，如若贻误战机，需蒋承担责任，并将断绝对蒋的援助。在这双重压力下，国民政府于一九四四年十月提出“一寸山河一寸血”的口号，发动十万青年从军运动。

闻先生和钱先生在校内发表了动员演讲，有两百多名联大学生报名参军。

年底时学校举行欢送同乐会，联大剧团演出夏衍、于伶、宋之的三位合作的话剧《草木皆兵》。

荣瑞红跟怀远看完了剧，对他说，闻先生告诉我了，你要走。你带我来看这出剧，是告诉我，我想拦也是拦不住的。

怀远问，你不想让我走吗？

荣瑞红向前走了几步。她想，两个人怎么就来到了翠湖岸边了呢？

那阔大的水上，升起了一轮巨大的圆月，静得不像真的，倒像是方才舞台的布景。有些捕鱼的水鸟，翅膀在水面上掠过，激起了涟漪，一圈圈的。这静中的动，却又是真实的。

她想起了宁怀远的话，便问，你说翠湖边上，有一棵老大的梨花树，是在哪里？

宁怀远说，等着我。等我回来了，我们一起去看。

# 八

2006年7月2日，星期日，晴

我往高高的山上走，
遇见小小的菩提树。
树儿发出淡淡清香，
我点燃香火烧得旺，
大地才能风调雨顺。

——德钦弦子摘录

十点多钟，我到了九龙顶。在藏语里，意思是“有很多杨柳的地方”。可是，我并没有看到一棵树。这里位于澜沧江边的山崖，夹在卡瓦格博和四千多米的扎拉雀尼雪山之间。峰峦叠嶂，直插入江。这里是茶马古道上联结德钦和云南内地的通道，也是去卡瓦格博的朝圣者外转经的必经过之路。

到了朝阳桥，那里有个转山接待站。我放下东西，跟转经人去支信塘。在小庙里烧了香，点了酥油灯，取了进山钥匙。接待站的人说，这回来转山的，多半是本地的藏族，还有四川甘孜来的。我看看他们带的东西，其实很少。主要都是食物，酥油、糌粑、琵琶肉、青稞酒。有个康芒来的老人看我一眼，说，你的鞋子不行。我看他穿的是高帮的解放鞋。他说，现在是雨季，上山到处都是水坑。你的皮靴湿透了，重得走不动路，解放鞋走走就干了。他看看我的脚，从自己的背囊里头拿出了双解放鞋叫我换上。我一穿，居然正好。我要给他钱，他摆摆手，好像生气的样子，很快地跑走了。我走了几步，脚下果然轻快了不少。

宁怀远再回到龙泉时，是大半年后了。

他是悄悄回来的，没有告诉荣瑞红。

这时候日本已经投降。联大的学生们，大多都回来了。他们所属的青年军207师炮一营，就此解散。这个营隶属辎重兵第14团。在印度东北部阿萨姆邦密支那附近的兰迦基地，他学会了驾驶。然后上史迪威公路施行运输任务，这也是他执行的唯一一次任务。

因为闻先生全家与朱先生已经搬回了城里，司家营的文科研究所忽然空下来了，只余下“一支公”几个还未毕业的兄弟。

他们将宁怀远安置在了北厢房的阁楼上。那里很僻静，扰不到人，也没有人扰。

但一周之后，荣瑞红便知道了。她跑去北厢房，几个箭步便上了阁楼，使劲拍门，大叫，宁怀远，你给我出来。

厢房里没有动静，她又说，好好地，“一支公”谁会让我在黑三剁里多放辣子。我知道你在里头，是人是鬼，你应一声。

里头还是没有回应。她却听到“吱呀”一声，像是床板的响声。

她便推开门进去了。

阁楼只有一扇很小的天窗，光线昏暗。大约因为刚才推门掀动了空气，那束光里边有许多尘土在飞舞。只片刻，这些尘便纷纷落在了地上，光束便又通透了。她的眼睛已经适应了房间里的幽暗。穿过这光束，她看到床上坐着一个人。

她迟疑了一下，慢慢地走过去。这个人留了一口大胡子。但是她还是一眼就认出，是宁怀远。刹那间，这男人用胳膊肘挡住眼睛。

荣瑞红想，他是不想看到光，还是不想看到自己？

她走到床边，说，宁怀远，你看着我。

宁怀远没有动，但他的嘴角抽搐了一下。

荣瑞红忽然间捉住了他的胳膊，要拿下来。这男人将身体缩一缩，蜷在床头，同时间更紧地护住了眼睛。

荣瑞红拖着他，将他往床底下拖。她不知道哪里来的这把子力气，狼一样。她不管不顾，将这男人硬是拖下了床。宁怀远一个趔趄，高大的身形，曲折地晃了一下，摔到了地上。他艰难地想要站起来，却徒劳。荣瑞红看到，他的右脚已变了形，翻转着，在地上轻微地抖动。宁怀远在挣扎中，胳膊落了下来。他用手撑着地，同时在右脚上使劲砸下去。

荣瑞红看见了他的脸。这时候，怀远恰好身处在从天窗投射下的那束光之中。

她捧起了这张脸。

宁怀远下意识地又要挡住，被荣瑞红死死地压住了胳膊。

这张脸上，一只眼睛，在瑞红的目光里躲闪；另一只，只有一个黑洞。

这黑洞已经干涸了。能看见一丝丑陋的黑红的肌肉，缠绕着，从眼睛里贯穿下来，到鼻梁，便成了长长的疤痕。蜿蜒着，如同一条在皮肤下爬动的蚯蚓。

渐渐地，宁怀远不再躲，他终于迎上了瑞红的目光。他轻轻说，一车人，就活了我一个。当时要是选了另一条路，就不会碰上那些地雷了。

瑞红看见这只眼睛里流出了一滴泪。也仅有一滴而已，沿着脸颊流淌下来，沿着粗糙的皮肉，却在另一处嘴角的疤痕停住。

瑞红伸出手指，将这滴泪拭去了。她将男人的头慢慢揽在自己怀里。她没有再说话，他也没有。这时候，他们头顶的那束光，因为夕阳的移转，也暗淡下去。黑暗将他们包裹了进去，藏得一星也看不见了。

荣瑞红把宁怀远接到了家里来。

她在瓦猫作坊里架了一张床，让他睡。

荣老爹终于气得说不出话。瑞红站在跨院里，和阿爷吵，吵得惊天动地。

他用烟袋锅子点着瑞红，说，一个没过门的黄花闺女，将个男人养在家里头。你让我老脸往哪里搁？！

瑞红听到了外头有聚集的人声。她索性打开了门，走了出去。看到她出来，人们便退后了一些。她站定了，面对乌压压的人群，大声地说，我荣瑞红要跟这男人结婚了。来看热闹的，都说句道喜的话吧！

又过了一年，怀远的腿能在村里走动了。

虽然还是一瘸一拐，但外翻的脚，硬是给瑞红矫过来了。她学了洋大夫打石膏的法子，用陶土为怀远打了副，给他固定在床上。隔半个月就换一副，开始时钻心地疼。宁怀远不喊不叫，瑞红便让他攥着自己的手。一个时辰下来，再看她的手，沿着虎口到手腕，都是青紫的。这样一副又一副，慢慢地就养好了。可是脚踝已经变了形。能下地走路了，就是身子有些拧。

老爹也去了，已有小半年。没病没痛，就是有一天，瑞红早上起来喊不应。走进去，人已没气了。脸相很安稳，寿终正寝。

算起来，虚岁八十五，也是喜丧。村里老人摇头，这一家人，一年里头先办喜事，又办丧事。喜事办了个不伦不类，没按公序良俗，在村里头落了说法，丧事也就不好铺张。有人议论说，荣老爹规矩了一世，行善积德，就为个好名声。临到了，自己却没个风光的后事，也是各家人各家命啊。

到了宁怀远能跟上自己的步子，瑞红便硬将他推出门去。带着他，见人就打招呼。怀远有些闪躲，打招呼的人便也很不自在。但是瑞红还是要他出去，一句句地教他龙泉的地方话，要他自己开口唤人。

这样久了，他似乎已没有了名字。镇上的人，都叫他瑞红家的。他走到街上，后面有小孩子跟着，学他走路的样子，跟着他大声喊他"蹶子"和"瞽子"。龙泉这个地方颇奇怪，民间的语言是极为古雅的，就连骂人也是如此，却不会减轻攻击的分量。"蹶子"是笑他瘸腿，不良于行，这个字的狠恶之处是多半用来形容牲口。而"瞽子"，自然是说他瞎了一只眼。

自小到大，他未感受过这样的恶意，于是感到屈辱，不愿意再出去。但是瑞红倒不以为意。她问，他们说错了吗？你自己说，你是不是又瞎又瘸？

怀远猛然被将了一军，有些吃惊地看着瑞红。瑞红将一块泥坯狠狠地撂在木台上，用胳膊肘擦一下额头的汗。她说，待他们说烦了，说腻了，说到舌上生茧了，自然就不说了。

不管这其中的是非臧否，老荣家的龙泉瓦猫依然是一块招牌。这是荣老爹留下来的好基业。镇上的人，渐渐知道了瑞红一个年轻女子，可以独当一面。龙泉这地方的人，内里是厚道的。这体现在不计前事，看的是眼前的理儿。他们想，这一家做事虽不循例，但并未伤到谁。如今难了，是应该帮一帮的。

于是，跟老荣家订瓦猫的人，又多起来。谁家开宅起基了，做白事了，甚而老人合葬迁坟了，便都找他们。渐渐地，生意甚至比先前老爹在世时，还更好了些。

瑞红呢，就将这送瓦猫的活，都让宁致远去。宁致远不想去，她就逼他去。镇上的人，开始时有说法。他们看他瘸着腿，端着瓦猫，颤巍巍地在路上走，身形从背后看也是扭曲的，多半觉得有些凄凉。那瓦猫上的红绫子，有次缠住了他的腿。按规矩，送瓦猫的人，半路上是不能停的，更不能将瓦猫搁下。他整个人就更为狼狈，路过的人帮他，心里也说瑞红有些狠。这样的人，怎么能当个人用呢？更担心的，是他手脚不利索，将那瓦猫给摔了。这在当地是很不吉的。

但是过了段日子，他们发现宁怀远走得虽慢，步伐并未有懈怠与毛糙。甚至经过了时日，走得越来越稳了。他们就看出这人，内里是很要好的。对他也就和善了起来。说到底，对有难的人，心里总是不忍的。人们便想，乱世里头，龙泉留下这么个外乡人，也是造化吧。

有不懂事的小孩子，仍然跟着宁怀远，耻笑辱骂他。倒是旁边的大人追过来，作势打孩子，给他赔礼。此时，宁怀远倒真的也不在意了，竟然回过头，冲孩子们做了个鬼脸。

斗转星移，宁怀远渐渐也明白了，日子不是过给别人看的，最终还是过给自己。这样朴素的道理，荣瑞红早就看得比他明白了。他再去送瓦猫，脊梁便挺得直直的。“自重者人恒重之。”读书读来的话，他也才算真正懂了。请瓦猫的主人家，对他客客气气的。他本来就是个有礼数的人，又有读书人的书卷气，是很让人生好感的。瑞红经了历练，风风火火，有了家中主妇的样子。镇上的姑娘和小伙，便叫怀远“姐夫”，是带着亲热的。但瑞红却不满意，逢人便说，我们家怀远帮教授做事，是做过先生的。这时，联大北归，镇上的教授们已经次第离开了。但人们还都记得这份渊源，便将宁怀远的留下，视为对这段回忆的纪念。因为怀远送瓦猫的形象已经深入人心，他们便开始叫他“猫先生”。小孩子们就叫他“猫叔”。虽然是戏谑之言，内里却是温暖的。

有天他回来，瑞红问他今天是个什么日子。他仔细地想了又想，非年非节。他又看瑞红正色，莫不是给谁家送瓦猫，一时疏忽忘了？他便有些忐忑。

瑞红说，憨子，今天是你的生辰。你一个城里人，怎么忘了呢？

他心里一惊，自离开北京，他已经许久没过什么生日了。

瑞红变戏法似的，从手兜里掏出了一个荷包，放在他手里。

他便拿出来，是一副墨镜。是飞行员戴的那种，很精神。镜框是金丝边的，下缘的地方有些磨损了。其他都是完好的。

瑞红撩起衣襟，将这墨镜的镜片擦一擦，只轻描淡写地说，我和班姐妹去赶“乡街子”，看见货郎担上摆着。我说这个我要了，谁都别和我抢。

说罢了，她便给宁怀远戴上，仔细地看了看。她满意地说，货郎说得对，戴上这个，比飞虎队还排场。

她便从桌上拿了镜子。宁怀远闪躲了一下，他许久没照镜子了。瑞红便使劲打他一下，喝道，你有点子出息！他终于才看镜子里头的人。这墨镜遮住了他的眼睛，也盖住了鼻梁上的一点伤疤。那余下的大半张脸，在镜子里头，算是完好的。

瑞红便一点点地将亲手给他做的眼罩取下来。她在他耳边轻轻地说，我男人出去，要体体面面的。

听到这句话，宁怀远忽然哭了。他失声痛哭。自从出事以来，他其实从未这样哭过。甚至做手术时，因为不能上麻醉，医生将弹片和那只破碎的眼球从他的眼眶里取出来时，他都没有这样哭。

此时，他哭了。他想，或许这女人的强大，让他猛然地软弱下来。他于是也放任了自己，眼泪从他的一只眼睛里不断滚下来，像是一道汹涌的泉流。

这个冬天，瑞红生下了一个男婴。

她对怀远说，我和你商量，这个孩子，能用我们荣家的姓吗？

怀远说，我无父无母，随你。

瑞红说，你这么说，倒好像是我欺负了你。荣家的手艺是要传下去的。那好，第二字用你的姓，总成了？

于是，这孩子叫荣宁生。怀远定的，因为是他们俩生的。如此起名字，一目了然，实在也没费什么力气。瑞红便扁扁嘴，我听村里私塾的先生说，起名字有说法。女《诗经》，男《楚辞》，文《论语》、武《周易》。你是学这个的，不能亏待咱们的孩子。

怀远说，我的名，是张九龄的诗里来的；字是《大学》里的。你看我的命好吗？要是一个名字就能定下了命，人活得还有什么奔头。宁生，我看，让他一辈子安安稳稳的，很好。

开春时候，镇上办了小学校，请老师。可临近开学，县上派下来的国文老师，却因为家事，忽然来不了。做校长的措手不及，发着愁，便在村里转悠。

他在一家人门口看到副春联。上写，“大序归于六义；先师蔽以一言”。字是用的很秀拔的瘦金体。他想一想，便敲开了门。

荣瑞红正在制陶，在围裙上擦着双手的泥。打开门，见是个陌生人。便问他找谁。校长说，我找这写联的人。

瑞红道，联是我男人写的。

校长便笑笑说，我可以见一见他吗？

瑞红引他进来。校长便看一个男人从作坊里走出来，是当地人的打扮，身量倒是西南人少有的高，走路有些高低脚。但见他鼻梁上，还戴着一副飞行员用的墨镜。整个人便无端有一种时髦的滑稽。

两人坐下来，寒暄了一下。校长便听出了他北方的口音，便问，小哥不是本地人啊？

怀远便摇摇头，未说话。

校长看见他嘴角上的疤痕，便不再追问，只和他聊起当地的风物，聊着聊着，便聊起那副春联。看他健谈起来，渐渐便又聊到有关《毛诗》的一桩公案。

听怀远的一番谈吐，校长点头称是，心里先有了数，竟至有些激动。他想，这个龙泉，还真是个藏龙卧虎的地方。

他便说想请他到小学校做国文老师。如果他愿意，明天就拟聘书。

怀远听了，愣一愣，继而苦笑道，您也看见了。我又瞎又瘸，怎么为人师表？

校长说，我请的是您的学问，不是样子。

怀远又说，我没有什么学问，都是些乡野小识。我就是个手艺人。

瑞红在旁急急说，就你那三脚猫的功夫，也配说自己是个手艺人！校长，我听懂了。你是要聘我男人去当先生。他以前做过先生，他是在联大读的书。

校长沉吟道，如今联大在筹备北归了，没有想着要回去吗？

几个人便都沉默了。两只春燕，剪着尾巴，在他们的头顶掠过，停在作坊的檐子下面，叽叽喳喳地忙着筑巢。

这时候，瑞红开了腔。她的声音与平日不同，慢而有力，每个字出来，都像是落在地上的铜豌豆。她说，宁怀远，往日人叫你“猫先生”，是好心抬举你。你现在就给我去，做个实实在在的先生。

小学校开在龙头村的杨家祠堂。

杨氏一族抗战初期整族迁移，不知去向。但这祠堂却留下来了。虽不轩敞，却十分规整。外头绿阴环绕，花木扶疏，环境幽雅清净；堂前的庭院里栽着四棵桂花树，经年郁郁葱葱。

拱门上挂着的“克绳祖武”的匾额，大约是纪念杨家祖上攻克匪患的事迹。

供奉牌位的供桌是留下了。但供的不再是杨氏的列祖列宗，也没有了孔子像。挂了孙文总理的大幅照片，和他手书的“天下为公”的匾额。

几个年级各有自己的教室，还有一间备课室，在偏厢。宁怀远教这些小孩子国文，有他自己的办法。以往教中学时并不觉得。他发觉了自己讲故事的才能。从《论语》到《春秋》再到《左传》，一个解释一个，他便当作人之常情来讲。其中的臧否，是人间的。他也给他们讲国外的故事，讲《块肉余生录》。他自然知道林琴南的翻译对原作做了许多的敷衍，但他就是喜欢，因为有中国人的烟火气。他讲《安徒生童话》，讲着讲着，觉得很不过瘾。就自己编了故事来讲。拿什么做主角呢？这些学生里，有许多其实都是旧相识，彼时他送瓦猫时，追着他后面嘲弄他的。后来叫他猫先生，如今真的就做了他们的先生。宁怀远就拿瓦猫来编故事，说它是上古时的神兽。当年共工大败于祝融，一头撞在了不周山上。山崩地裂，民不聊生。女娲炼五色石补天，剩下了一块没用。这顽石浴火，自己便修炼成了一只似虎非虎的大猫。白天一动不动地驻扎在屋梁上守卫，晚上便四处云游，行侠仗义。宁怀远的故事，便是瓦猫在夜间侠隐的故事。孩子们很爱听，有的甚而晚上专门跑出来，去看看屋梁上的瓦猫，是不是真像猫先生说的一样，跑走不见了。后来就有学生学给了校长。校长便笑道，宁老师，你的瓦猫，倒和《红楼梦》里的通灵宝玉成了同胞。宁怀远说，等他们看懂了《红楼》，就不信我讲的故事了。

龙泉这个地方，敬重读书人，也崇敬学问。办学便也自然得到当地望族的支持。说起来，因学而优则仕，民国时在当地仍有许多的榜样，如陆崇仁、桂子范、李卓然、李健之等。家族庞大的桂家，族中的桂子范，曾是云南省财政厅的股东，做过议员，做过富滇银行理事。在石龙坝水电站开始发电时，是他最先让龙头街与昆明同步通电。陆家的陆崇仁，曾为云南财政厅厅长，整顿税收、田赋，大力推行烟禁政策，创办多家银行。这几家的年幼子弟，便尤为好学。以往家中的私学相授，和宁怀远所教的有如琴瑟。孩子回家说了，他们便都知道了这年轻先生的不凡。

到了年节时，带了礼物，特地上门来拜访。荣瑞红不禁有些怵，想自己一个普通人家，何曾受到过如此待见。那镇上的小公子们，一口一个师娘。她心里欢喜，竟然束手束脚，不知如何应对。倒看宁怀远仍是落落大方的样子。

有一天，瑞红便悄悄到了小学校去。蹲在窗口外头，恰看见怀远带着学生们读书。是好听的国语腔，读什么，她听不懂。只觉得读得抑扬顿挫，好听得像音乐似的。她便闭上了眼睛，心里头如暖风拂过。她想，这先生，是我的男人啊。

他们自己的孩子宁生，风吹见长，渐渐可以在院内爬动。是个好动的脾气，看瑞红制陶，自己便也滋了泡尿，在屋檐底下和泥。瑞红冲他屁股上就是一巴掌，说，学什么不好，学这粗笨活。往后一个榆木脑袋，怎么跟你爹读书？

宁怀远说，呦，你又不怕家里的瓦猫后继无人了？

瑞红嘴硬道，这倒两不耽误。白天去学堂，晚上跟我学手艺。

月末时候，家里来了个客。是宁怀远的师弟。“一支公”解散后，便也很少来往了。师弟说，这回是昆华工校的聘期满了，他想要回北方去。联大三校在京津都已复学。恰好有人介绍了教育部的差事，便想试试看。

他来自然是道别的。但彼此好像都有了默契，都不说以往学校的事，宁怀远也不会问起。但究竟忍不住，这师弟压低声音，说一句，去年底，学校里罢课的事，想必你也知道。十一个同学，就这么没了。出殡时候，是我们老师走在最前头。他写了篇文章，我照抄了一份，给你带来了。

远远地，荣瑞红牢牢地盯着他们。宁生在地上爬过来，然后把只拳头往嘴巴里塞。瑞红一把打掉他的手，将孩子抱在自己怀里，说，呦，说早不早了，留下来一起吃饭吧。

师弟便站起身来，说，不吃了，还要回去收拾东西。师兄嫂子，我过些时再来看你们。

宁怀远也站起身，追一句，老师，他可曾提起过我？

师弟笑笑，轻轻摇摇头。怀远将那信封在手中捏一捏，一阵怅然。

晚上，宁怀远展开信纸，看上面用工整的小楷，眷着《一二一运动始末记》，署的是闻先生的名字。怀远一字一字读下来，原本平静的心忽而悸动了。开始像是水中的微澜，渐渐似乎在水底产生了暗涌，一点点地澎湃起来。没来由地，他的额头上渗出了密密的汗。皮肤下的潮热，也顺着血管，四处伸张渗透，东奔西突。他觉得自己整个人，仿佛沸腾起来了。

这一年的七月中，荣瑞红家里收到一封信。看笔画，她认得是宁怀远的名字。他们家，以往从未有来过一封信，因为没有识字的人。她捧着这封信，有些不安，自己也不知是为什么。

后来，她每每回忆起那一个瞬间，都在想是不是其实应该将这封信烧掉。这是一个女人的本能。任何的不寻常，哪怕蛛丝马迹，对她寻常的生活，大概都会构成威胁。但是，她还是将这封信交到了宁怀远手中，然后用轻描淡写的口气说，快看看吧，不知哪个女学生写给你的。

宁怀远笑着拆开信。荣瑞红看见，笑容在自己男人脸上，一点点地凝固。

信里寄来的，是一张报纸，上面是闻先生的凶讯。

事情发生在三天前，到达龙泉自是一番辗转。报上写，闻先生主持《民主周刊》社的记者招待会，揭露一起暗杀事件的真相。散会后，返家途中，突遭特务伏击，身中十余弹，不幸罹难。

报纸在宁怀远的手中抖动。荣瑞红看着他一只眼睛里的光，像笼上了一层霾，完全地熄灭。而另一只眼睛，如同黑洞，深不见底。

宁怀远当天晚上将自己关在作坊里。荣瑞红几次起身，想去唤他回来睡觉。但她站在作坊门口，看见窗口渗出的一星烛光，终于没有推开门。

到了第二天清晨，她看到作坊里是空的，没有人。

她等了整个上午，没有人回来。她终于不想等了，她出了门，发疯一样地找。从司家营找到了麦地村、棕皮营，又找到了瓦窑村。

第二天，她背着孩子，去了宁怀远的小学校。坐在门槛上，等到了晌午，校长领着她，去找学生的家长。她走进那些高门大户，本是不卑不亢的样子，可听到旁人说起“猫先生”三个字，脚下一软，就跟人跪了下来。她说，求求你，帮我找找我男人。他又瞎又瘸一个人，啥也没带，能跑到多远去。

村里人燃了火把上山。又找了打捞队，沿着金汁河，一点点地从上游一直找到下游。

她不信。她一个人，又一直走到了青晏山。孩子饿，她由他哭。她一直走到先前和宁怀远去过的瀑布。瀑布没有了，水枯了。一滴水也没有。她坐下来，和孩子一起哭。一边哭，一边叫宁怀远的名字，然后又“瞎子”“瘸子”叫了骂了一遍。天越来越暗，她索性喊起来。喊出来，才发现声音是干的。声音落在了远处，回音也是干的。

打这一年的深秋，昆明师范学院门口总是坐着一个妇人。昆师是新起的，以往是联大的师范学院。

这妇人很年轻，怀中总是抱着个幼儿。她一坐便是一天。这年月，乱离人不及太平犬，这种情形并不鲜见。可这妇人，一身不见褴褛，二脸上不见悲戚之色。相反，她的衣着十分齐整，即使坐着，身姿也挺拔。她有时面前摆了些应时的果蔬售卖，有时是一些针线织物。似乎也并不当真做生意，只为了将自己和路旁的乞儿区分开来。身边的孩子饿了，她顺手就捞起一只水果，剖开来给他吃。久而久之，便成了学校门口的一道奇景。她一时眼神涣散，可只要有人经过，特别是男人，目光立刻变得灼灼的，直勾勾地盯着那人仔细打量，直到人远走去。便有人笑说，这是不是一个花痴？但她并没有什么逾矩的举动，便都随她去，见怪不怪了。

荣瑞红带着宁生，就这样在昔日的西南联大门口，等了整个秋冬。待到开春的一天，她忽然站起身，拍拍裤子上的尘土。她走到了翠湖边上，沿着堤岸一路走过来，每看见大棵的树，便停一停，辨认那新绿的、鹅黄的叶子。她一边走，一边慢慢看，直到将这偌大的翠湖走了一个圈。

待走完了，她定一定神，对宁生说，儿，回家去。翠湖边上哪有什么梨花树。他不会回来了。

# 九

2006年7月9日，星期日，雨

一棵美丽的菩提树，
那根子长得实在好。
树根随着石头伸展，
向坚硬的岩石延伸。
延伸到坚硬的岩石，
威武鹰儿在此相聚。

——德钦弦子摘录

今天下了很大的雨。往阿丙村的路上水流很大，到处都是乱石沟。听说下个月还要涨大水，路更难走。这么说，我还是幸运的。

高反感觉也好了不少，从阿丙往怒江去。阿丙河两岸岩壁有很多石刻，多是菩萨、罗汉和护法神的造像，我停下来临了几张。晚上，我跟着几个藏民扎营在温泉营地，当地的藏话叫“曲珠”。我学着他们，脱光了身子，泡到了温泉里头。暖和和的，再喝上一口青稞酒，实在太舒服了。抬头望望，身旁就是浩浩汤汤的怒江水。我洗完澡，在四周溜达，发现“曲珠”附近的石刻更多。有佛像和脚印、手印圣迹，也有六字箴言经文。我在想，我为那些登山人塑的瓦猫，不知以后会不会被人看见。

在一处噶拔希石刻下面，有一个石洞，藏民们都钻了进去。他们告诉我，这是转山路上必经的“中阴狭道”，能够顺利通过，死后可以进入天国。围绕卡瓦格博外转的过程，就如同到中阴世界走了一趟，每个朝圣者必经的象征性的死亡和再生。我也学他们从下层钻了进去，在狭小黑暗的洞穴里匍匐爬行，经过地狱，然后再屈起身体，从上层的天国里出来。有一个老僧人，一边剧烈地咳嗽，一边用石块在平台上搭起一个小房子，祈祷来生转世。昨天，我看到他为一个转山途中死去的老人在念《度亡经》。这一路上艰苦，很多人体力不支。但对藏民们来说，能死在朝圣路上，是最大的福。

荣宁生每被人问起“你是个匠人，还是个读书人？”，他总是回答，我是个读书匠。

他是龙泉当地的文胆，但不考学，也不出仕，就是个悠然见南山的性子。

这样的人，在一镇八乡，其实不太多见。小伙子生得十分排场，高个儿，白皮肤，又不是本地人的形容。十几年过去，对荣家的变故，镇上的人其实有些不记得了。但宁生的成长，让大家渐渐又回忆起了“猫先生”。换言之，这孩子日益清晰的轮廓，像是宁怀远的复刻。或者说，将定格在人们记忆中那个残缺的宁怀远，修复得完好如初。人们不禁感叹时间与遗传的力量。

但宁生本人，对于父亲自然了无印象，直到他在家里头一本书中，发现了西南联大的学生证。他翻开了，看到一张照片。上面是个和他长得几乎一样的人，但目光似乎比他怯些。他淡淡一笑，确信这就是被母亲诅咒为“死鬼”的父亲。他认真地看了看这张照片，觉得它并不比父亲的其他遗物更有吸引力。从幼时起，他的聪慧在龙泉远近皆知。在村里的资助下，他在父亲执教过的学校读完了小学。从此便不再升学。荣瑞红用鞋底追着他打，也没有打消他执意跟她学做瓦猫的念头。但这并不影响他在家中的自学。宁怀远留下的那些书籍，适时地派上了用场。他以强大的脑力吞吐着这些书，过目成诵。他和继续读中学的伙伴们玩的一个游戏，就是随意翻开《古文观止》的一页，从任何一个段落开始背诵。背完一页，便赢了一个馒头。错一个字，便输掉一个馒头。直到听者感到疲惫，打起了呵欠，他还在背，好像是没有倦意的机器。最终直至对方举手求饶。

当然这些书，在他长出唇髭的时候，就被母亲烧掉了。这时候兴起了叫作“破四旧”的风潮。让他看到了村里的许多变故。似乎以往的一些体面，都在化日之下，被凌迟与拨弄。他们家里，和“四旧”相关的，便是父亲的遗物。母亲关起院门，将那些书一本本地摊开，然后引火。这些书都很好烧，因为从未受潮。从他小时开始，每到梅雨季节，只要出了太阳，母亲就将这些书一本本地摊在院子里晾晒。母亲并不识字，可是将这些书整理得停停当当的，次序丝毫不乱。其实，荣宁生并不怕这些书被烧掉，因为书上的每一个字，都如同烙印一般，印在了他的头脑中。火光里头，他看见母亲迅速地将腮边的一滴泪拭去了。在这个瞬间，他也迅速将那本书里的学生证，藏进了自己的裤兜里。

后来上山下乡的年月，龙头街来了一批知青。这些外面来的年轻人，和镇上的同龄人互相吸引。但知青们的自矜，让彼此的张望与打量，隔着楚河汉界，并未付诸行动。为了帮助他们接受“再教育”，龙泉公社便筹划了一场背《毛主席语录》的比赛。司家营大队找到的青年代表是荣宁生。公社主任问起这孩子的来历，说是贫农出身，但一听只是个小学毕业生，心里又不免犯嘀咕。大队书记便说，您老不是常说，英雄莫问出处。

荣瑞红倒是紧张了。先前村里学习语录，这孩子有些心不在焉，这时倒是要打起十二万分精神来。她便手里捧着语录，要宁生一字一句地背下来。宁生说，娘，我说记住了，就是记住了。瑞红便说，你这孩子，不知厉害啊。

到了比赛那天，知青们摩拳擦掌。派出一个精精神神的小伙子，一开口，是厚实的播音腔，比镇上大喇叭放出的还好听。宁生也背，气势倒不如他，慵慵的，但字字也都在点上。那青年开口道："独坐池塘如虎踞，绿荫树下养精神，春来我不先开口，哪个虫儿敢做声。"宁生便对："自信人生二百年，会当水击三千里。"青年道："登山不怕高，只要肯登攀。"宁生对："无限风光在险峰。"青年道："管却自家身与心，胸中日月常新美。"宁生对："为有牺牲多壮志，敢教日月换新天。"青年道："不适应新的需要，写出新的著作，形成新的理论，也是不行的。"宁生对："新瓶新酒也好，旧瓶新酒也好，都应该短小精悍。"

知青昂扬道："世界是你们的，也是我们的，但是归根结底是你们的。你们青年人朝气蓬勃，正在兴旺时期，好像早晨八九点钟的太阳，希望寄托在你们身上。"

宁生对："少年学问寡成，壮岁事功难立。"

知青不禁有些着急，大声道："革命第一，工作第一，他人第一。"

宁生搔搔头，说，毛主席教导我们，"吃饭第一"。

有人不禁“噗嗤”一声笑了出来。这赛场上的气氛便有些欠严肃。这时候一个女孩子站起来，说，看来背主席语录难分胜负。不如我们加赛，背“老三篇”。

她便开始背《愚公移山》，这么长的文章，声音琅琅的，音乐似的。听得宁生不由得恍神，他愣一愣，才跟上去，背的也是《愚公移山》。开始各背各的，但后来，宁生竟然追上了她。一个是标准的普通话，一个呢，是当地的龙泉口音。两个人的声音像是两脉泉水，汇聚一处，形成了和声，竟然是分外好听的。众人听得有些叹为观止。背完了这篇，又背《纪念白求恩》，似乎都忘记了比赛的初衷，像是对歌一样。

待最后一篇《为人民服务》背完了，女孩说，我们这叫不分伯仲。还是毛主席的教导，我们“友谊第一，比赛第二”。

宁生回了家里，头脑里头便一直回荡着这句话。瑞红说，孩子，你今天算是赢了还是输了？宁生便脱口用普通话回她，友谊第一，比赛第二。瑞红张了张嘴巴，便笑了。

后来，宁生在路上又遇到了那姑娘。这时，他已经知道了她有个很洋气的名字，叫萧曼芝。她就问他，荣宁生，你会背的东西可多？

宁生说，不多。

曼芝就说，我听说，你会背全本的《古文观止》。

宁生说，嗯。

曼芝便笑说，什么时候背给我听听？

宁生说，不好背，是“四旧”。

曼芝便轻声说，背给我一个人，你愿不愿意？

宁生低下了头，过了半晌，也轻声应，嗯。

宁生和曼芝坐在金汁河边。他望着潺潺的流水，口中诵着《归去来兮辞》。他念道，“归去来兮，田园将芜胡不归？既自以心为形役，奚惆怅而独悲？悟已往之不谏，知来者之可追。实迷途其未远，觉今是而昨非。”

曼芝忽而打断他，慢慢开口道，“觉今是而昨非”，说的倒像是现在的我。

宁生便沉默了。

曼芝问，荣宁生，你说，我以后的生活会是怎样呢？

宁生想一想，便接口道，“木欣欣以向荣，泉涓涓而始流。”

曼芝笑了。这时候风吹过来，河对岸的杨树叶子簌簌地响，这女孩的头发也被吹起来了，散发着一种宁生从未闻到过的女性的气息。这和他母亲的气味是不同的。因为终日和陶土打交道，荣瑞红的身上是一种淡淡的温暖丰熟的泥味。和村子里其他的女人们也都不同。萧曼芝有着清凛的植物的气味，像是刚刚生长出的树叶，滋润了前夜的露水，在初升阳光下散发出的那种隐约的味道。

荣宁生不禁深深地吸了一口气。这时候，女孩将手指放在了膝盖上，那葱段一样细白修长的手指。她口中哼起了一段旋律，一边用指尖打着节拍。这旋律荣宁生从未听过，但听得出是跳跃欢快的。像是一匹小马驹，在草地上撒着欢。萧曼芝的唇舌仿佛是某种乐器，弹奏着这支乐曲。荣宁生看见女孩睫毛密而长，将闭着的眼睑盖住了。

待这旋律结束，她忽然张开眼睛，看身旁的青年人望着她。她并未躲闪，反而迎着荣宁生望回去，问他，好听吗?

荣宁生点点头。她说，这是个意大利人作的曲子。这支叫《春》，还有《夏》《秋》《冬》。以后你背《古文观止》给我听，我就都唱给你。

他们再见面时，荣宁生将一只陶土制成的很小的动物送给萧曼芝。萧曼芝放在手心里，很惊喜。她问，你做的?

荣宁生点点头。她看这动物像是猫，可又有勇猛相貌，像一只小而逼真的虎。她问，这是什么?

荣宁生回答说，瓦猫。

荣宁生要娶一个知青的事情，在龙泉很快地传开了。这孩子的执拗，唤醒了人们的记忆，这记忆也包括荣瑞红自己的。她想，难不成真是血里带来的? 这孩子不声不响，却像当年的她一样有主张。

这女孩的美，以及外乡人的身份，都让她觉得不踏实。她不再是当年的少女，她懂得一个道理，是人拗不过时势。

她找到了大队书记，寻求帮助。然而，此时的龙泉公社，恰在寻找一个知识青年扎根农村的典型。他说，宁生娘，萧曼芝是成都的资本家出身。她有心嫁给咱无产阶级的孩子，也是帮了她进行自我改造。毛主席教导我们，“广阔天地，大有可为。”这不是喊喊口号。咱做父母的，可不能拖了孩子的后腿啊。

曼芝嫁到荣家这段日子，对于荣瑞红来说，是经得起咀嚼的。她甚至一度想，或许是自己过于狭隘，这其实是时日的补偿与成全。这孩子的温柔与贤淑，并不逊于当地的任何一个姑娘。尽管她举止中，有一种难脱去的令瑞红警醒的教养，是往昔生活的印痕。但她的眼睛里，总有安于命运的笑意，又让做婆婆的十分安心。

这个儿媳，除了有时作为扎根典型，被公社安排去周边大队宣讲经验，大多时间都在家里，向她学习家务农活、针线女红，甚至在她手把手下，学起做瓦猫的技艺，且很快就有模有样。瑞红看她砥砥实实将一块陶泥掷在木案上，不禁深深叹一口气。曼芝不解地看她，她便说，这一把好力气。可惜你曾爷爷去得早，要不看到这么个重孙媳妇儿，该有多欢喜啊。

过门的头一两年，曼芝接连生下了两个儿子。瑞红便更放心了。她想，老荣家是有祖宗佑着的，是时运回来了。

儿子和儿媳都是安静的人。曼芝进了门来，宁生仿佛更安静了些。但他多了一种爱好，不知怎么，跟人学起了胡琴。可他拉出的调，外头的人都说没听过。瑞红便骄傲地说，你们懂什么？这都是我们家曼芝教的曲，都是外国人写的。

有人告到公社去，说中国琴拉的外国的曲子，到底算封建糟粕，还是资产阶级情调？

大队书记说，啥也不算。人曼芝是扎根典型，旁的人少给我放屁！可他有次也听见了。对瑞红说，你当娘的，也让宁生拉一拉《东方红》。

到两个小子满地跑的时候，村里的知青渐渐少了。听说是都想办法陆续回城了。有招工的，有病退的，还有独子回家照顾老人的。

瑞红心里又打起了鼓。她问大队书记，我们家曼芝不会走吧？

大队书记叹口气，说，唉，这孩子，是真典型，实心眼儿。你不知道，前两年，公社下来的招工、工农兵学员的名额，都点了她的名。人家家里头落实政策了，千方百计要她回去。曼芝一扭脖子，说，我男人孩子在龙泉，我家就在这里，哪也不去。她还让我不要和你说，怕你心里不舒坦。

瑞红听了，眼泪“刷”地就流下来了。

大队书记就说，这些年，我可看过了多少世态炎凉。瑞红，你到底是个有福气的人。

又过了一年，有天晚上，瑞红看小两口儿都不说话。吃完了饭，她收拾了，刚刚走到厨房，就听到儿子的声音。虽然是闷着声，但话语里却轰隆作响。

她听到宁生说，你这算什么，是在可怜我们吗？

曼芝不说话，静静地将两个孩子拾掇了，上床去睡觉。

她这才说，我不考。都荒下来十年了，考就能考得中？

宁生冷笑说，萧曼芝，你总明白什么叫身在曹营心在汉。

曼芝不说话。过了一会儿，她说，这算是刚熬出来了。老荣家的瓦猫也不是“四旧”了。咱这作坊，再也不用偷偷摸摸的了。

堂屋里忽然没声了。瑞红觉得蹊跷，擦了擦手，还没走进门，就听到“咣”的一声，一只大陶坛子砸到了地上。宁生涨红了脸，眼里头的光恶狠狠的。

那是只酒坛子，屋里头立时便充盈了米酒的味道。瑞红想，这败家子犯的什么浑！可惜了，九月才酿的新酒，刚出的糟。

她忙俯下了身子，将那碎片捡起来，慌里慌张，一不留神，将虎口刺开了一道，鲜红的血立时流下来了。

萧曼芝参加了一九七七年的高考，考上了昆明师范学院中文系，是整届考生的第一名。

宁生喃喃说，怎么可能考不上呢？听我背了十年的《古文观止》。

她去上学。毕业分配回成都，宁生硬生生地把婚跟她离了。村里人都说，荣家人做事，又不循例了。见的都是知青这边寻死觅活地要离婚。他倒好，一个乡下小子，硬是把城里的小姐给休了。

荣宁生说，你给我走，净身儿走，过你的生活去。你把娃都给我留下，净身儿走。

曼芝走那夜里，荣宁生拉了一夜的胡琴。

这些外国曲子，给他拉得分外锐利激越。到了湍急处，像是给人扼住了喉咙。这在龙泉人大约是最后一次，以后便再也没有听到他拉琴的声音了。

半年后，有天回到家的只有老大，老二不见了。问起弟弟，只是哭。再问起两人干什么去了，老大说，出去找娘……弟弟走丢了。

宁生出去找，找着找着下起了雨，越下越大，雷电交加。天像漏了似的，先是雨，再是冰雹。

瑞红坐立难安。天麻麻亮，雨停了。宁生回到家，摇摇晃晃的，肩膀上驮着孩子。

一大一小都发着高烧，躺在床上昏迷。两天后，孩子先醒过来，看着奶奶，张张口，却说不出话。瑞红问他，是饿了吗？

孩子点点头。

当爹的到下半晚才睁开了眼睛，也看着自己的娘，问，孩子呢？瑞红说，醒了，刚伺候吃了一大碗粥。谢天谢地，你们爷俩吓死我。

宁生微微笑一笑，说，娘，我还困。

瑞红给他掖了掖被角，说，困了就睡，娘看着你。

宁生就睡过去。半夜里头，瑞红打着瞌睡，忽然听到他大喊一声“娘”。瑞红跑到床跟前，看着宁生脸红红的，使劲握住她的手，手心火炭似的。瑞红跟老大说，快，快去央隔壁冯爷爷请大夫。

宁生抬起眼睛，看看她，又阖上了。大夫还没有来。她觉得紧握住她的手，渐渐没有了力气。手心也不烫了，一点点地凉了下来。宁生忽然又睁开了眼睛，直直地盯着她。那双瞳仁，大得要将她人吸进去似的。他嘴唇开阖了一下，有丝笑意。瑞红听见他说，娘，我走了。

瑞红心里头一沉，觉得宁生的手在自己手心捏了一下，倏然松开了。

# 十

2007年6月3日，星期日，晴

印度秀丽的高山上，
有棵没有斧痕的树，
不忍心砍它绕三圈，
舍不得回望它三次。

——德钦弦子摘录

今天，找到了第六只瓦猫，我不知道，会不会是最后一只。他们说，雾浓顶可以看到最美的卡瓦格博。可是这一天，忽然下雪了。夏天的雪，竟然也可以下得这么大，我只能影影绰绰看到山的轮廓。

昆明的雪下得太少了。偶尔下起来，大概也是在过年前后。

明年过年，应该在家里过了吧。上个月，在小学校里扦了一枝梨树的枝条，都发芽了。我得想想怎么带回去，种在院子里，这样在家里也能看到梨花了。

德钦的梨花，不知道在昆明能不能开得好呢。

回家前，我再去外转一次卡瓦格博吧。

村里人都说，荣宁生留下的后，一个是读书人，一个是匠。

荣之文考上了云南大学的新闻系，毕业后留在了昆明城里工作。陪在荣瑞红身边的是弟弟荣之武。小武小时候淋雨发了高烧，烧退后，人就哑了，能听不能说。脑子不知是不是也烧得不灵光了，读书再读不进。但是他却有一样好。家里不知怎么寻到了当年他爷爷宁怀远留下的一本字帖，《九成宫醴泉铭》。哥哥照着练，他也跟着练，竟然也练到似有八分像。瑞红就看出这孩子底子里是很灵巧的。是灵巧，而非聪慧，灵在学什么便像什么。带他去赶乡街子，看着路边的货郎拿着竹篾编蝈蝈。他入神地看。回家的路上，随手从河边抽了根蒲草，一边走，一边便将那蝈蝈给一式一样地编了出来。

可临到上学，打着骂着，就是学不进。他十几岁上，瑞红便留他在家里，跟着学做瓦猫了。

荣之文的摄像机镜头，对着司家营 61 号的老宅子，这宅子是正正经经的“一颗印”。从取景框里看见，那神兽端坐在屋瓦上，身上覆着青苔，颜色有些旧，鼓着眼珠，仍是气吞山河的模样。

最后的景是在自家取的。那天天气特别好，阳光筛过树影，星星点点地落在了荣瑞红的身上，小武从背后扶住她，另一只手帮她转动了石轮。她坐在凳子上，抱住一个泥团。转动中，那团泥渐渐生长出优美的弧度。她的手，与窑泥浑然一体。泥坯在她的手心，仿佛越来越圆润，圆润中现出了一种光泽，渐渐站立起来了。

后来，荣家收到了一封信，没落款。信里头没有字，却夹了几张照片。照片是黑白的，看不出是在哪里拍的。信封上印着“迪庆藏族自治州文化馆”。照片的背景，有的仿佛是当地藏民的房子，有一些的是远方的皑皑雪山，还有的是经幡飘动的白塔。但是，他们看得很清楚，这些背景的前方，都是一只神兽。是一只瓦猫，形容清晰，是他们老荣家的瓦猫。

信封在荣瑞红手里抖一抖，掉出了一样东西。她屏住了呼吸，是一枚破碎的墨镜镜片。这镜片的式样，是久前美军飞行员的机师镜，如今已经不多见了。荣瑞红颤抖着手，将那镜片覆在自己的眼睛上，朝窗外看去。太阳就没有这么猛烈了，世间万物都被笼罩上了一层昏黄。

我阖上了手上这本红皮的日记本。

猫婆看了我一眼，神色十分平静。她抬起头，目光落在了窗边的橱柜上。荣之武走过去，打开抽斗，拿出一只铁盒子。这是只月饼盒，上面画着神态喜庆的嫦娥，脚下是身形不成比例的玉兔。大概生了锈迹，哑巴仔打开得有些吃力。

终于打开，他从里面翻找，取出了一沓相片，递到我手里。又翻了一会，拿出了两本证件。翻开，其中一本已经泛黄，上面写着“国立西南联合大学入学证”，注册日期因有洇湿的痕迹，已经看不清了。左页下方贴着一个青年的照片，头发茂盛，净白脸，目光柔软而青涩。另一本是个记者证，这证上的也是一个年轻人，他的神情则要昂扬得多，但那眼睛的形状、宽阔的额角，与先前的青年都如出一辙。我抬起头，见哑巴仔将这两本证件放在了自己胸前，“啊吧啊吧”地对我比划着。

是的，他们的脸，五官、骨相、每一个动与静的细节，叠合在了一起。

我将笔记本里的照片，一张张地摊开在桌面上，和哑巴仔拿给我的照片比较。终于发现，它们有着一一对应的、相似的景物。尽管因为季节，房屋修葺，公路、植被与地形的变化，造成了周遭环境的更变，但是你仍然能够辨认出那是世转时移，经历了岁月的同一处地方。或许，是因为那复刻般的摄影角度，和都有同一只瓦猫。

这瓦猫如我在德钦与龙泉所看到的任何一只，有着阔嘴、尖利的牙齿、硕大的肚腹，以及勇猛如虎的神情。

# 尾声

回到香港后，我曾给拉茸卓玛打了一个电话，问起她仁钦奶奶的情况。她说，仁钦奶奶去转山了。她和村里的大多数人不同，每年村里梨花开放，她都会去外转卡瓦格博朝圣。

我问，那她什么时候回来呢？

卓玛想一想，回答说，转到她心中的圈数，她才会回来。那时梨花应该还开着吧。

# 附录　一封信

YJ：

谢谢你的来信。

一晃许久过去了，上次见面，还是前年你来香港看巴塞尔展，记得我们约在一间叫囍的茶餐厅。

当时，大约你也注意到了店铺里的许多旧物。台式的SINGER缝纫机、火水炉、来自南丰纱厂的纺锤和锈迹斑斑但依然可以转动的电风扇。与其说里面满布上世纪六七十年代的遗迹，不如说是香港在彼时走向经济腾飞、出自日常的劳作的辙印。

在那儿你和我分享对新书的构思。而我还未确定这本新的小说想写的主题。但在当时，“劳作”这个意象的确吸引了我，大约因为经历了时间，它们如此确凿地留下了成果。这比所有的言语、文字与图像，更为雄辩。

那么回应你的问题。当下，我们对“匠人”这个词感兴趣，除了你说的“专注”，大约还来自手工的细节和由此而派生出的仪式感。显然，在后工业化和全球化的语境之下，复刻已被视为生活常态。手工本身所引以为傲的稍有缺陷感的轮廓，都可以经过更为精准的流水线生产来实现。我在一个展示会上，曾看到用 3D 打印，数小时之内还原了已被氧化至面目全非的青铜器。刹那间，我甚至对本雅明念兹在兹的“本真性”产生了怀疑。对于器物，“唯一”的意义是什么？手工，是否需要以排他来实现价值、维护尊严？

与之相关的，在许多人看来，“匠人精神”可能只是个我们一厢情愿的愿景。有关它的式微、低效率甚至墨守成规，都在大众传媒的同理心之下，被镀上了光环。前些年，我未参与任何有关于此的讨论。而此后，我则至为感佩个人经历的意义。因为我祖父受损的手稿，极其偶然地接触了古籍修复师这个行业，并亲自体会了一本书可以被完整修复的全过程。我不得不说，过程的力量是强大的，因为它关乎推进与克服。其中每一个细节，都不可预见，而唯一解决的手段，便是经验。这些师傅的工作，和你信中提到的裱画师，可谓同源。在老行话里，都被称为“裱褙”。但是显而易见，因为市场与供需的关系，他们会比书画装裱的行当，更不为人所知。如果以此去揣测他们的寂寞与顽固，是不智的。事实上，他们的自在，亦不足与外人道也。我所接触到的他们，会有一种和体态无关的年轻在神态上，那便是发自内心。其中之一，就是他们仍然保持着丰沛的好奇心。在一些和现代科学分庭抗礼的立场上，他们需要通过老法子解决新问题，从而探索大巧若拙的手段和方式。这其实带有着某种对传统任性的呵护与捍卫。如我写《书匠》中的老董，不借助仪器，以不断试错的方式，将雍正年间的官刻本复制出来。究其底里，或许天真，但却十分动人。

我更感兴趣去写的，是民间那些以一己之力仍然野生的匠人。他们在处理个体与时代的关系上，从不长袖善舞，甚而有些笨拙。任何一种手艺，长期地打磨，都将指向微观。因此，他们多半是囿于言词的，因为向内心的退守，使得他们交际能力在退化之中。他们或许期望以时间包覆自己，成为膜、成为茧，可以免疫于时代的跌宕。但是，树欲静而风不止，时代泥沙俱下，也并不会赦免任何人。有些忽然自我觉悟，要当弄潮儿的，从潮头跌下来。更多的，还是在沉默地观望。但是，一旦谈及了技艺，他们立刻恢复了活气，像打通了任督二脉。其实他们和时代间，还是舟水，载浮载沉。只因他们的小世界，完整而强大，可一叶障目，也可一叶知秋。我最近在写的"瓦猫"匠人，大概就是以手艺度己度人而不自知的典型。人都活在历史中，手艺也一样。这历史可堂皇，也可以如时间的暗渠，将一切真相抽丝剥茧、暗度陈仓。

你信中提到"匠心"与"匠气"的辩证。"匠"大约本身就是个见仁见智的词汇。我在澳门时，走访一位佛像木雕的匠人。

大曾生特别强调他的工作中，有关佛像与工艺品的区别。同样一块木头，工艺品可顺应木头的品种、材质及制作的季节，信马由缰，出奇制胜；但佛像制作，则要依据规制，在原材料的使用上极尽绸缪，从而达到理想的效果。他举了一个例子。庙宇中，善男信女，举目膜拜。之所以四方八面，看菩萨低眉，皆觉神容慈悲，佛头俯仰的角度至关重要，其实是关乎一系列的技术参数，也是行业内承传至今的规矩。“规矩”的意义，便是要“戴着脚镣跳舞”。如今规矩之外的脚镣更多些。制作工艺，凡涉及有关环保、防火，皆不可触线。

关于“艺术”和“匠”，齐白石说过“学我者生，似我者死”，显然是对“匠气”的抗拒。可我们也很清楚他的匠人出身，以及流传他以半部《芥子园画谱》成才的故事。他的传记叫《大匠之门》。中央电视台做了一套涵盖他在内的纪录片，叫《百年巨匠》。因此说到有关“匠”的定义，其实我内心一直存疑，是否可完全对应于英文的 craftman 或者日本的“职人”。因为“匠”本身，亦包含在行业的磨砺中技艺的升华之意。譬如西方的宫廷画家，如安格尔或委拉斯贵支。后者的名作《玛格丽特公主》，被蓝色时期的毕加索所戏仿、分解与变形，却也因此奠定与成就了他终生的风格。这可以视为某种革命，但这革命却是站在了“巨匠”的肩膀之上，才得以事半功倍。这实在也是微妙的事实。如今，站在艺术史的晚近一端回望，也只是因属不同的画派，各表一枝罢了。

即使是民间的匠种，取径菁英艺术，也如同钟灵造化，比比皆是。如岭南的广彩，天然地拥有与市场休戚相关的基因。这市场远至海外，有“克拉克瓷”与“纹章瓷”的渊源，多半由此说它匠气逼人。但又因缘际会，因高剑父等岭南画派大家的点拨，甚而也包括历史的希求，逐渐建立起了“以画入瓷”的文人传统。形成了雅俗共冶的融通与交会，以致为“匠”提供可不断推陈出新的基底。

所以说回来，这段时间走访匠人，最初是为了他们的故事，但久了，有一些心得与愧意。面对并不很深沉的所谓同情，他们似乎比我们想象的都要欣然。对手艺，态度也更为豁朗。老的，做下去，并不以传承为唯一的任务，大约更看重心灵的自洽；年轻的，将手艺本身视作生活，这生活是丰盈的，多与理想相关，关乎选择与未来。

一技傍身，总带着劳动的喜悦与经验的沉淀，还有对于未知的举一反三。其他的交给时间，顺其自然。

愿我们都可自在。

葛亮

庚子年五月十二日

# 后记　藏品

大多数时候，并不希望自己的小说有预言的能力。

中国的语言里，有一系列关乎此的表达，比如“一语成谶”。我一直认为，这多少代表着冥冥之中对现实进行了干预，而非记录。但毕竟这只是某种想象。我们并不是在写作《冷血》时的杜鲁门·卡波特。所有事物的进程，自有其规律，类似草木枯荣。无声无息，其来有自。

在《飞发》的结尾，我写了庄师傅去参加翟师傅的追悼会，写他告知毛果，因为疫情，终于关掉了经营多年的“温莎”理发店。在这个小说写完后的两周，知道这个理发店的原型便歇业了。新闻里头，理发店的老板说，两个月合共蚀了近十万元：“我蚀唔起呀。”

确实，疫情改变了许多事情，也结束了许多事。改变的，多半是生态与模式。我所执教的大学，刚刚结束了一学期的网络授课，又迎来第二个。如今，似乎顺理成章地惯常于此。我和同事们面对着电脑屏幕，熟练地操作 Zoom、Moodle，面对着看得见或者看不见的学生。这种自如，并不是天然的。依稀记得在北卡罗来纳大学，一位年迈的法学教授，为了适应网课面对空气一般的无人宣讲，在面前放了一只匹诺曹公仔，作为他的听众，以增强自己的投入感。而香港媒体配发的图文是“活到老学到老”。这是对校园教学规则的改变。改变如疫情本身，其影响不分年龄、性别与阅历。这是残酷之处。

以上是现实中的人对虚拟世界的适应与遵从，哪怕你是一个老人。但这至少提供了一种选择，一种可供适应的空间。但更多的人，恐怕未如此迎来改变的机会。

在这半年内，香港的老字号们纷纷“执笠”。这终于是现实对现实的屈服，也是现实对现实的舍弃。大多数时候，现实皆是温柔面目，埋身蛰伏。忽然之间，便真刀真枪，出其不意，狭路相逢。如此，谁又能独善其身。

这间上海理发店，在北角开了四十年。北角这时候已经不算繁盛。从“小上海”到“小福建”，用了大半个世纪，走过了它该走过的路途。一如所有城市自成一体的老区，移民的痕迹在悄然隐退。凋落的凋落，同化的同化。电车经过的春秧街保留了下来。这里大约没什么交通的概念。行人在车路上走，身后听到叮叮当当的声响，人潮便自然分开，任由电车开过去，然后再重新汇集起来。店铺前多半是僭建的摊位，一路可以摆到车道上。其亦随电车进退，有条不紊，并不见一丝慌乱。由马宝道走来，路过振南制面厂，对过是同福南货店，卖的点心仍然以纸包裹。作为江南人，是感到亲切的。直到看见有观光客，举着相机左右逡巡，才意识到，这条街实已成为时间的标本。

说回理发店，在英皇道上大约是一个地标，这些年数次路过它。因一度固定去看某个牙医，这里是去往诊所的必经之路。每每看见门口还在转动的灯柱，会心里动一下。它转得很慢，并且大约因为陈旧，居然还有些微卡顿。然后在这短暂的卡顿后，它又继续地转了起来。看着它，像是在见证某种古老的仪式。我犹记得初次帮衬这间理发店，是许久前的事情。走进去，像是走进了一间古早的照相馆。因为所有的实物，都仿佛是为了证明某个时间节点存在的布景。马赛克的地面、海报与看得见水迹的墙纸。包括师傅们苍老而精谨的形容，与他们足够精确的手艺。他们说的是带有上海腔调的广东话，融合了吴语系的温存和粤语的朗脆。这声音也因此成为了一种布景。当你在里面待久了些，这理发店更像是某种容器，或者说，一个有关空间和时间的实验室。演绎给来者，在我们惯常的现实中，还有另一个现实。这种关系，好像是一种年代电影的套拍。那个属于过去的时间段落，理应是小品，是不能太过壮大的，以免偏离了现代的主题。然而，在这间理发店里，外面的现实会逐渐模糊。不知有汉，无论魏晋。

这些店铺的存在，或许让人联想起怀旧风。马尔科姆·蔡斯的线性时光魔术，其实是代表着当下对这些老旧现实的宽容，或者说迁就。甚至我们生活无虞、尚有余暇时，它们还会成为主角，出现在社交媒体，成为精神还乡的想象的社区。

但这一切的前提，是历史的存在，于我们朝夕相处的现实仍有分量，而有关时间的枝节，仍然值得修复。这便是藏品的意义。它也是一种现实，即使不会时时示人，至少珍而重之。

小说中写到皇都戏院，是主人公翟玉成的心头块垒。每每经过英皇道，看它颓败而壮大的样子，心里总有别样滋味。上次有这种感觉，还是家城南京的一段明城墙。光华门到通济门一段内城城墙。颓败而壮大。因为日常朝夕相见，人们或许漠然，或许觉得更为触目惊心。因为你会想它过去的因由，昔日繁盛，何以颓败至斯。后来明城墙重建起来了，据说在老城南的民居征集了许多的城砖。可以想象，一朝厦倾，砌入寻常百姓家。那城砖上刻有“高安县提调官主簿王谦”“瑞州府提调官通判程益”等等。这些名字被时间封印过，并未覆盖于浩荡皇城的荒烟蔓草下，倒是浸染了半世纪深巷的厨炊烟火。而今回来了，说是还原旧物，其实还是新的。但在南京的阔大吞吐中，它也自然会再次旧下去。像“皇都”这样的建筑，在香港很少，因为它的大与旧都不合情理，是一种超现实的突兀。顶着一级历史建筑的名目，栖身于现代的车水马龙。

这间戏院大厦在近日公开拍卖，新世界地产公司以底价47.7亿元投得，成功统一所有业权，成为历来最大宗单一强拍个案。其表示将会启动皇都戏院保育计划，尽力保留及修复该幢历史建筑，包括天台俗称“飞拱”的桁架建筑，并会研修门外的《蝉迷董卓》浮雕。“希望保育能令皇都戏院重生，日后会发展为文化艺术表演场所‘文化绿洲’。”

所谓“集体记忆”，除了哈布瓦赫的定义，总是莫衷一是。如今记忆何以重生。这些建筑，被定位为岁月迁延后的亟盼。每个人就将自己的记忆装进去一点，久了，多了，便是皇皇大观。翟玉成的影星梦，也是与其他人的梦混合交融在一起。一九七〇至一九八〇嘉禾时代港产片的黄金岁月，亦有更早期铿锵华夜的《双龙丹凤霸皇都》。时移势易，一砖一瓦上刻了变迁，大约也刻着一些名字，自然不是“主簿”和“通判”，是邓丽君、李小龙和梅与天。你当他们是历史，便是历史；当他们不是，也可举重若轻。

一个密不透风的时代，是各种现实的盘根错节。现代一如大型的寄生蕨类，缘历史攀爬，彼此相依，但渐渐为了生存，这寄生或也成为了无形的绞杀。在一场暴风雨后，苍袤的时间之干才发现自身内部已然虚空与风化，遽然倒下。这是我们存在的幻觉：新旧两种现实，业已和解。事实上，前者的虎视，是无法抗拒的世界的新陈代谢。我们只希望这个过程慢一点。

“孔雀”是翟玉成对“皇都”的复刻，也是他心中有关这城市的海市蜃楼。从“孔雀”到“乐群”，不过十年，成为他一生的洞中日月。此后胼手胝足，谢幕前的走马灯还有那么一瞬间的忆起，已然够了。

小说中的“孔雀旧人”，终未与你我谋面。

我阖上电脑，新闻上的图片，仍然在记忆中烙烫了一个轮廓。理发店的灯柱已经拆除了。关闭的大门上，贴了一张白纸。上面居然是很好看的瘦金字体，写着：“吉铺招租”。

庚子秋于苏舍